Offense à une lady

JULIET LANDON

Offense à une lady

LES HISTORIQUES

éditions Harlequin

Titre original : THE PASSIONATE PILGRIM

Traduction française de PHILIPPE BARBIER

HARLEQUIN®
est une marque déposée par le Groupe Harlequin

LES HISTORIQUES®
est une marque déposée par Harlequin S.A.

Photos de couverture
Sceau : © ROYALTY FREE / FOTOLIA
Couple : © F. ACCORNERO / THOMAS SCHLUCK

83/85 boulevard Vincent-Auriol 75646 PARIS CEDEX 13.
Service Lectrices — Tél. : 01 45 82 47 47
www.harlequin.fr

ISBN 978-2-2808-1623-6 —ISSN 1159-5981

1

Printemps 1359

Si Mérielle Saint-Martin avait pu donner libre cours à ses envies, elle se serait prélassée dans un bain chaud parfumé à la lavande et à la livèche, mais elle devait se contenter d'une infusion de menthe pour dissiper son mal de tête.

Malgré le battement incessant dans ses tempes, elle gratifiait de sourires le fidèle et loyal Bonard de Lincoln, qui lui récitait un poème d'amour, mais elle ne pouvait empêcher son esprit de vagabonder. Non qu'elle eût une quelconque difficulté à comprendre le latin de l'érudit transi d'amour, mais parce que la journée avait été particulièrement longue. Depuis l'aube, en effet, on s'affairait pour préparer la venue de messire Adam de Bedesbury.

Couchée sur un banc de pierre dans la cour baignée de soleil, elle étira ses jolies jambes et arrangea les plis de sa robe de laine légère, qui retombaient gracieusement sur les dalles de granit. Elle décrivit des demi-cercles avec ses pieds endoloris en observant les jeux de lumière sur le bijou d'argent filigrané et orné de perles, qui contenait de la noix de muscade.

Elle en avait apprécié le parfum piquant, ce matin-là, lorsqu'elle se trouvait dans l'atelier de teinture à l'atmosphère suffocante puis dans les rues bondées de Cantorbéry où régnait l'odeur de transpiration et de saleté des innombrables pèlerins.

Bonard lisait tout bas comme s'il avait craint de proclamer à voix haute les confidences qu'il faisait à sa maîtresse. Il avait, d'ailleurs, choisi de s'exprimer en latin moins pour montrer l'étendue de ses connaissances que pour se permettre d'exprimer des propos confidentiels et, même, sensuels qu'il n'aurait jamais osé prononcer autrement.

Bonard avait toujours été au service du défunt mari de Mérielle dont il était également l'ami. Aussi à la mort de Philippe de Cantorbéry l'avait-elle gardé auprès d'elle-même s'il avait été remplacé dans ses fonctions de maître d'atelier par un homme plus jeune. Il n'en restait pas moins un fidèle ami de la famille et un chaperon utile lorsqu'elle avait besoin d'être escortée. Du moins tant qu'il ne s'immisçait pas trop dans son existence.

Car Mérielle tenait plus que tout à sa liberté. Veuve depuis trois ans, elle avait mené sa vie comme bon lui semblait, dirigeant la manufacture de son mari, choisissant et rejetant à son gré la compagnie masculine, disposant de son temps et de ses revenus selon son choix.

Bonard, qui ne manquait ni de perspicacité ni de sensibilité, avait fort bien perçu que sa maîtresse était bien moins affectée par son veuvage que par la perte de l'enfant qu'elle avait porté et n'avait pu, malheureusement, conduire à son terme.

Le rouet, qui tournait sous l'impulsion de la main de la douce Bess aux cheveux de miel, attira l'attention de Mérielle. La jeune fille, sentant sur elle le regard de sa maîtresse, leva les yeux au ciel. Elle savait que Bonard ne pouvait la voir avec le bandeau rouge dont il s'était obstrué un œil.

— Oh ! Je vous en prie, Bonard ! fit Mérielle avec aménité. Retirez ce bandeau ! Comment pouvez-vous lire avec un œil dans le noir ?

Il tourna la tête avec ostentation alors que mouraient sur ses lèvres ces derniers mots : *Vultum Dioneum* !

— Et que recevra la déesse en récompense ? demanda Mérielle comme si elle l'ignorait.

Bonard resta bouche bée avant de s'enquérir d'un ton mal assuré :

— Mais vous… vous comprenez, ma dame ?

Mérielle laissa échapper un soupir en lissant le tricot léger de sa robe. Elle n'avait pas prévu cette réaction de Bonard et n'avait aucune envie de s'engager avec lui dans ce genre de discussion.

Un bruit de pas leur fit tourner la tête vers le passage couvert qui faisait le tour de la cour, et Mérielle posa les pieds à terre, prête à se lever quand messire Adam ferait son entrée et à écarter les bras en signe de bienvenue.

Cependant, ce ne fut pas son beau-frère qui pénétra dans la cour.

— Gervais ? Vous êtes déjà de retour ?

— Je viens tout juste d'arriver à Cantorbéry. J'ai à peine eu le temps de dépoussiérer mes bottes.

Mérielle savait qu'il mentait, mais elle ne l'en gratifia pas moins du plus charmant des sourires.

— Vous me flattez, messire. Vous êtes, d'ailleurs, le bienvenu. Avez-vous mangé ?

Officier de bouche du roi, Gervais de Caen n'était pas homme à rester longtemps sans se nourrir ni sans compagnie féminine.

Il prit les mains de Mérielle dans les siennes et les baisa l'une après l'autre avec insistance avant d'embrasser la jeune femme sur les joues et, enfin, sur les lèvres.

— Assez pour ne pas manquer de forces, répondit-il avec un sourire plein de sous-entendus. Quel genre de sucreries avez-vous à m'offrir, Mérielle Saint-Martin de Cantorbéry ?

La réponse, évidente, se formait déjà sur les lèvres de la jeune femme, mais elle resta muette quand elle vit le visage furieux de Bonard se dresser au-dessus de l'épaule de Gervais. Aussi de leurs mains jointes le désigna-t-elle au chevalier normand, qui s'inclina avec courtoisie.

— Pardonnez-moi cette intrusion, messire Bonard. Vous faisiez profiter, me semble-t-il, dame Mérielle de l'une de vos nouvelles compositions ? Votre talent est incomparable… Mais, je vous en prie, poursuivez !

Il fit signe au poète de reprendre sa lecture malgré la pression de la main de la jeune femme autour de la sienne qui semblait demander le contraire.

Agé de vingt-six ans et, donc, de cinq ans l'aîné de Mérielle, il paraissait avoir avec elle une bien plus grande différence d'âge. Cette impression venait, sans doute, des rides d'expression de son visage, qui attestaient une fréquentation des milieux du pouvoir et une longue expérience amoureuse.

L'aisance qu'il en retirait l'autorisait à ignorer les

efforts de séduction du courtisan au bandeau rouge et de faire discrètement la cour à sa maîtresse.

Sinon, il aurait pu paraître juvénile avec son teint clair et ses cheveux blonds et lisses, qui ondulaient avec discipline sur ses épaules. Celles-ci étaient couvertes du capuchon de velours bleu, bordé de soie, de sa courte tunique plissée et festonnée qui ne lui couvrait ni les fesses, musclées à souhait, ni le renflement antérieur à la jonction des cuisses.

Ses chausses, à rayures roses et bleues, qui lui collaient aux jambes, ne portaient aucune trace de poussière ni de contact avec la selle, ce qui laissait à penser qu'il n'avait pas dit la vérité.

Mais Mérielle ne se vexait pas pour si peu.

Elle s'assit sur le banc et, invitant Gervais à prendre place à côté d'elle, caressa du bout des doigts la petite cage d'argent ciselé qui contenait la noix de muscade. Elle tenait ainsi à montrer à celui qui lui avait offert ce bijou qu'elle aimait à le porter et n'avait pas oublié qu'il le lui avait donné.

— Vous vous souvenez que j'attends mon beau-frère, n'est-ce pas, Gervais ? chuchota-t-elle.

— Il n'est pas encore arrivé ?

— Non. Je l'attends depuis le début de la semaine. Il s'était annoncé pour la deuxième semaine après Pâques. Or, voici cinq jours, déjà, de passés depuis le dimanche de la Quasimodo, et il n'est toujours pas là ! Je me prépare, néanmoins, depuis quelques jours. J'ai déjà empaqueté une bonne partie de mes affaires pour être prête lorsque nous prendrons la route, mais je n'ai toujours aucune nouvelle de lui.

— Vous n'envisagez tout de même pas de partir dès

son arrivée ? Il voudra se reposer après avoir fait tout le chemin depuis Winchester.

— Non, bien sûr. Il n'est plus un jeune homme comme vous.

Gervais eut un petit rire.

— Non, en effet. Vous aurez donc toujours du temps à m'accorder même lorsque vous serez mariée, n'est-ce pas ?

— Chut ! fit-elle, un sourire aux lèvres, en détournant le regard.

Elle aurait dû répondre par une ferme dénégation, mais, même après huit mois de réflexion, elle ne savait toujours pas si elle devait accepter la proposition informelle de messire Adam ou poursuivre son agréable vie de veuve grâce au produit de sa manufacture florissante et en jouissant de la compagnie de ses nombreux admirateurs.

Il ne faisait aucun doute, certes, que messire Adam Bedesbury comptait parmi ces derniers, mais Mérielle n'était pas assez aveugle pour ignorer qu'en la prenant pour compagne son beau-frère trouvait une maman idéale pour sa petite orpheline de neuf mois.

Il avait été sincèrement peiné par la mort de sa jeune femme emportée par la fièvre lactée, mais ça ne l'avait pas empêché, un mois plus tard, de proposer à sa sœur de la remplacer.

Profondément bouleversée par la mort de Laurel, survenue si peu de temps après la naissance de sa fille, et encore en deuil de son propre bébé, Mérielle avait presque cédé au puissant appel maternel qu'elle éprouvait envers le nouveau-né et accepté l'offre de son beau-frère. Mais, sur le moment, elle n'avait pas réussi à vaincre ses doutes et n'avait laissé messire Adam la raccompagner jusqu'à Cantorbéry qu'à la condition d'avoir du temps pour réfléchir à son offre et de pouvoir se rendre dans l'année à Winchester pour lui donner sa réponse et, surtout, pour voir sa nièce.

Or, quelque temps avant Pâques, il avait fait savoir à Mérielle qu'il viendrait sous peu à Cantorbéry en mission pour le roi dont il était responsable des chantiers pour le sud du royaume et qu'à cette occasion il serait heureux, lorsqu'il aurait accompli sa tâche, de retourner avec elle à Winchester.

— Je ne l'ai jamais rencontré, déclara Gervais.

— Ça ne m'étonne pas, répondit Mérielle en libérant des doigts du jeune homme l'extrémité de sa lourde tresse de cheveux noir d'ébène ainsi que le ruban de soie qui la maintenait. Il passe la majorité de son temps à Winchester où il remet en état le château royal depuis l'incendie qui l'a ravagé.

— C'est la raison pour laquelle, je suppose, le roi réside au palais de Wolvesey.

— Oui, certainement. Le palais de l'archevêque présente, de toute évidence, un confort comparable à celui des résidences royales. Le manoir de messire Adam, quant à lui, se trouve en dehors des remparts, à proximité de la porte Ouest. Il est entouré d'un vaste jardin et de vergers au-delà desquels se déploie une campagne vallonnée et verdoyante.

Elle laissa son regard se promener sur la cour ombragée où la verdure ne manquait pas non plus, mais ce n'était pas la pleine campagne. Depuis son veuvage, elle avait décoré la maison à son goût, mais elle n'avait pas choisi d'y vivre et gardait au fond d'elle la nostalgie de la vie campagnarde. Cependant, elle ne se sentait pas vraiment le droit de quitter Cantorbéry, car beaucoup d'hommes et de femmes y dépendaient d'elle pour travailler et pour vivre.

— Vous aimeriez résider dans un tel cadre, n'est-ce pas ? Mais la compagnie de messire Adam vous plaira-t-elle autant ?

Le soupir que laissa échapper Mérielle signifiait que ses doutes étaient toujours aussi forts, et Gervais ne fut pas long à en tirer les conclusions qui flattaient son ego.

— Ce ne sera pas drôle, je m'en doute. Mon Dieu ! Partager le lit d'un vieil homme alors que vous pourriez être…

Mérielle ouvrit tout grands ses yeux bleus aux iris tachetés de brun clair.

— Chut ! fit-elle en lançant un regard à Bonard dont le seul œil en action la fixait.

Elle connaissait bien le sujet qu'évoquait Gervais. Dès l'âge de quinze ans, où elle avait commencé à susciter la convoitise des mâles, elle avait été impatiente de se marier, mais elle aurait voulu que son père choisisse pour elle un beau jeune homme comme ce chevalier normand plutôt qu'un riche marchand de Lincoln dont l'âge était déjà bien avancé.

Et voilà qu'en 1353, l'année de son mariage qui avait eu lieu en janvier, une épidémie de peste avait balayé le royaume. Le père et le mari de Mérielle avaient été parmi les premières victimes, et elle s'était retrouvée livrée à elle-même mais très fortunée, disposant de biens tant à York qu'à Lincoln, et bénéficiaire de douaires dont elle avait l'assurance de ne pas avoir à toucher les bénéfices avant au moins une vingtaine d'années.

Par la suite, Philippe Saint-Martin de Cantorbéry avait été le premier à se laisser séduire par la beauté et la sensualité de Mérielle, et, bien que dénué de toute expérience féminine, il lui avait offert sa jeunesse, sa fortune et l'occasion de fuir une cité assombrie par de si pesants souvenirs.

Mérielle n'avait toujours pas réussi à comprendre comment le fougueux et maladroit jeune homme avait réussi à l'engrosser, mais elle se souvenait très bien de sa réaction gênée lorsqu'il avait appris son exploit. Or, si elle avait été déçue par la performance de son jeune mari, le bonheur de se retrouver enceinte avait compensé cette insatisfaction.

Malheureusement, cette joie fut de courte durée, son aimable mari ayant décidé de rendre grâce à Dieu pour la grossesse de sa femme en se rendant en pèlerinage à Jérusalem.

Il n'en revint jamais. Elle avait appris, au cours de l'été suivant, qu'il était mort en Sicile d'une morsure de serpent. C'est à la suite de cette tragique nouvelle qu'elle avait perdu l'enfant dans cette grande maison austère, où elle se retrouvait de nouveau seule et furieuse contre elle-même d'avoir commis l'erreur de se remarier aussi vite.

Elle n'avait que dix-huit ans et était veuve pour la seconde fois.

Aujourd'hui, toutefois, si elle souffrait encore de la perte de son enfant et de son mari, elle avait repris goût à la vie et menait une existence agréable grâce au succès de ses affaires.

Jeune et belle, elle avait, malgré les épreuves traversées, toutes les raisons de se satisfaire de son sort, mais elle tenait de l'héritage de son père une tête solidement posée sur les épaules comme l'ont, généralement, les habitants du Yorkshire, et avait conscience que les attributs dont l'avait dotée la nature ne suffisaient pas à garantir l'intérêt d'hommes sincères et honnêtes. Elle avait même la certitude, en effet, que ceux qui gravitaient autour d'elle étaient totalement dépourvus de ces qualités.

Dans ce contexte, la proposition de messire Adam ne pouvait que suivre son chemin, même si la motivation de Mérielle n'était liée qu'à la petite fille, privée de maman, et dont elle se trouvait être la tante.

Elle avait eu écho de l'étrange relation que fut celle de sa jeune sœur, Laurel, avec messire Adam. Il semblait que le lit conjugal fût resté chaste, mais ça n'avait pas empêché Laurel de tomber enceinte moins d'un an après son mariage.

Mérielle n'avait obtenu aucune confidence de sa sœur à l'époque de l'accouchement et n'était arrivée à la conclusion que messire Adam n'était pas le père de l'enfant qu'après bien des supputations nourries par les propos peu charitables des domestiques et autres témoins.

A présent, elle se demandait si elle pouvait espérer fonder une famille en acceptant la proposition de son beau-frère. Et cette perspective plus qu'incertaine alimentait la colère qui commençait de sourdre en elle.

Elle aurait donné tous ses biens pour remonter le temps et revenir à l'époque où sa sœur était encore une sage jeune fille de quinze ans élevée chez les sœurs, à York, et absolument ignorante de l'existence du maître des travaux royaux à Winchester dont la principale préoccupation était de trouver une femme qui pût lui donner un héritier.

Un autre aspect de toute cette histoire, dont le souvenir était moins douloureux peut-être mais plus odieux, traversa l'esprit de Mérielle, mais elle l'en chassa aussitôt.

Gervais, qui n'avait aucune idée des pensées que ressassait la jeune femme, crut lire dans son expression un certain intérêt pour ce qu'il venait de dire et se livra à un compte rendu détaillé des derniers achats royaux :

— Cinquante marcs d'argent pour l'achat de neuf mille harengs pour le temps du carême... Au fait, je vous ai apporté une terrine de lamproies en matelote. C'est pour vous que je l'ai achetée, bien sûr. Je l'ai déposée dans la cuisine.

Alors que Gervais souriait d'un air satisfait, Mérielle s'aperçut que le flot des mots latins s'était interrompu et que Bonard de Lincoln attendait le moment où il pourrait poursuivre. S'il avait l'espoir de saisir bientôt cette occasion, il fut sans doute cruellement déçu quand Bess parut dans la cour avec un plateau chargé de coupes, d'un pichet de vin et d'une assiette de macarons chauds saupoudrés de noisettes pilées et de cannelle.

— Je vous en prie, messire Bonard, dit Mérielle en servant le vin. Poursuivez ! Cette collation va tenir notre hôte silencieux pendant quelque temps. Où en étions-nous ? Ne s'agissait-il pas de la récompense de la déesse ? Mais peut-être étions-nous déjà plus loin dans le récit ?

Mal à l'aise, Bonard changea de position tout en survolant son texte d'un air préoccupé.

— Je suis un peu embarrassé, répondit-il. Ce n'est pas très facile de…

— Lancez-vous, Bonard ! intervint Gervais. Vous ne pouvez pas vous arrêter au milieu d'une strophe. Et pourquoi nous délivrez-vous votre science en latin ? Nous préférerions vous entendre parler l'anglais.

Une secousse agita le bandeau rouge, qui se baissa de nouveau pour échapper aux regards de son audience. Bonard s'éclaircit la voix, remit de l'ordre dans les pages en vélin qu'il avait entre les mains puis les posa sur un appui de fenêtre derrière lui.

— La fin n'est pas encore terminée, dit-il timidement.

Une voix grave résonna au-dessus de leurs têtes.

— Vous ne dites pas la vérité, mon ami, fit la voix qui provenait d'une partie ombragée du passage couvert par un toit de chaume. Mais sans doute avez-vous oublié le contenu de ce texte. Il reste six vers qui ne conviennent pas du tout à l'ouïe délicate d'une dame. Voudriez-vous que je les prononce à votre place ?

L'homme de grande taille à la chevelure brune et abondante qui venait de parler descendit dans la cour, le soleil couchant soulignant les pommettes saillantes de son visage et son nez aquilin.

— Certainement pas, messire Rhyan ! s'exclama Gervais de Caen en se levant d'un air indigné. Mais, dites-moi, que faites-vous ici ? Avez-vous reçu une invitation de dame Mérielle ?

L'homme s'avança et se tint devant eux dans une posture conquérante, les jambes écartées et le torse en avant alors qu'il souriait de toutes ses dents blanches.

— Je me doutais bien, coquin, que je vous trouverais en compagnie d'une femme ! Je vous ai aperçu, un peu plus tôt, alors que vous sortiez du cabaret. Il faut faire les choses dans l'ordre et respecter les priorités, n'est-ce pas ?

Sans laisser le temps à Gervais de répondre, il reprit :

— Vous vous inquiétiez de savoir si dame Mérielle m'avait convié chez elle, mais sachez que je suis venu la trouver à la place de mon oncle Bedesbury. Réussirez-vous à contenir votre déception, ma dame ?

Il était rare que Mérielle restât sans voix. En tant que propriétaire d'une manufacture, elle avait l'habitude de répondre aux remarques des ouvriers, quelles qu'elles fussent, mais elle s'attendait si peu à voir le chevalier Rhyan Lombard qu'elle ne savait comment réagir à cette intrusion.

Il ne lui vint pas à l'esprit d'en faire le reproche à son beau-frère, qui ignorait, bien sûr, qu'elle eût eu trois ans plus tôt un différend avec son neveu. Depuis ce jour, elle n'avait revu qu'une fois l'odieux individu lorsqu'il avait quitté ses terres dans le Yorkshire pour assister au mariage entre son oncle et Laurel. Mérielle avait pris soin, alors, de l'éviter pendant toutes les festivités.

Mais, si elle n'en voulait pas à son beau-frère, elle avait de bonnes raisons d'être courroucée par le manque de délicatesse de l'intrus. Comment pouvait-il se croire invité à la place de son oncle ?

— Dois-je comprendre que vous avez estimé que l'invitation reçue par messire Adam vous concernait également ? J'en suis stupéfaite !

Elle se tut un instant comme pour considérer l'effet

de sa remarque sur Rhyan puis, constatant qu'il restait imperturbable, reprit :

— Votre oncle est-il souffrant ?

— Simplement occupé, ma dame, répondit Rhyan, dont le sourire s'était évanoui. Ayant affaires, moi-même, à Cantorbéry, je me suis proposé, lorsque je retournerai à Winchester, de vous y escorter.

Rhyan fit mine de tourner les talons.

— Je ne pouvais anticiper votre réaction, bien sûr, ajouta-t-il. Si vous ne supportez pas l'idée de voyager en ma compagnie… Peut-être aurais-je dû confier un message à un pigeon ?

Elle n'aurait rien dû attendre d'autre de lui. Il était parfaitement fidèle au ton employé dans les courriers litigieux qu'il lui avait adressés depuis qu'un différend les opposait. Et il ignorait quel prix elle avait eu à payer pour se défendre contre ses attaques injustes !

Une fois qu'elle avait eu gagné son procès contre lui, elle avait tenté d'oublier dans quelles circonstances elle l'avait remporté, mais un goût amer remontait toujours du fond de sa gorge lorsqu'elle y pensait malgré elle. Et elle n'avait cessé de redouter d'être obligée, un jour comme celui-ci, de rencontrer de nouveau Rhyan.

Elle savait certes que, si elle acceptait l'offre d'Adam, elle serait contrainte de revoir son neveu, qui était son héritier et dont les visites à Winchester étaient fréquentes, mais elle voulait croire que d'ici là elle serait guérie de l'épreuve qu'elle avait subie.

Tant que sa blessure restait à vif, elle était un prétexte suffisant pour ne pas se rendre chez messire Adam. Certes, mais ne se punissait-elle pas elle-même en retardant le moment où elle prendrait dans ses bras sa petite nièce ? Elle en avait un si grand désir que l'odeur suave et attendrissante du nouveau-né flottait dans sa mémoire, dissipant les mauvais souvenirs et les pensées négatives.

Mérielle était de grande taille, Gervais de Caen également, mais Rhyan dépassait tout le monde par son impressionnante carrure. La jeune femme avait entendu, plus d'une fois, messire Adam vanter sa force et sa dextérité, et les prouesses qu'il accomplissait dans les tournois. Même Laurel s'était émerveillée devant ses mérites. Elle avait, semblait-il, apprécié sa compagnie lors des premiers mois qui avaient suivi son mariage, où, comme elle s'en était confiée à sa sœur, elle avait éprouvé une profonde nostalgie de la vie dans le Yorkshire.

Elle ne tarissait alors pas d'éloges sur Rhyan qui, d'après elle, n'avait pas son pareil pour dresser les faucons. Elle parlait de lui en termes si dithyrambiques que Mérielle avait fini par se boucher les oreilles pour ne plus entendre ses louanges.

— Etes-vous arrivé à Cantorbéry aujourd'hui ? interrogea Gervais, prenant délibérément le parti d'ignorer les remarques de Rhyan.

— Mon Dieu ! Non ! Il y a plusieurs jours que je suis là. Je suis arrivé avant Pâques.

— Et vous avez attendu tous ces jours pour venir m'annoncer que votre oncle, tout compte fait, ne ferait pas le voyage jusqu'ici ? intervint Mérielle avec humeur.

— En quoi cela aurait-il changé la situation si j'étais venu plus tôt ? Mon oncle vous avait déjà fait savoir qu'il viendrait après Pâques et qu'il comptait sur vous pour être prête à prendre la route. Je suppose, d'ailleurs, que vous avez fait vos bagages ?

Messire Rhyan promena son regard autour de lui.

— Vous avez eu tout le temps de vous préparer.

— Il se trouve, messire, que je suis prête, mais n'aurait-il pas été plus courtois de…

— Non, car cela aurait gâché vos fêtes de Pâques. Or, contrairement à ce que vous pensez, je n'en avais aucun désir. Je rentre à Winchester lundi. Voulez-vous partir avec moi ou non ? C'est à vous de décider. Je peux dire à mon oncle…

— Vous ne direz rien à messire Adam ! l'interrompit Mérielle avec véhémence.

Elle savait précisément ce qu'il lui rapporterait. Il s'empresserait de lui dire qu'il l'avait trouvée avec son amant et sa servante dévouée, et qu'elle n'avait aucune envie de revoir sa nièce.

En tout cas, quoi qu'il dise, Mérielle en était certaine, ce ne serait pas à son avantage.

— Je lui parlerai moi-même, reprit-elle. Car je serai prête à prendre la route à la première heure, lundi matin. Je ne serai pas la seule à m'engager sur les chemins. Je serai accompagnée de la foule des pèlerins qui rentreront chez eux après les fêtes pascales. Je n'aurai donc pas besoin de votre escorte, messire. D'ailleurs, je partirai avec quelques-uns de mes gens.

— Ah ? fit Rhyan d'un air amusé en se tournant vers maître Bonard, qu'il considéra avec mépris. Vous vous ferez escorter de votre chevalier borgne ? Il avait deux yeux, me semble-t-il, la dernière fois où je l'ai vu. Que lui est-il arrivé ?

— Rien du tout, intervint Mérielle. Mais dites-lui vous-même, maître Bonard. Messire Rhyan n'a pas l'esprit assez chevaleresque pour comprendre ces subtilités.

Enhardi par le soutien de sa maîtresse, Bonard avança d'un pas.

— J'ai fait le vœu, expliqua-t-il, de porter un bandeau sur un œil aussi longtemps que je n'aurai pas eu l'occasion de sauver la vie de ma maîtresse. Voilà, messire. Maintenant vous pouvez vous gausser de moi.

La même lueur de pitié passa sur les regards de Rhyan Lombard et de Gervais de Caen qui, pour la première fois et sans doute la dernière, tombaient d'accord.

— Il est mal venu de se moquer de la chevalerie, déclara Rhyan, mais, je vous en prie, faites un effort pour être raisonnable. En quoi pouvez-vous prétendre assurer la protection de votre maîtresse avec un seul œil sur une distance de plus de vingt lieues ? Vous feriez mieux de retirer votre bandeau. Au diable votre vœu !

— Messire Lombard a raison, confirma Gervais. Faites preuve de bon sens ou ne jouez pas un rôle qui ne vous convient pas.

— Certains le font, répondit piteusement Bonard en quêtant du regard le soutien de Mérielle.

— Peut-être, fit-elle avec douceur, mais ils ne me récitent pas des poèmes en latin, maître Bonard.

Elle sentit le regard insistant de Rhyan et se demanda s'il avait conscience d'avoir dévoilé la supercherie de Bonard, qui n'avait pas composé les vers qu'il lui adressait, puis de l'avoir protégé contre sa colère.

Bonard, quant à lui, leva la main derrière sa tête et retira le bandeau qui avait comprimé sur son front une mèche de cheveux blond-roux.

Il s'inclina en clignant de l'œil.

— A une autre fois, peut-être ? fit-il à l'intention

des deux chevaliers. J'ai l'impression que vous vous connaissez déjà, tous les deux.

— Nous nous sommes croisés une ou deux fois, répondit Gervais. Mon emploi à la cour me met en relation avec les contribuables du royaume. Les lamproies que je vous ai apportées, par exemple, font partie de l'impôt versé par la ville de Gloucester. Elle donne aussi des anguilles trois fois par an. Messire Rhyan, quant à lui, verse…

Craignant que la conversation ne les conduisît sur un terrain par trop marécageux, Mérielle y mit un terme.

— Vous avez sans doute beaucoup à faire après votre absence, Gervais, dit-elle. Je ne voudrais pas vous retenir plus longtemps. Revenez dimanche pour nous souhaiter un bon voyage !

— Etes-vous bien certaine de vouloir que je parte ? lui chuchota Gervais.

— Oui. Retirez-vous, s'il vous plaît… Il est certaines questions dont j'aimerais m'entretenir avec messire Lombard…

Elle lui donna ses mains, qu'il embrassa avec ferveur avant de s'incliner et de partir sans récriminer pour le plus grand soulagement de Mérielle.

— Nous devrions poursuivre notre conversation à l'intérieur, dit-elle en guidant son hôte le long du passage.

Après avoir franchi de lourdes portes de chêne bardées de ferrures, elle précéda Rhyan dans la grande salle de la maison où des domestiques disposaient des tréteaux pour le souper.

Les bougies d'un candélabre à plusieurs branches avaient été allumées et répandaient un cercle de lumière à l'intérieur duquel Mérielle fit asseoir Rhyan sur un banc de pierre alors qu'elle prenait place en face de lui. Tout en accomplissant ces gestes, elle se répétait que la passion que Laurel avait eue pour ce bellâtre était le reflet de son manque de perspicacité.

Il était d'une exceptionnelle beauté, certes, mais ça ne faisait pas de lui un gentilhomme. N'avait-il pas fait de son mieux pour la blesser ? Elle n'était pas près de le lui pardonner.

Les domestiques gardaient une distance respectueuse, mais maître Bonard se tenait assez près de sa maîtresse pour donner l'impression d'être son protecteur. Elle avait parfaitement conscience, d'ailleurs, qu'il pouvait entendre tout ce qu'elle disait, même à mi-voix.

— Je voudrais que les choses soient claires entre nous, messire Rhyan. J'aurais cent fois préféré être escortée par messire Adam en personne, car j'aurais été en bonne compagnie. Je n'accepte de vous accompagner que parce que nous prenons la même route, le même jour. Vous m'avez bien comprise ? Je ne vous ferai pas la conversation, ni par politesse ni pour sauver les apparences. Et j'aimerais que vous respectiez ma volonté lorsque j'exprimerai le désir de rester à l'écart. Je n'ai, en vérité, qu'un souhait : me rendre à Winchester en toute sécurité.

— Vous ne vous êtes toujours pas remise de notre différend ! Vous avez pourtant récupéré votre terre, ma dame, bien que ce soit au détriment des métayers ! Il est temps de remettre votre épée au fourreau !

Il la considérait de toute sa hauteur, son regard d'un bleu intense ne trahissant pas le moindre regret ni la plus infime gêne.

— Vous vous moquez du différend qui nous a opposés, mais permettez-moi de vous rappeler que c'est sur un coup de tête fantaisiste que nos pères ont conclu cet accord…

— Non, maîtresse Saint-Martin ! Il s'agissait d'un accord bien réfléchi et en tout point fondé. Alors, arrêtez cette comédie, car je ne la supporte pas.

— Vous devez aller de déception en déception en ce monde, messire, car la vie est jalonnée de duperies.

— Sans doute parlez-vous d'expérience, ma dame, à en juger d'après ceux dont vous vous entourez. Mon oncle a-t-il connaissance de ce jeune damoiseau ? A moins que vous n'ayez l'intention de le remercier dimanche et de vous mettre en route sans lui ?

— Je vous prie d'apprendre à tenir votre langue, messire ! Le choix de mon entourage ne dépend que de moi, et sachez que jamais je ne vous permettrai de décider du mari que j'épouserai quelles que soient les dispositions prises par nos pères !

— Vous vous trompez, ma dame, si vous croyez qu'elles sont caduques à cause de leur mort. S'ils nous ont quittés prématurément à cause de la peste, le contrat signé en présence de votre mère, qui avait échappé à l'épidémie, est toujours en vigueur et le restera aussi longtemps que vous vivrez. Et sachez que j'entends bien le faire respecter ! Vous avez obtenu, une fois, l'appui du roi, mais ça ne se reproduira pas !

— J'ai payé pour son soutien ! rétorqua Mérielle d'une voix altérée par la colère.

— Oui, une amende… Pourtant, elle n'était pas prévue par notre contrat.

— Cela ne vous a pas suffi ?

— Non… Et ça n'a pas suffi non plus aux misérables qui vivent sur votre domaine, que vous vous refusez à administrer.

— C'est faux ! J'ai un régisseur et un intendant…

— Ils ne sont plus ! La peste les a emportés !

Mérielle laissa échapper un profond soupir.

— Elle est revenue ? Mais quand ?

— Le mois dernier. Et depuis ce jour vous ne vous êtes pas enquise une seule fois de vos administrés.

— Je pensais que…

Elle s'interrompit, consciente de n'avoir jamais accordé la moindre pensée à cette question.

Il la vit poser les yeux sur les tables qu'on venait de dresser comme si elle cherchait à éviter les siens. Penchant le corps en avant pour se rapprocher d'elle et capter son regard, il prit appui sur ses bras musclés bardés de cuir.

— Vous semblez avoir oublié que vous êtes liée jusqu'au terme de votre vie par les conditions figurant sur le contrat passé entre nos pères. Le bail souscrit par feu votre père concernant un ensemble de terres comprenant un manoir, un village et plusieurs moulins stipule, en effet, qu'à la mort de vos parents il s'applique à vous, en tant que fille aînée. De plus, comme nos pères souhaitaient s'assurer que les terres resteraient entre des mains compétentes après leur mort, il a été convenu qu'au décès de votre père c'était au mien de choisir un mari pour sa veuve puis, à la mort de cette dernière, pour sa fille.

Rhyan s'interrompit, et un voile de tristesse glissa sur son regard quand il reprit :

— Après la mort de mon père et de mon frère aîné,

tous deux emportés par la peste, il se trouve que vous êtes désormais sous ma tutelle, ma dame. C'est à moi que vous devriez soumettre le choix de votre mari, mais il semble que vous ayez voulu oublier les dispositions du contrat qui vous lie à moi, n'est-ce pas ?

Comme Mérielle ne répondait pas, il poursuivit :

— A la mort de votre premier mari, qui avait été choisi par votre père et approuvé par le mien, vous avez épousé de votre propre chef un freluquet à tête de linotte qui, après être entré en possession de vos biens, est parti pour Jérusalem. Il me semble qu'il ne se souciait pas plus de ses métayers que de sa femme.

Mérielle, tremblante de rage, se leva d'un bond. Comment osait-il lui parler sur ce ton sous le toit même de feu Philippe de Cantorbéry ?

— C'en est assez !

Messire Lombard la saisit au poignet.

— Asseyez-vous ! ordonna-t-il sans ménagement.

Devant le geste de Rhyan, maître Bonard se leva à son tour.

— N'oubliez pas, messire, que vous êtes un hôte ici ! Je vous en prie, relâchez ma maîtresse sur-le-champ !

Rhyan, qui fixait Mérielle dans les yeux en attendant qu'elle lui obéisse, ne réagit pas.

Pour éviter une confrontation entre les deux hommes, qui serait à n'en pas douter humiliante pour Bonard, la jeune femme consentit enfin à s'asseoir et fronça les sourcils en regardant ce dernier.

— Je vous ai dit, maître Bonard, qu'il n'avait aucun sens chevaleresque. Je vous en prie, retournez vous asseoir.

Elle sentit l'étau de la main de Rhyan se desserrer

autour de son poignet, mais se refusa à frotter sa peau là où les doigts du jeune homme avaient laissé une empreinte douloureuse.

— J'ai toujours estimé, messire Rhyan, qu'aucune femme ne devait se croire obligée d'obéir à un homme au sujet de ses affaires personnelles. Et, a fortiori, certainement pas à un étranger qui ne sait absolument pas ce qui est le mieux pour elle.

— Vos sentiments et opinions m'importent peu et ne sont pas l'objet de notre discussion. Ce qui m'intéresse, ce sont les conditions de vie de dizaines de familles qui ont droit à votre protection. Vous ne vous êtes jamais préoccupée de leur sort, pas plus que votre dernier mari qui, vraisemblablement, n'attendait que les revenus annuels de ces terres lointaines qu'il n'avait même jamais visitées.

— Laissez mon défunt mari en dehors de cette discussion, s'il vous plaît ! Je tiens à vous rappeler par ailleurs que, si vous n'aviez pas donné libre cours à votre méchanceté en confisquant les terres qui m'étaient allouées, nous n'aurions pas cette conversation en ce moment.

— J'étais parfaitement en droit de reprendre la terre dans la mesure où vous ne vous en occupiez pas !

— Vous saviez fort bien que j'étais veuve pour la seconde fois et dans une situation qui ne me laissait pas le loisir de me rendre dans le Yorkshire pour administrer mes domaines. Mais j'avais nommé un intendant et un régisseur pour s'en charger à ma place…

— J'ai attendu neuf mois avant de prendre des mesures coercitives.

— Vous les avez prises alors que je venais de perdre l'enfant que je portais avec tant d'amour…

Elle réprima le sanglot qui montait de sa gorge et lui étranglait la voix.

— J'ignorais que vous fussiez enceinte et je n'avais pas prévu la mort de votre mari.

— Vous m'avez envoyé des hommes de loi qui m'ont menacée de toutes les manières possibles et imaginables… Sans doute songiez-vous que j'avais hérité d'une si grosse fortune de mon père que je pouvais me dispenser du revenu de mes terres et vous verser des compensations ? C'est bien cela, n'est-ce pas ? N'aviez-vous aucune compassion pour ma détresse ?

— Et vous ? Aviez-vous pitié des misérables métayers livrés à vos régisseurs peu scrupuleux, qui les volaient, les punissaient injustement et abusaient des jeunes filles ?…

— Pardon ?

— Oui, ma dame. Ils commettaient tous ces crimes et de plus graves encore ! Vos terres jouxtent les miennes. J'ai reçu des doléances par centaines. N'était-ce pas normal, après un certain temps et constatant que rien ne changeait, que je me préoccupe des conditions de vie de ces misérables familles ? Ce sont d'excellentes terres qui vous ont été allouées. Or, du fait d'une mauvaise gestion, les métayers manquent de bœufs et de charrues pour travailler le sol ! Et je ne parle pas du toit de l'église qui s'effondre ! Et, pendant ce temps, vous vous prélassez dans votre confortable demeure, entourée de vos amants !

La main de Mérielle décrivit une courbe dans l'air sans réussir à atteindre la joue de Rhyan. Perdant l'équilibre, la jeune femme n'échappa à la chute que grâce à la table sur laquelle elle prit appui avant de se redresser en fixant son interlocuteur de ses yeux plissés, qui lançaient des éclairs. Si elle l'avait pu, elle aurait tué messire Lombard sur-le-champ.

— Hypocrite ! lança-t-elle. Vous avez tous les droits, vous autres les hommes ! Je vais vous apprendre, mon petit messire, que je suis capable de gérer toutes mes propriétés d'York, de Lincoln et de Cantorbéry et, parallèlement, de diriger une manufacture de tapisseries tout en assurant le bon fonctionnement de cette maison ! Et, que ça vous plaise ou non, il me reste encore de la force pour mes amants quand il me chante d'en accueillir un !

Elle s'interrompit pour reprendre son souffle avant de poursuivre :

— Si vous souhaitez en informer messire Adam, je vous en prie, faites ! Mais je n'ai pas besoin de vous pour convaincre l'ancien mari de ma défunte sœur de ne pas m'épouser. Je saurai le faire moi-même, et en enrichissant de mille détails les aspects les plus graveleux de ma vie !

— Je veux bien vous croire, ma dame, mais je ne manquerai pas d'en informer mon oncle.

— Ah bon ? fit-elle en se redressant, bouche bée.

Après un instant, elle reprit :

— Je comprends, en effet… C'est vous qui êtes son héritier. Vous ne voudriez pas que je devienne un obstacle à cette transmission en lui donnant un fils, par exemple, ou simplement en devenant bénéficiaire d'un douaire qui vous priverait de revenus jusqu'à ma mort. Je me doute bien que vous avez envisagé tous ces aspects.

Imperturbable, il laissa descendre son regard de la

couronne de fleurs, qui ornait la chevelure noire et abondante de la jeune femme, à sa poitrine ronde et ferme puis à sa taille étroite, au galbe marqué de ses hanches avant de remonter jusqu'à ses yeux, qui lançaient des éclairs de fureur.

— Je pense à tout, ma dame, en effet, et n'oublie rien. Mais permettez-moi de vous répéter, au cas où vous l'auriez déjà oublié, que vous ne vous marierez pas sans ma permission, même avec mon oncle.

— Que pourriez-vous faire pour m'en empêcher ? Me réclamer mes terres de nouveau ? Annuler notre mariage ?

— Non, non, fit-il en remuant la tête. Cherchez-vous à me faire croire que vous sauteriez dans le lit d'un homme âgé simplement pour me déplaire ? Je suis flatté que vous fassiez si grand cas de moi, mais je pense que vous avez une bonne raison pour agir ainsi.

— Si vous réfléchissiez un peu, messire, vous devineriez aisément que la seule raison valable pour que j'accepte d'aller vivre auprès de messire Adam est de prendre soin de ma nièce, qui est privée d'une maman. Ne feriez-vous pas de même si vous aviez un neveu privé de père ?

— Je ne crois pas que l'on doive se sentir obligé d'épouser toutes les jeunes femmes veuves en charge d'enfants. Je vous suggère de réfléchir à votre choix et de ne pas vous engager pour cette seule raison. Rien ne vous interdit de vous occuper de votre nièce sans en épouser le père.

— De toute façon, mon choix ne vous regarde pas, répondit-elle sèchement pour mettre un terme à la conversation.

Il la considéra d'un air amusé.

— Il ne vous sera pas aisé, lorsque vous dormirez sous le toit de messire Adam, de lui refuser l'accès à votre couche. Je ne doute pas que vous nous offriez un spectacle fort réjouissant. Et n'oubliez jamais, ma dame, que je peux tout arrêter et vous empêcher d'épouser celui qui ne serait pas de mon choix.

— Quittez cette maison avant que je ne vous en fasse chasser !

L'ordre sentencieux venait trop tard, car messire Rhyan s'était déjà incliné et tournait les talons pour repartir par où il était venu.

Elle quitta la pièce à son tour pour lui montrer qu'elle n'avait aucun égard pour lui, mais son mouvement précipité n'eut d'autre effet que de déclencher un rire puissant et sonore de Rhyan alors qu'elle se précipitait vers ses appartements pour ne plus l'entendre.

Comme Bonard la suivait, elle lui jeta sa couronne de feuilles de menthe au visage.

— Elle ne m'a pas calmée du tout cette herbe ! s'exclama-t-elle. Et pourquoi Allene n'est-elle pas là quand j'ai besoin d'elle ?

Sachant que l'humeur de sa maîtresse ne se trouverait pas améliorée pour avoir lancé une bordée d'injures, la gouvernante mit entre les mains tremblantes de la jeune femme une timbale d'hypocras qu'elle l'invita à boire pour couper court à toute manifestation verbale de colère.

Elle eut envie de l'apaiser en lui chantant une berceuse, mais l'expérience d'Allene, qui avait été la nourrice de

Mérielle, lui dictait que ce n'était ni le moment ni le lieu de tenter d'instaurer la paix.

Comme Mérielle lui demandait d'un air accusateur où elle se cachait, Allene répondit avec un calme olympien :

— J'étais à l'étage, maîtresse, où je préparais vos affaires. Où aurais-je pu être sinon dans votre chambre ? Si j'avais pu savoir que votre dernier visiteur entrerait ici comme en un lieu conquis et en ressortirait avec la même arrogance, croyez-moi, je ne lui aurais pas facilité l'accès à votre personne !

— Quelle tête de rat !

— Il était laid ? Je n'ai pas une si mauvaise mémoire… Il me semble, plutôt, qu'il était…

— Repoussant ! Sa mère aurait dû l'étouffer à sa naissance ! Je préfère être damnée que de faire tout le chemin jusqu'à Winchester en compagnie de ce monstre !

Le visage d'Allene resta impassible ; son double menton ne trembla pas, et elle n'écarquilla pas ses grands yeux bleus ; mais elle posa un regard pénétrant sur la jolie jeune femme qui serrait la timbale d'hypocras entre ses doigts fins, l'inclinant d'un côté puis de l'autre pour voir jouer le reflet du soleil sur le breuvage.

Elle n'avait pas le souvenir que messire Lombard fût repoussant, bien au contraire, et elle devinait moult pensées cachées et mouvements secrets du cœur derrière l'attitude méprisante de sa maîtresse.

Elle connaissait bien Mérielle. Elle l'avait vue naître et était, pour ainsi dire, sa seule famille depuis la mort de sa sœur et de son dernier mari. Elle savait interpréter mieux que quiconque chaque inflexion de sa voix, chacune de ses expressions et attitudes. Or, elle se souvenait que la dernière fois que Mérielle avait eu une réaction aussi violente et disproportionnée, c'était avec le même homme, auquel elle avait été confrontée à l'occasion du mariage de sa sœur et auquel elle reprochait, à tort selon Allene, d'avoir voulu reprendre des terres manifestement mal exploitées.

Allene n'avait jamais réussi à comprendre le refus de la jeune femme de rendre les terres allouées à sa famille par le père de messire Rhyan alors qu'elle touchait les bénéfices d'innombrables propriétés héritées de ses parents et de ses deux maris, qui auraient pu entretenir une armée. Elle aurait dû se satisfaire, au contraire, d'être déchargée de l'administration de biens fort éloignés de Cantorbéry, auxquels elle n'avait jamais eu le temps de consacrer le moindre instant. Or, après l'épidémie de peste, faute de main-d'œuvre, les champs n'étaient plus exploités, et il était de plus en plus difficile de trouver des régisseurs. Alors, pourquoi toutes ces histoires autour de ce bail ?

Allene allait demander à Mérielle en quoi, cette fois, messire Lombard l'avait offensée, mais la jeune femme lui fit une réflexion qui la laissa sans voix :

— C'est lui le père de cet enfant ! Tu le savais, n'est-ce pas ?

Là, elle allait trop loin ! Allene ne pouvait pas laisser passer une telle énormité.

— Par pitié, ma petite ! Vous ne pouvez pas dire une chose pareille !

Elle prit la timbale des mains de Mérielle et la conduisit à un tabouret recouvert d'une tapisserie représentant un décor de fleurs.

— Vous n'avez pas le droit d'accuser ainsi sans

preuve votre sœur. Chassez ces pensées de votre tête et remplacez-les par d'autres plus charitables. N'avez-vous pas écouté l'homélie de l'archevêque Islip à Pâques ? Si vous aviez retenu son enseignement, vous n'accuseriez pas d'un aussi grand crime, et de surcroît sans fondement, le neveu de votre beau-frère !

— Détrompe-toi, Allene. J'ai des preuves. Te souviens-tu des cheveux de ma nièce ?

— Bien sûr.

— Eh bien ?

— Ils étaient bruns... Mais ça ne veut rien dire. Beaucoup d'enfants sont bruns à la naissance puis blondissent. Certains font le contraire. Vous, par exemple, vos cheveux étaient cuivrés. Qu'aurait pensé votre pauvre père s'il avait eu le même esprit que vous ? Vous ne pouvez pas fonder la paternité de votre nièce sur ce seul critère.

— Elle a les yeux bleus.

— Comme tous les nouveau-nés. Vous le savez, n'est-ce pas ? Mais pourquoi tenez-vous tant à ce que messire Rhyan soit le père de cette enfant ? Laurel vous a-t-elle exprimé ses soupçons ?

— Non ! fit Mérielle avec humeur en tournant le dos à la gouvernante. Mais tu sais bien qu'elle avait un faible pour lui. J'aurais dû la mettre en garde, lui dire comment il avait agi avec moi après la mort de Philippe ! Bien sûr, elle ne m'aurait pas écoutée... Viens ! Cette discussion n'a aucun sens. Mais il me reste à me sortir de cette situation.

— Vous n'êtes pas obligée d'aller à Winchester, ma chérie. Envoyez un message à messire Adam pour l'informer que vous ne venez plus.

Mérielle fit non de la tête.

— Je n'ai pas le choix, Allene. Je veux revoir ma nièce. Si tu savais comme j'ai envie de la prendre dans mes bras !

— Vous avez encore deux jours pour réfléchir avant lundi.

— Nos affaires sont-elles prêtes ?

— Oui, tout est bouclé.

— Eh bien, nous pouvons partir dès demain. Rien ne sert d'attendre.

— Vous voulez que nous partions seules ?

— Nous ne le serons pas. Il y aura toutes sortes de voyageurs qui prendront la même direction que nous.

— Nous pourrions demander au frère hôtelier des chanoines réguliers de Saint-Augustin si un groupe de pèlerins quitte, demain matin, le monastère. Nous aurions, alors, l'assurance de voyager en décente compagnie. Ils passeront nécessairement par ici en se rendant à la porte Ouest. Voulez-vous que je me renseigne ?

— Oui… Envoie un huissier en livrée pour qu'on sache d'où il vient. Il sera mieux reçu.

— Là n'est pas le problème. Ce qui importe, c'est de savoir comment il reviendra en ville à la nuit tombée. Pourriez-vous lui écrire un mot qu'il présentera au guet ?

— Oui, bien sûr… Je me demande où messire Lombard est descendu.

Si Mérielle avait demandé à Allene où ce dernier et son oncle avaient séjourné à l'occasion du mariage de Laurel, elle aurait appris que c'était précisément chez les chanoines réguliers. Il y avait donc tout lieu de penser que messire Lombard s'y trouvait de nouveau.

Mérielle, cependant, ne posa pas d'autres questions et, lorsque l'huissier revint plus tard dans la soirée pour annoncer que le frère hôtelier du monastère de Saint-Augustin ne demandait pas mieux que de diriger, le lendemain matin, un groupe de retraitants vers la demeure de maîtresse Saint-Martin de Cantorbéry, elle ne soupçonna pas un instant que messire Lombard puisse en faire partie.

2

Mérielle n'aimait pas être poussée dans ses retranchements. En tout cas, elle ne se reconnaissait pas dans l'option qu'elle avait prise, elle qui, depuis qu'elle était veuve, s'était efforcée de montrer à tous qu'elle était libre et ne dépendait d'aucun homme.

Dissimulant son mécontentement grâce à l'effervescence des préparatifs, elle réussit à donner l'impression qu'elle n'avait choisi de partir aussi rapidement que pour devancer la foule qui ne manquerait pas de prendre la route le lundi. Se convainquant elle-même qu'elle ne pouvait faire un meilleur choix de date de départ, elle en vint à oublier qu'elle ne s'était décidée à quitter Cantorbéry aussi précipitamment que pour éviter la compagnie de messire Lombard.

Il n'était pas aussi aisé de convaincre Bonard de Lincoln, qui tournait et retournait entre ses mains son bandeau rouge, du bien fondé de ce départ précipité.

— Je n'aurais jamais retiré mon bandeau s'ils n'avaient pas insisté en disant que je vous défendrais mieux ainsi, dit-il. Mais je comprends, maintenant, que j'ai eu tort de les écouter.

L'absence de logique des propos de Bonard n'échappa pas à Mérielle, mais elle n'y prêta pas attention et lui donna une coupe remplie de vin avant de lui susurrer des paroles apaisantes :

— Ne vous préoccupez pas de ce que les uns et les autres peuvent dire, mon cher Bonard. Quant à moi, j'estime que vous êtes le seul en qui je puisse avoir confiance pour gérer mes affaires en mon absence. Nous attendons une livraison de laine qu'il vous faudra réceptionner et dont vous vérifierez la qualité. Vous aurez aussi à accueillir et à questionner deux Flamands qui ont demandé un emploi chez nous.

— Le maître tapissier peut les recevoir lui-même.

— Non, car il est flamand lui aussi. Il les engagerait même s'ils étaient borgnes ou manchots. Il n'y a que vous qui puissiez avoir un jugement libre de tous préjugés, et puis d'ailleurs…

Elle le prit par le bras et le fit asseoir sur le banc de bois près d'elle.

— Je voudrais que vous expliquiez à maître Gervais pourquoi j'ai dû partir précipitamment. Rendez-vous chez lui dès demain matin. Ferez-vous cela pour moi, Bonard ?

Elle vit un voile de tristesse assombrir le regard de ce dernier, mais ce n'était pas la première fois qu'elle le faisait souffrir ainsi.

— Je préférerais lui apprendre votre départ lorsqu'il viendra dimanche, maîtresse. Il sera déçu que vous soyez partie, tout comme nous autres. Dois-je l'informer de votre querelle avec messire Lombard ?

Une certaine ironie, perceptible dans la voix du poète,

conduisit Mérielle à se demander si les sarcasmes de Bonard étaient dirigés contre Gervais ou contre elle.

— Il est déjà au courant de notre différend, n'est-ce pas ? fit-elle en fronçant les sourcils. Avez-vous oublié que c'est lui qui m'a obtenu une audience avec le roi ?

— Je voulais parler de la dispute qui vous a opposés aujourd'hui.

— Non, ce n'est pas nécessaire.

Le regard de Bonard s'éclaira.

— Vous nous enverrez un message lorsque vous serez prête à revenir à Cantorbéry ?

Soulagée de le voir se détendre, elle se permit de le taquiner.

— Etes-vous certain que je reviendrai, Bonard ?

Il étala le bandeau sur ses genoux anguleux.

— C'est bien de ça que je suis le plus sûr, maîtresse Mérielle ! D'ailleurs, messire Rhyan vous a fait comprendre qu'il ne vous laisserait pas nécessairement épouser son oncle.

— Je ne lui demanderai pas son avis à celui-là !

Le regard baissé comme s'il craignait de croiser les yeux de la jeune femme, Bonard reprit :

— Est-ce souhaitable qu'une femme épouse le mari de sa sœur défunte ? Je me demande si messire Adam ne s'interroge pas à ce sujet. Ne vous a-t-il pas suggéré de prendre la place de votre sœur auprès de lui sans vous proposer le mariage ? Est-ce cela qu'il souhaite ? Que vous viviez simplement avec lui ?

Il tourna lentement la tête vers Mérielle pour voir l'effet de ses paroles sur elle.

— Il est fréquent qu'un homme épouse la femme de son frère défunt et réciproquement, rétorqua-t-elle.

— C'est généralement pour empêcher la dispersion des biens, mais vous ne pouvez prétendre assurer la succession de messire Adam alors qu'il a déjà un neveu.

— Vous voulez me dire, Bonard, que je me trompe sur les intentions des uns et des autres ?

— J'ignore les propos exacts que chacun a pu tenir, mais il est aisé de se méprendre dans ce genre de situation.

— Vous pensez donc que messire Adam m'a délibérément trompée sur ses véritables intentions ?

— Pour vous faire venir à Winchester ? Oui, j'en suis certain. Vous ne vous rendriez pas aussi volontiers chez lui s'il vous avait clairement offert d'être sa maîtresse. Mais il est complètement dépourvu de scrupules. Comment croyez-vous qu'il ait gagné aussi vite et à un tel degré l'estime du roi ? Il a saisi chaque occasion de se faire valoir. C'est un homme très ambitieux.

— Et en quoi servira-t-il son ambition en m'ayant comme maîtresse ?

Bonard soupira d'un air indulgent.

— Je suis peut-être un peu candide, mais je ne suis pas aveugle. Je vois la façon dont les hommes vous regardent, maîtresse.

Il vit la jeune femme baisser les paupières, ses longs cils bruns lui couvrant les joues d'une ombre, et attendit qu'elle le regarde de nouveau pour poursuivre.

— Messire Adam sait que vous avez un très grand désir de revoir votre nièce, mais, si sa seule intention était de trouver une mère pour l'enfant, il y aurait longtemps qu'il serait remarié.

— Il n'y a même pas un an que ma sœur est morte.

— Le temps importe peu quand un homme veut vraiment une femme. Or, c'est vous qu'il veut, et il espère que vous croirez qu'il souhaite demander votre main. Quand vous serez chez lui, il essaiera de vous persuader de l'honnêteté de ses intentions. Je préfère vous mettre en garde, maîtresse Mérielle, car un homme averti en vaut deux.

— Oh ! Bonard… Vous le croyez vraiment aussi machiavélique ?

— Je n'ai aucun doute sur ses intentions. Il aimerait bien, certes, trouver une mère pour l'enfant, mais, surtout, il vous veut dans son lit.

Mérielle regarda maître Bonard avec étonnement. Il venait de révéler un aspect de sa personnalité qu'elle ne lui connaissait pas. Mais, s'il avait été mieux informé, peut-être n'aurait-il pas établi un tableau aussi noir de la situation ?

— Vous savez, Bonard, ma sœur m'a laissé entendre que messire Adam n'était pas comme ça…

Bonard ne sembla pas du tout troublé par cette remarque.

— Dame Laurel était, parfois, un peu excessive dans ses propos…

— C'est un trait de famille, je l'avoue.

— Il est évident que messire Adam ne lui convenait pas pour deux raisons essentielles : il était trop ancré dans ses habitudes et, surtout, il avait un faible trop évident pour vous. Vous comprenez, dans ces circonstances, que votre sœur n'ait pas été encline à faire de lui un portrait très flatteur. N'aurait-elle pas fait cette remarque devant vous pour vous conduire à vous désintéresser de lui ?

Elle n'était pas très sûre d'elle-même… Ne cherchait-elle pas, d'ailleurs, à le rendre jaloux ?

— En se laissant compter fleurette par messire Rhyan ?

— En effet… Elle ne se privait pas de lui faire du charme, et il a répondu à ses avances. Il n'a rien fait de malhonnête. Ce n'est pas un menteur comme certains autres que je pourrais nommer.

Mérielle ne réagit pas à cette allusion à Gervais de Caen et laissa Bonard développer son argumentation.

— Je ne serais pas étonné, même, que messire Lombard vous ait proposé de vous escorter jusqu'à Winchester afin de vous protéger contre les visées de son oncle.

— Bonard ! fit Mérielle avec impatience en détournant le regard. C'est inconcevable. La seule raison qu'il puisse avoir de m'empêcher d'épouser son oncle, c'est de préserver son héritage. Me protéger est le cadet de ses soucis !

— Je crois que vous le jugez trop sévèrement, ma dame. Il n'est en rien responsable de ce qui s'est passé avec Sa Majesté.

En prononçant ces derniers mots, Bonard avait considérablement baissé le ton bien que les domestiques eussent depuis longtemps cessé leurs allées et venues pour débarrasser les tables et démonter les tréteaux.

— D'ailleurs, même si vous le détestez, il n'est pas nécessaire qu'il sache ce qui s'est passé. Laissez-le croire que vous n'avez eu qu'une faible amende à lui verser. Si vous n'étiez pas allée chercher l'aide du roi…

— Si cet homme malfaisant n'avait pas fourré son nez dans mes affaires, je n'aurais pas eu besoin de recourir à l'appui du souverain ! Et, si j'avais su combien il m'en coûterait, je ne me serais jamais rendue, ce jour-là, au palais épiscopal ! Même vous, n'est-ce pas, n'avez pas pu me protéger !

Elle n'avait pas voulu adresser de reproches à Bonard, aussi reprit-elle aussitôt :

— Je suis désolée, mon cher ami. Je ne vous en veux pas. Vous n'auriez rien pu faire… Mais heureusement, néanmoins, que vous étiez là. Sans vous, je ne sais pas comment je serais rentrée ici.

Bonard avait fait de son mieux pour protéger sa maîtresse, mais il n'avait pas pu imposer sa présence lors de son entrevue avec le roi alors que ce dernier insistait pour être seul avec elle.

Ce qui s'était passé derrière les portes closes de la chambre d'apparat du palais épiscopal avait eu un effet déterminant sur le montant des réparations versées à messire Lombard pour mauvaise gestion des terres allouées par lui à maîtresse Mérielle Saint-Martin. Cette dernière n'avait donné aucune explication à Bonard, mais la réputation du roi n'était plus à faire, et maître Bonard n'était pas dupe des manières des grands de ce monde.

— Je peux tenter de réparer un peu mes manquements, maîtresse Mérielle, si vous me permettez de vous escorter à Winchester.

Mérielle, qui ne voulait plus penser à ce funeste souvenir, se leva sans prêter attention aux propos de Bonard, qui comprit qu'il serait vain et mal venu de les répéter.

***

Minuit était passé depuis longtemps, et la détente que lui avait procurée son bain très attendu s'estompait déjà, poussée par de nouveaux problèmes qu'elle ne pouvait partager qu'avec ceux en qui elle avait la plus grande confiance.

Enveloppée dans le nuage de vapeur qui se formait au-dessus de la cuve en cuivre, Mérielle se demandait si c'était le mariage ou le veuvage qui accentuait les problèmes. Après un certain temps de réflexion, elle parvint enfin à la conclusion que, sans les hommes, la vie serait beaucoup plus simple.

Maintenant qu'elle était dans le doute au sujet des intentions de messire Adam, les regrets l'accablaient. Elle n'aurait jamais dû accepter de se rendre chez lui, même pour serrer dans ses bras sa nièce, la câliner, dévorer de baisers ses joues douces et lisses comme des pétales de roses.

Sous la surface mousseuse de l'eau, elle passa les mains sur son ventre, les remonta vers ses seins, qu'elle caressa pour effacer la douleur soudaine qu'elle venait de ressentir alors que le souvenir de la tragédie qu'elle avait traversée lui revenait à la mémoire.

Les chaudes journées de l'été 1356 invitaient à la langueur lorsque la nouvelle de la mort de Philippe, survenue quelques semaines plus tôt, lui était parvenue. Le vent soufflait du sud, portant jusqu'aux rivages de l'Angleterre l'âme de Philippe dont la vie s'était éteinte en Sicile, à Palerme.

A quoi avaient ressemblé les derniers jours de son existence ? Quelles avaient été ses pensées au moment où la mort s'était abattue sur lui ?

Ces questions étaient revenues, sans cesse, dans la

tête de Mérielle au cours des journées interminables et mélancoliques qui avaient suivi l'annonce du décès de son jeune mari. Elle n'avait jamais compris pourquoi il avait éprouvé un si vif désir de se rendre à Jérusalem !

Or, au fil des jours, elle s'était efforcée de comprendre que leur séparation ne serait pas seulement temporaire mais éternelle. Elle avait pris conscience aussi qu'elle n'avait même pas eu le temps d'apprendre à aimer le père de l'enfant qu'elle portait depuis trois mois.

Il l'avait aimée, quant à lui, dès qu'il l'avait vue à Lincoln et, à partir de ce jour, s'était montré déterminé et persévérant, car dans les premiers temps Mérielle avait tout fait pour le décourager. Après qu'il était revenu la voir plusieurs fois sans jamais se lasser, elle avait commencé d'apprécier cette constance, et il avait su prendre une petite place dans son existence solitaire.

Dans l'évocation de sa vie à Cantorbéry, il avait su rendre la ville attirante, et Mérielle avait enfin consenti à l'y suivre. Il ne s'était rien passé pendant leur nuit de noces. Il avait fallu attendre plusieurs semaines et une soirée avec des convives où ils avaient bu plus que de coutume pour qu'ils deviennent réellement mari et femme.

Leur vie s'écoulait agréablement dans la vieille cité où Philippe jouissait d'une excellente réputation grâce à la qualité des tapisseries confectionnées dans sa manufacture. Juste avant son mariage, il avait perdu son associé et n'avait pas éprouvé le besoin d'en trouver un autre, tant il semblait comblé par la présence, à son côté, de sa jeune épouse.

Lorsque celle-ci lui avait appris qu'elle était enceinte, il avait ressenti un tel bonheur que rien n'avait pu le dissuader d'entreprendre le voyage pour Jérusalem. L'annonce de la mort de Philippe, cependant, avait abrégé la grossesse de Mérielle de façon dramatique. Une semaine après qu'elle avait reçu la tragique nouvelle, elle avait fait une fausse couche.

Elle, qui n'avait jamais été sérieusement malade, avait cru que le monde s'effondrait autour d'elle. A dix-huit ans, elle se retrouvait seule, condamnée à pleurer tous ceux qu'elle avait perdus, y compris l'enfant sur lequel elle avait fondé tant d'espoir.

Elle avait cessé, dès lors, de croire aux lendemains heureux. D'autant plus qu'elle restait traumatisée par les douleurs provoquées par la fausse couche dont on lui avait dit qu'elles pouvaient être semblables à celles de l'enfantement !

C'est alors, pendant sa convalescence, qu'elle avait reçu un courrier l'informant que les terres du Yorkshire qu'elle tenait à bail allaient être reprises par leur propriétaire sous le prétexte qu'elles étaient à l'abandon.

Elle s'était ouverte de la profonde injustice dont elle s'estimait être la victime à un ami de Philippe très liant et aimable, un certain Gervais de Caen, qui avait écouté ses doléances avec beaucoup d'attention. Il s'était montré très compréhensif et encourageant, affirmant qu'il y avait des moyens de lutter contre ce genre de propriétaires abusifs et mal lunés.

Et, en conclusion, il avait suggéré à Mérielle de s'adresser au roi en personne.

— Il sera à Cantorbéry dans deux semaines, avait-il dit, et prendra ses logements à l'archevêché. La liste des victuailles est hallucinante !

Il déplia devant lui un parchemin imaginaire dont la

longueur était telle qu'il devait tendre les bras en l'air pour qu'il ne touche pas terre et déclama les innombrables denrées qui devaient être livrées au palais de l'archevêque avant l'arrivée du souverain.

— Je puis vous arranger une entrevue avec Sa Majesté qui réglera votre affaire, avait-il ajouté.

Mérielle s'était crue obligée de protester par politesse.

— Des dizaines de personnes doivent l'importuner chaque jour, maître Gervais ! Ne serait-ce pas possible de déposer une requête auprès de l'un de ses secrétaires ?

Le sourire de Gervais de Caen s'était élargi, et il avait pris la jeune femme par le bras pour la conduire à un tabouret.

— Maîtresse Saint-Martin, avait-il commencé, lorsque vous avez des amis au service du roi, il faut se servir d'eux. Je peux vous obtenir une entrevue en privée où vous pourrez expliquer votre requête à Sa Majesté sans craindre que des oreilles indiscrètes n'écoutent votre conversation. Je suis certain, d'ailleurs, que vous ne serez ni la première ni la dernière veuve à se plaindre à elle de ce genre d'abus.

— Dans deux semaines ?

— Oui. Je vous escorterai moi-même.

— Je prendrai Bonard également avec moi. Je tiens à ce qu'il m'accompagne.

— Sa présence à l'entretien dépendra de la volonté du roi.

Les nuages étaient bas, et un crachin dense et pénétrant enveloppait Cantorbéry lorsque Mérielle s'était rendue au palais de l'archevêque en compagnie de Bonard et de Gervais de Caen. Il faisait presque nuit lorsqu'ils avaient atteint l'élégant porche du palais, et leurs vêtements étaient tout détrempés.

Mérielle n'oublierait jamais l'escalier à vis conduisant à la petite antichambre où un feu avait été allumé dans une cheminée dont le manteau de pierre, en forme de hotte retournée, avait retenu son attention.

Maître Gervais avait disparu derrière une porte percée dans le mur opposé blanchi à la chaux puis, après quelques instants, il était revenu.

— Sa Majesté tient à vous recevoir seule, maîtresse Saint-Martin… Non ! fit-il en levant la main pour interdire le passage à Bonard, qui avait emboîté le pas à sa maîtresse. Il faut que vous attendiez ici, s'il vous plaît, maître Bonard.

— Ce n'est pas convenable, avait répondu ce dernier d'un air contrit et sans élever le ton.

— Je ne puis m'opposer à la volonté du roi, fit Gervais avec un geste d'impuissance.

Puis il fit passer Mérielle devant lui et traversa avec elle une salle où des clercs s'appliquaient à rédiger des édits royaux et à retracer d'autres écrits du souverain. Il introduisit ensuite la jeune femme dans une vaste chambre où régnait une agréable chaleur et dont les lambris de chêne, en reflétant les flammes qui dansaient dans l'âtre, prenaient une teinte rougeoyante. Des chandelles répandaient autour d'elles un halo de lumière qui laissait les autres parties de la pièce dans une quasi obscurité, et un parfum de cire se mêlait à celui entêtant de l'huile de lin.

Elle avait déjà rencontré une fois le roi, en présence

de feu son premier mari lors d'un dîner donné par les marchands de Lincoln en l'honneur du souverain. Le festin avait été aussi l'occasion pour le roi de rassembler des fonds destinés à financer ses campagnes militaires en France.

Au moment où Mérielle avait été présentée au roi et s'était inclinée devant lui, elle avait eu la surprise de sentir les mains du souverain se refermer sur les siennes. Il l'avait aidée à se relever et, lorsqu'elle avait rencontré son regard, elle y avait lu une profonde admiration.

Cette fois encore, trois ans plus tard, elle revivait la même scène.

Le roi Edouard, le troisième du nom, grand et athlétique, rompu aux jeux guerriers, excellent capitaine, patron des arts, grand bâtisseur, lui tenait les mains et plongeait les yeux dans les siens.

Il évoqua leur précédente rencontre alors qu'il l'aidait à retirer son manteau et le voile, ruisselant d'eau, dont elle s'était couvert la tête, et qu'il les déposait sur le dossier d'une chaise devant l'âtre.

— Nous allons leur laisser le temps de sécher, n'est-ce pas ? fit-il en reprenant les mains de la jeune femme avec des allures d'ami bienveillant.

— Oui, sire, répondit-elle en baissant les yeux.

— Vous traversez une période difficile, maîtresse Saint-Martin, mais, si vous voulez bien vous asseoir près de moi, je ferai ce qui est en mon pouvoir pour vous venir en aide. Saviez-vous que votre premier mari était un ardent partisan de la couronne et qu'il soutenait généreusement nos efforts de guerre en France ?

— Oui, sire. Il est malheureusement décédé peu après votre passage à Lincoln.

— En effet… Et votre père aussi a été frappé par le fléau. Vous avez traversé plus d'épreuves qu'une personne de votre âge n'est en mesure de supporter. Quel âge avez-vous exactement, maîtresse Mérielle, si je puis me permettre ?

— Dix-huit ans et quatre mois, sire.

Elle n'évoqua pas la douloureuse perte de l'enfant dont Philippe était le père car, si elle pouvait contrôler ses larmes en parlant de ce dernier, elle savait qu'elles ruisselleraient le long de ses joues lorsqu'elle ferait allusion au petit être qui n'avait même pas eu le temps de naître.

Comme si elle avait manqué d'air, elle passa la main sous le col de renard bleu de sa robe noire bordée de fils d'argent et révéla le ton abricot de son cou sur lequel tombaient les lourdes tresses de ses cheveux bruns entrelacées de fils d'argent ornés discrètement de perles, puis elle a exposé le litige qui l'opposait à messire Lombard.

Alors qu'elle présentait au souverain des échanges de lettres, au contenu juridiques, entre les deux partis, il remplit deux coupes de vin, et Mérielle accepta la boisson, sachant que les rois, en raison de leur fonction, ne pouvaient se permettre de se comporter comme les autres hommes.

Rassurée par l'expression satisfaite de Sa Majesté, la jeune femme commença d'espérer qu'il y aurait une issue heureuse au différend qui l'opposait à messire Rhyan, et elle se félicita que le roi ne lui demande pas pourquoi une veuve aussi riche qu'elle attachait tant d'importance à quelques arpents de terre situés dans le lointain Yorkshire. Elle n'aurait su que lui répondre s'il lui avait fait une telle remarque à moins d'évoquer la révolte qu'elle éprouvait de se voir tondre comme un mouton sans défense à une époque si douloureuse de sa vie.

Le roi remplit de nouveau la coupe de Mérielle, qui avait commis l'imprudence de la vider, et leva la sienne pour porter un toast :

— A votre tranquillité d'esprit, maîtresse Mérielle ! Laissez-moi régler cette affaire. Je ferai verser à messire Lombard la compensation financière qui convient. Il est l'homme lige de lord Scrope de Bolton, qui jure lui-même l'hommage au duc de Lancaster. C'est un soldat valeureux. Du moins mon fils me l'a-t-il décrit ainsi. Il frappe fort et avec précision. Une jolie femme ne devrait pas se trouver contrainte de croiser le fer avec lui.

Le roi sourit et étendit le bras dans le dos de Mérielle.

— Parlez-moi de votre famille. Se trouve-t-elle toujours à York ?

Soulagée de savoir qu'elle était assurée de l'appui royal, amollie par l'agréable chaleur, Mérielle s'ouvrit au souverain en toute confiance, riant des occasions diverses où elle s'était trouvée en désaccord avec sa sœur, évoquant son intention de faire venir Laurel à Cantorbéry pour qu'elle s'y installe.

Le roi, qui se rassasiait de la beauté et de la grâce de la jeune femme, cligna des paupières d'un air alerte qui contrastait avec son attitude nonchalante.

— J'ai peut-être une solution pour vous. Je connais à Winchester un célibataire riche et influent que je pourrais faire rencontrer à votre sœur. Winchester n'est pas exactement la porte à côté, mais n'est-ce pas assez proche de Cantorbéry pour deux sœurs qui ne sont d'accord sur aucun sujet ?

Le souverain proposait un mari pour Laurel ! C'était un problème de moins à résoudre pour Mérielle dont la reconnaissance envers le roi grandissait d'instant en instant.

— Oh ! Sire…, fit-elle avec son plus beau sourire. Comment puis-je vous remercier ?

En évoquant ce souvenir, Mérielle se dit pour la énième fois que c'était la réponse la plus stupide qu'elle eût jamais faite. La réponse d'une enfant, en tout cas, et non d'une femme d'expérience. Elle savait que plus jamais on ne l'y reprendrait.

Satisfait de ce qu'il venait d'entendre, le souverain se leva et invita Mérielle à faire de même.

— Venez, dit-il. Il n'y a rien de plus simple.

Elle n'avait que dix-huit ans et n'avait aucune raison de se méfier du roi même si elle avait entendu dire qu'il n'honorait pas toujours ses dettes, mais n'avait-il pas fondé, quelques années plus tôt, le prestigieux ordre de la Jarretière, qui était comme une garantie de bonne conduite à l'égard des femmes ?

Aussi Mérielle crut-elle de bonne foi qu'il avait l'intention de lui montrer quelque document d'intérêt et persista-t-elle dans cette illusion même lorsqu'il lui fit franchir une petite porte dissimulée dans les lambris.

Elle pénétra dans une chambre étroite et sombre, dont l'air étouffant était chargé de la fumée des quelques chandelles qui l'éclairaient, et attendit que le souverain lui montrât un livre, une relique ou quelque objet d'importance, mais il ne fit rien de semblable et referma soigneusement la porte derrière lui avant de la prendre par la main et de l'entraîner vers la masse obscure d'un lit à baldaquin.

— Sire…, fit-elle. S'il vous plaît… Je…

Mais il l'enlaçait déjà, et elle sentait son souffle chaud sur sa gorge.

— Sire ! Je vous en supplie…

— Ne vouliez-vous pas savoir comment vous pouviez me remercier ? lui répondit le roi d'une voix rauque, sans cesser de baiser ses épaules et son cou. A moins que vous n'ayez changé d'avis ? Ne recevrai-je pas une compensation pour l'aide que je vous apporte ?

— Une compensation, sire ? Je croyais que…

— Ah ! Vous croyiez ? fit-il avec un petit rire. Epargnez-vous cet effort. Les femmes ont peu de disposition pour la réflexion.

Tout en parlant, il avait plongé une main dans le corsage de Mérielle et lui avait saisi un sein.

— Hmm… Vous avez la peau douce et le téton bien renflé…

Mérielle tenta de le repousser et d'échapper à son étreinte, mais elle ne fit que s'égratigner contre les boutons dorés de son pourpoint.

— Avez-vous oublié, sire, que je suis en deuil de mon défunt mari ?

— Non, ma chère, et c'est bien pour ça que j'éprouve de la compassion pour vous. Vous êtes trop jeune pour vivre sans attentions. Je vais vous donner ce dont a besoin une jeune femme bien portante et robuste.

Avant même d'avoir terminé sa phrase, il renversa Mérielle sur le lit et se coucha sur elle alors qu'il soulevait sa robe et écartait les pans de sa chemise. Elle serra les jambes de toutes ses forces, mais il n'eut aucune peine à les rouvrir et, pesant de tout son poids sur elle, il la prit de force. Elle laissa échapper un cri, et des larmes lui gonflèrent les paupières.

Il se mit à aller et venir en soufflant, et Mérielle se demanda combien d'autres femmes avaient déjà subi le même sort qu'elle. Elle commençait de croire que ça ne finirait jamais quand il l'embrassa sur les lèvres avant de pousser une sorte de rugissement et de retomber sur elle en exhalant un profond soupir.

— Sacrebleu ! Tu es bonne, femme ! dit-il d'une voix haletante alors que des gouttes de sueur roulaient de ses sourcils sur le visage de Mérielle.

Stupéfaite, incapable de croire à la réalité de ce qu'elle venait de vivre, elle se laissa relever par Edouard puis conduire dans la salle voisine où elle revêtit sa cape et jeta son capuchon et son voile sur sa tête avant de se voir offrir une dernière coupe de vin. Les manières de celui qui venait d'abuser d'elle étaient redevenues, pour le plus grand étonnement de la jeune femme, celles d'un homme du monde.

— Non merci, sire, dit-elle à mi-voix. Je dois partir, maintenant.

Elle fit la révérence maladroitement.

— Je vous prie de m'excuser, Majesté.

Sur l'ordre du souverain, Gervais de Caen entra dans la salle, et rien dans son comportement ni dans son expression ne laissa supposer qu'il eût la moindre idée de ce qui s'était passé derrière la porte de chêne. Lorsqu'elle traversa la salle des copistes, aucune tête ne se redressa pour la regarder sortir. Quand elle pénétra dans l'antichambre, elle aperçut Bonard avec soulagement.

Il la sentait tremblante alors qu'il lui donnait le bras

pour descendre l'escalier à vis. Il avait dû comprendre qu'elle n'était pas bien car, lorsqu'ils furent sortis dans la cour aux pavés glissants en raison du crachin qui persistait, il invita maître Gervais à se placer de l'autre côté de Mérielle pour la soutenir en marchant.

Les deux hommes la raccompagnèrent jusque chez elle, puis Gervais de Caen, après s'être assuré du succès de la mission de la jeune femme, se retira tandis que Bonard l'aidait à traverser la grande salle. Comme elle s'accrochait toujours à lui en tremblant, il dut la porter dans l'escalier et jusqu'à sa chambre où il appela à l'aide Allene et Bess.

Après ce triste événement, Mérielle s'était répété inlassablement qu'elle avait traversé des épreuves encore bien plus dures et qu'il fallait s'efforcer d'en chasser le souvenir de sa mémoire, mais elle n'avait pas réussi à se pardonner de s'être montrée aussi naïve et d'avoir fait confiance à un homme qu'elle ne connaissait pas, ou si peu, fût-il roi.

Ce dernier avait tenu parole. Peu après, Mérielle avait reçu une lettre du notaire de messire Rhyan l'informant que l'amende avait été versée par le Trésor. La lettre était accompagnée d'une injonction royale l'invitant à ne pas donner suite à l'affaire.

Elle n'avait pas été réglée, cependant, pour Mérielle. Loin s'en fallait !

Dans les semaines qui avaient suivi l'entrevue avec le roi, Allene et Bess avaient dû recourir à toute leur science pour provoquer la menstruation qui ne s'était pas déclenchée à la date habituelle.

Le même événement qui, quelques mois plus tôt, avait été cause de réjouissances sans fin n'apportait, ces jours-là, que désespoir et honte. Une grossesse si rapprochée de l'annonce de la mort de Philippe aurait été très mal venue. Aussi, au mépris de toutes les inclinations de sa nature, Mérielle s'était-elle vue contrainte d'éteindre volontairement la petite étincelle de vie qui venait de jaillir dans son sein. Son corps et son âme encore plus en avaient été horriblement meurtris.

Brisée, elle avait accusé, contre toute logique, messire Rhyan d'être responsable de ce crime. Ni lui ni le roi n'avaient aucune raison de savoir jamais ce qu'elle avait été obligée de commettre, mais elle savait qu'elle leur en garderait une éternelle rancune.

Mérielle se frictionna le visage comme pour laver ce souvenir de ses pensées puis elle se leva et sortit de la baignoire pour s'enrouler dans la serviette que lui présentait Allene. De toute évidence, elle aurait dû rester à Cantorbéry et renoncer à se rendre à Winchester.

A la lumière des explications de Bonard, la proposition de messire Adam était, évidemment, une insulte, mais Mérielle avait tout de même envie de vérifier par elle-même quels étaient précisément ses projets. Et puis ne serait-ce pas pour elle l'occasion de rabattre le caquet de son infernal neveu ?

Un sourire s'esquissa sur ses lèvres, qu'elle dissimula sous la serviette chaude et parfumée dans laquelle elle plongea le visage.

— Allez, ma chérie, dit Allene. Au lit maintenant. Vous êtes morte de fatigue.

3

Le lendemain, à l'aube, Mérielle était redevenue pleinement maîtresse de sa propre destinée.

En selle sur un solide cob hongre et alezan originaire du Suffolk, elle attendait que les bêtes de somme transportant ses effets personnels et ceux de ses accompagnateurs ainsi que les vivres pour le voyage fussent entièrement chargées avant de donner le signal du départ.

Elle contenait son émotion et gardait une attitude digne dans sa robe de laine brune sous laquelle elle portait une culotte de peau pour se protéger des frottements contre la selle, qui risquaient de devenir douloureux après quatre à cinq jours de chevauchée.

C'était, cependant, sa seule concession à l'aspect pratique du voyage, car elle n'avait aucune intention d'être prise pour une simple paysanne. Ce ne serait pas le meilleur moyen, en effet, d'obtenir des lits confortables et aux draps propres dans les auberges et les maisons d'hôtes des monastères et, encore moins, d'être accueillie dans le logis de l'abbé.

Dans le but d'être identifiée au premier abord comme une femme de qualité, elle avait tressé ses cheveux en couronne sur le sommet du crâne et les avait entrelacés de fils d'or. Un voile de lin blanc immaculé lui couvrait la gorge et les épaules et mettait en relief son teint de pêche exceptionnel qui méduserait d'admiration même le palefrenier le plus rustre.

Son escorte ne passerait pas plus inaperçue que sa personne. Les deux mules qui portaient ses affaires personnelles ainsi que celles de ses deux suivantes étaient somptueusement harnachées de cuir vert orné de clochettes qui tintaient gaiement à chacun de leur mouvement. Il en était de même des deux solides chevaux qui portaient des paniers d'osier remplis de vivres. Elle devait être accompagnée, en outre, par deux jeunes valets en livrée vert et or, Daniel et Pedro, qui lui étaient dévoués corps et âme.

Les trop courtes heures de sommeil n'avaient pas suffi à entamer la bonne humeur d'Allene, qui exultait à la pensée de conduire une troupe de cinq cavaliers, quatre bêtes de somme et deux chevaux de rechange jusqu'à Winchester puis, pour le retour, de Winchester à Cantorbéry.

Voyant que Bess restait captive des attentions d'un jeune serviteur dans un coin de la cour, elle la héla :

— Allons, ma petite ! Si ton amoureux n'a rien à faire, qu'il t'aide à monter en selle. Il est temps que nous partions.

— S'ils ne sont pas là dans un instant, nous allons prendre la route sans les attendre, lança Mérielle à la gouvernante. Tu ferais bien de monter en selle aussi. Pedro ! Aide maîtresse Allene à monter sur son cheval.

Maître Bonard mit de l'ordre dans la crinière du cheval de Mérielle et tira sur les rubans verts de part et d'autre du frontail, faisant sonner les clochettes fixées aux rênes.

— Donnez-leur le temps d'arriver, maîtresse, dit-il. C'est vous qui leur avez demandé de vous escorter. Il ne serait pas convenable de partir avant…

Un cri résonna sous la voûte reliant la cour à la rue.

— Voilà déjà les marchands qui arrivent pour le marché, remarqua Mérielle.

Bonard avança d'un pas pour regarder en direction de la rue.

— Non, ce sont eux ! répondit-il en tirant le cheval de Mérielle par la bride.

Allene, au même moment, grâce à l'aide de Pedro, retombait lourdement sur la selle de son cheval irlandais gris pommelé, qui roula des yeux effarés.

A l'extérieur, dans la rue du Palais, une quarantaine de cavaliers venaient de s'arrêter sous les fenêtres de maîtresse Saint-Martin et créaient un tel désordre qu'un voisin, alerté par le bruit, ouvrit sa fenêtre et se mit à pousser des cris en voyant l'un des chevaux de la colonne de pèlerins déposer du crottin fumant sur le seuil de sa maison.

— Allez-vous-en d'ici ! hurlait-il derrière la croupe du cheval.

Comprenant qu'elle était la cause de tout cet encombrement, Mérielle serra rapidement la main de Bonard, prit les rênes de sa monture et sortit dans la rue où elle s'approcha de deux nonnes au regard vide de toute expression, qui encadraient une jeune fille dont elles avaient visiblement la garde.

Avant qu'elle ne les atteigne, cependant, elle fut rejointe

par un jeune cavalier vêtu d'une robe de bure d'un gris anthracite, au crâne tonsuré et à l'éclatant sourire.

— Maîtresse Saint-Martin ? Pardonnez-nous notre retard. Les matines puis la messe ont duré plus longtemps que d'habitude.

— Tu n'es pas étranger à ce retard, fit un autre moine à l'accent chantant scandinave. Tu n'arrêtais pas de ralentir la psalmodie. Si tu avais laissé l'abbé chanter seul ou, plutôt, si tu avais chanté moins fort, nous n'en serions pas là !

Le sourire du jeune moine s'élargit encore, si cela fut possible.

— A qui iras-tu te plaindre, dorénavant, quand un problème se présentera ? répondit-il en adressant un clin d'œil à Mérielle.

— Au forgeron ! lança un troisième cavalier, déclenchant l'hilarité de la petite troupe. Partons d'ici ! La dame est-elle prête ? Combien de cavaliers sa suite compte-t-elle ? La jeune fille et la duègne ? Trois femmes, seules, sur les routes ? Seigneur Dieu !

De nouveaux éclats de rire jaillirent quand Daniel et Pedro rejoignirent les femmes en conduisant chacun un cheval et une mule.

— Vous pensiez qu'elle ne serait que pour vous, n'est-ce pas, chapelain ? Etes-vous déjà remonté des profondeurs mystiques où vous sembliez plongé, ce matin ?

Sans se départir de son sourire, le jeune chapelain tira maladroitement sur les rênes de son cheval, qui ne sut plus où se diriger et revint rapidement vers la troupe qu'il était censé précéder. Un déluge de tapes sur l'arrière-train de l'animal l'orienta dans la bonne direction, et la troupe se mit en marche au son des cornemuses et des tambours qui couvraient le carillon des cloches de Saint-Martin.

Tout le long des rues de Cantorbéry, les plaisanteries fusèrent au sujet de la jeune femme alors que le chapelain se frayait un chemin entre les charrettes et les chariots de ceux qui venaient vendre leurs produits sur le marché.

La porte de l'Ouest venait d'ouvrir et laissait entrer un flot de marchands et de paysans apportant leur production en ville alors que les pèlerins en sortaient, créant un inextricable encombrement dans le goulot d'étranglement que représentait ce passage obligé.

Arrêtée comme tout le monde, Mérielle fut l'objet des moqueries des hommes qui rivalisaient d'humour à son sujet, faisant des suggestions loufoques à propos de ce que transportaient ses bêtes de somme. Etait-elle partie sur les routes pour retrouver un amant ? A moins qu'elle n'en cache quelques-uns dans les grands paniers que portaient les chevaux de sa suite ?

La jeune femme souriait et restait muette. Elle n'échangeait même pas quelques mots avec Allene, qui riait de bon cœur, et profitait de l'arrêt prolongé pour observer ceux au côté desquels elle allait voyager, notamment la jeune fille encadrée des deux religieuses dont elle remarqua qu'elles ne souriaient jamais et restaient parfaitement muettes comme si elles n'avaient rien entendu des quolibets qui pleuvaient autour d'elles.

Des voix à l'accent scandinave dominaient toutes les autres. Elles appartenaient à un marchand islandais et à son fils, vigoureux et musculeux, qui parlaient fort en secouant leurs crinières blondes et traitaient le jeune chapelain comme s'ils le connaissaient depuis l'enfance.

Deux de leurs poneys étaient, disaient-ils, chargés de fourrures et d'ambre, mais sur le troisième étaient disposées des caisses présentant des ouvertures dans lesquelles paraissaient de petits yeux ronds et furieux, des griffes et des becs acérés, des jabots tachetés de gris et de brun. C'étaient des faucons, déjà rares et inestimables à cette époque, qui n'attendaient que d'être dressés.

A l'exception du groupe formé par Mérielle et sa suite, et de la jeune fille sous la garde des religieuses, les voyageurs étaient tous des hommes, pour la plupart correctement vêtus et montés sur de solides chevaux pour lesquels cinq jours de marche ne seraient pas une épreuve redoutable. Mérielle survola du regard cet ensemble de cavaliers sans se départir d'une certaine arrogance qu'elle aurait voulu ne réserver qu'à celui dont elle était certaine qu'il était absent.

Une joie légitime s'empara d'elle devant le succès de sa ruse, mais, sans oser se l'avouer, elle éprouvait au fond d'elle-même, de façon très confuse, presque inintelligible, un subtil et lancinant regret que messire Lombard ne fasse pas partie de son escorte. C'était comme une petite voix intérieure, à peine perceptible, qui chantait une mélodie contraire à tout ce qu'elle disait, affichait et voulait penser.

— Nous sommes très bien accompagnées, dit-elle à Allene. Nous avons bien fait de nous adresser à l'abbaye.

Elle reconnut un joaillier et son assistant en compagnie de deux jeunes clercs qui retournaient à Winchester poursuivre leurs études. Indifférents au reste des cavaliers, ils poursuivaient une conversation où de nombreux termes en français se mêlaient à l'anglais. Aussi Mérielle se satisfit-elle de se voir adresser un rapide sourire et rien de plus.

Un courrier, monté sur un puissant cheval chargé de larges sacoches de cuir, s'impatientait derrière les pèlerins dont certains, vêtus de manteaux en laine grossière et coiffés de chapeaux aux larges bords, arboraient la coquille de Saint-Jacques-de-Compostelle et d'autres signes extérieurs témoignant des nombreux sanctuaires où ils s'étaient déjà rendus. Armés de pelles, pioches, cordes et autres ustensiles, ils étaient en mesure de faire face à toute éventualité, même la mort de leurs chevaux, car ils avaient chacun des souliers de marche pendus à leur selle.

Trois autres pèlerins venus d'Italie, jeunes et bruyants, approchèrent de Mérielle et s'adressèrent à elle dans un mauvais anglais. Jugeant leurs questions trop personnelles, elle fit mine de ne pas les comprendre et chercha des yeux la colonne de voyageurs dans l'espoir d'y trouver un interlocuteur avec qui elle puisse converser et éloigner ces jeunes gens trop entreprenants. Mais elle constata qu'une bande d'hommes en armes marchait maintenant à la suite de son escorte, que fermait Daniel avec les deux chevaux de somme. Croisant son regard, ils se mirent aussitôt à lui sourire, et elle tourna précipitamment la tête.

La route, au sud-ouest de Cantorbéry, suivait les méandres de la Great Stour mais, bientôt, la colonne de voyageurs prit à droite et s'éleva sur les collines, au nord, d'où la vue embrassait les marais salants dont les eaux miroitantes sous le soleil matinal n'étaient troublées que par la pêche des hérons.

Contrairement à ce qu'avait anticipé Mérielle, la route

était aussi encombrée en ce samedi qu'elle l'aurait été un autre jour, et plusieurs fois il lui vint à l'esprit que, si elle avait attendu messire Rhyan, elle ne serait pas en train de se demander si elle se trouverait un lit pour la nuit prochaine.

Le chapelain allait d'un bon train, aussi rattrapèrent-ils deux groupes de voyageurs partis avant eux des faubourgs de Cantorbéry. L'un s'agrégea au leur, l'autre, une famille entière avec ses volailles, cochons et autres animaux domestiques, se laissa dépasser. La colonne s'allongeait, ainsi, à mesure qu'elle progressait et, comme Mérielle avait une suite comptant neuf montures, elle ne pouvait la remonter et se trouvait reléguée dans une position de plus en plus éloignée de la tête.

Lorsqu'ils atteignirent le château de Chilham, la place du village était déjà noire de monde. Beaucoup prenaient leur premier repas de la journée, et ils étaient si nombreux dans l'unique auberge que Mérielle comprit qu'elle n'aurait aucune chance de pouvoir utiliser les lieux d'aisance. Elle dut se contenter de l'écran procuré par une haie et les robes déployées d'Allene et de Bess.

Une autre jeune femme, plus jolie qu'il n'est permis de l'être, était pareillement occupée. Ses tresses blondes étaient réunies dans un filet noir sur la nuque, mais il s'en échappait des mèches soyeuses que la brise légère soulevait. Elle se releva, effaça les plis de sa robe de velours usée avant d'enfiler un manteau au-dessus d'un corsage seyant qui mettait ses appas outrageusement en valeur, sourit et s'éloigna.

Sans jamais quitter des yeux le jeune chapelain, en compagnie des deux Islandais, de crainte qu'il ne remonte en selle sans prévenir, Mérielle vint au secours de Bess prise d'assaut par les trois Italiens, puis prit son repas debout, prête à sauter sur son cob dès qu'elle verrait le religieux mettre le pied à l'étrier.

Elle remarqua que la jeune beauté blonde s'était approchée d'elle et qu'elle lui souriait. Elle répondit à son sourire, car il n'y avait guère d'autres femmes de son âge qui pussent lui tenir compagnie en chemin.

La jeune femme désigna du menton ses deux compagnons qui, expliqua-t-elle, étaient son frère et sa sœur.

— Nous sommes partis hier, poursuivit-elle, mais deux de nos chevaux ont perdu un fer. Il a fallu attendre le retour du forgeron, qui était allé enterrer sa mère, avant de pouvoir repartir. Jamais je n'ai vu la route de Winchester aussi encombrée. Il y a tellement de monde que ma sœur et moi avons été contraintes de dormir dans une chambre pleine d'hommes. Or, ce n'était pas très rassurant pour ma sœur car, voyez-vous, elle est aveugle.

Mérielle se sentait en confiance avec cette jeune femme dont elle aimait la voix et la façon de parler. Elle ressentit la même sympathie pour son frère qu'elle désignait sous le nom d'Adrian et sa sœur sous celui d'Agnès alors qu'elle se présentait elle-même sous celui d'Emma. Mérielle trouvait leur compagnie très agréable et rassurante. Ils correspondaient exactement au type de personnes qu'elle avait souhaité rencontrer : courtoises, aimables et généreuses.

Et, en outre, leur présence à son côté aurait certainement l'avantage de dissuader les Italiens de harceler Bess et de l'importuner elle-même.

— Ils vous ont embêtée, n'est-ce pas ? fit Agnès. Je

les entendais pousser leurs cris quand ils vous entouraient.

Mérielle laissa échapper un soupir.

— Ils étaient assommants, en effet, reconnut-elle, mais c'est surtout pour ma jeune servante, Bess, que je suis préoccupée. Ils l'ont déjà presque séduite.

Adrian et ses sœurs rirent de bon cœur.

— Elle pourrait venir sur mon cheval ? suggéra le jeune homme. Je vous promets que je les tiendrai à une distance respectueuse. Agnès monte toujours en croupe derrière moi, mais peut-être pourriez-vous la prendre sur votre monture ? Votre alezan a l'air assez fort pour porter toute une famille.

— Oh ! Oui, facilement, admit Mérielle. Votre idée est excellente. Nous résoudrons ainsi le problème. Et, peut-être, si nous arrivons à remonter la colonne, réussirons-nous à nous réserver des lits pour la nuit ? Allons-nous essayer ?

— Où vous rendez-vous ?

— Je pense que notre prochaine étape sera Wye, mais il arrive que les voyageurs ne s'y arrêtent pas et poussent jusqu'à Charing. Il se pourrait même que nous dînions à Harrietsham. Ça y est, nous partons ! Le chapelain vient de monter en selle ! Essayons de le suivre au plus près !

Adrian aida Agnès à monter sur le cheval de Mérielle, et la jeune aveugle entoura délicatement la taille de la jeune femme de ses bras frêles. Puis le jeune homme prit Bess en croupe.

Le voyage sembla beaucoup moins long à Mérielle, qui se croyait obligée de décrire à la jeune aveugle tous les aspects du paysage toujours changeant qui se déployait sous ses yeux : la vallée verdoyante puis la grande forêt royale avant la route à flanc de colline au-dessus de la rivière qui, en contrebas, semblait un ruban argenté.

Ils ne poussèrent pas jusqu'à Wye et contournèrent la colline pour se diriger vers Charing où Mérielle se serait volontiers arrêtée pour passer la nuit, mais il n'en fut pas ainsi. Ils dînèrent brièvement, debout au bord de la route, et dans la bonne humeur. Adrian, très observateur, fit des commentaires burlesques sur la colonne des voyageurs, qui s'étirait presque à perte de vue.

Ses sœurs, manifestement, l'adoraient, et même Allene, la dernière généralement à se laisser gagner par un étranger, convint avec sa maîtresse qu'elles avaient eu beaucoup de chance de trouver des compagnons de voyage aussi charmants. Et, dans les échanges qu'ils eurent avec eux, Mérielle réussit à éluder certaines questions concernant la raison et le but de son voyage, et ramena la conversation vers des sujets moins personnels.

Or, bien qu'elle évitât d'évoquer l'escorte dont elle aurait pu jouir, son esprit revenait vers les implications de sa soudaine décision de partir, et elle se demandait comment elle s'en expliquerait en arrivant à Winchester.

Quatre jours sur la route devraient, pensa-t-elle, lui permettre de concocter une explication satisfaisante pour messire Adam, même si elle ne le serait pas pour son neveu. Mais toutes ces préoccupations ne lui avaient pas laissé le temps de s'occuper de l'endroit où elle dormirait ce soir-là. Or, on arrivait déjà en vue d'Harrietsham, et la longue escorte d'un noble voyageur obstruait la route. Elle ne comptait pas moins de trois chariots à quatre roues tirés chacun par six bœufs, plusieurs dizaines de bêtes de somme, chevaux et mules, des gens d'armes, sergents et autres serviteurs et domestiques portant la livrée, pages et écuyers.

Le petit bourg était déjà totalement investi. Tout espoir de trouver un lit partait en fumée. Pour avoir une chance de passer la nuit sous un toit, il fallait poursuivre jusqu'à la prochaine étape, et peut-être même au-delà.

Mérielle tourna la tête pour consulter Agnès à ce sujet, mais elle ne vit que ses cheveux alors que la jeune fille se laissait glisser lestement au sol.

— Où allez-vous ? lui demanda-t-elle.

Agnès ne prit pas la peine de répondre et courut vers le cheval de son frère avec une aisance surprenante. Et là, contre toute attente, elle tira sur le bras de Bess et la fit tomber à terre avant de saisir la main que lui tendait son frère et de prendre place sur la croupe de l'animal.

Emma, au même moment, rapprocha sa monture de celle d'Adrian.

— Eh ? fit Mérielle. Qu'est-ce que vous faites ?

— Nous allons trouver des chambres et revenir vers vous, répondit la jeune blonde en souriant avant de talonner son cheval, qui s'élança à la suite de l'autre.

Les deux animaux quittèrent la colonne et partirent au galop le long du bas-côté en herbe.

Aussitôt, d'autres cavaliers les imitèrent. Les domestiques en livrée, en se voyant dépasser, lancèrent à leur tour leurs chevaux en direction du bourg en se baissant pour éviter les branches des arbres qui surplombaient les fossés.

Mérielle comprit que la dernière chance d'obtenir un lit à l'abbaye, dans les auberges, chez l'habitant ou seulement une botte de paille dans une écurie dépendait de la rapidité avec laquelle le cavalier gagnerait le village. Et encore, cela ne suffirait peut-être pas !

Allene, qui s'était approchée de Bess, lui passa la main dans les cheveux.

— Rien de cassé, jeune fille ?

— Qu'allons-nous faire ? demanda cette dernière, les larmes aux yeux.

— Calme-toi ! Tu n'as rien. C'est ça l'essentiel. Arrête de pleurnicher et va chercher ton cheval.

— De toute façon, nous sommes bloquées.

— Eh bien, nous attendrons que le chemin soit libre. Nous n'avons rien d'autre à faire.

La gouvernante n'avait pas parlé dans l'intention de se faire entendre de sa maîtresse, mais cette dernière était à portée de voix, et sa réaction ne se fit pas attendre.

— Attends si tu veux ! lança Mérielle avec humeur en dirigeant son cheval vers le bas-côté. Je n'ai pas fait tout ce chemin pour regarder tomber la nuit sur le bord de la route. Je vais aller au bourg pour voir de mes propres yeux ce qui s'y passe.

Elle donna un coup de talon dans le flanc du cob, mais la voie fut aussitôt bloquée par les gens d'armes qui les avaient suivis tout l'après-midi et qui montraient, à présent, une sollicitude inquiétante. Il était impossible de faire un pas de plus sans tomber sous leurs griffes. Si elle avait accepté que messire Rhyan l'accompagne, rien de cela ne lui serait arrivé.

Son cheval n'avait pas fait trois pas qu'elle vit surgir devant elle les gens d'armes, hilares, jaugeant du regard les deux laquais qui lui servaient de suite et s'attardant sur les rondeurs de Bess.

Le cœur serré, comprenant qu'un inexorable danger

pesait sur elle et sa jeune servante, Mérielle hésitait quand elle remarqua que les soudards venaient tous, soudain, de rentrer dans le rang et que la voie était de nouveau libre !

A cet instant, elle vit un chevalier à la taille imposante et monté sur un immense étalon venir lentement vers elle. C'était la brusque apparition de cet impressionnant guerrier qui avait rabattu l'arrogance des gens d'armes. La largeur de ses épaules, sa position altière et son regard dédaigneux, qui ne laissaient aucun doute au sujet de son identité, avaient suffi à écarter la menace qui planait un instant auparavant sur les deux jeunes femmes.

Le soulagement éprouvé par Mérielle fut cependant remplacé par un brusque accès de colère, car elle ne supportait pas l'idée que messire Rhyan la surprenne dans un tel désarroi.

Se drapant dans sa dignité, elle poussa sa monture en avant et passa devant le cavalier sans même lui accorder un regard. Rhyan, néanmoins, n'eut qu'à étendre le bras pour saisir la bride du cob et l'entraîner avec sa cavalière autant à l'écart de la foule que le permettait la largeur du bas-côté.

— Vous restez avec moi, dit-il entre ses dents alors qu'ils se penchaient l'un et l'autre pour passer sous les branches basses d'un châtaignier.

— Lâchez la bride de mon cheval ! s'écria Mérielle.

Clignant des yeux dans les rayons du soleil couchant, elle vit qu'il portait un gipon de cuir, sans manches, au-dessus d'une tunique de drap vert ornée de petits boutons d'or du poignet au coude et un plaid écossais rouge, vert et noir, jeté sur l'épaule. Sa chemise de lin blanc, ouverte, laissait voir le cou.

Il avait chevauché depuis Cantorbéry tout comme elle, mais il ne portait sur le visage aucune trace de fatigue et se tenait sur son cheval comme un homme qui vient de monter en selle. Tout dans son attitude exprimait la force et la vigueur.

— Vous n'étiez pas censé voyager aujourd'hui, reprit-elle. Vous n'aviez pas à être là ! Alors, pour la seconde fois, je vous prie de me laisser passer !

— Vous vous trompez quand vous dites que je ne devrais pas être sur la route aujourd'hui. Pourquoi pensez-vous que je vous ai proposé de partir lundi ? Je savais que vous essaieriez de me devancer d'un jour ou deux. Mais je vous trouve fort ingrate. Qu'auriez-vous fait de ces six soudards sans compter les Italiens ?

— Je me suis très bien débrouillée toute seule jusqu'à aujourd'hui, messire Rhyan ! Et maintenant, laissez-moi passer. Je dois aller rejoindre mes amis.

— La putain, son souteneur et le vide-gousset ? J'avoue, en effet, que vous vous en êtes fort bien sortie jusqu'à maintenant entre vos trois voleurs et vos neuf amants potentiels !

— Putain ? Souteneur ? Comment osez-vous ?

— La blonde qui se prénomme Emma vend ses charmes dans une taverne de Winchester. Et celui qui se prétend son frère ne l'est que de l'autre jeune femme.

— Agnès ? L'aveugle ?

— Mon œil ! C'est le cas de le dire. Elle n'est pas plus aveugle que vous et moi. Mais ça lui rend bien service de se faire passer pour telle.

— Je ne vous crois pas. Ils étaient tous les trois si gentils…

Mérielle prononça ces mots sans conviction et se tut avant de terminer sa phrase.

Messire Rhyan se pencha sur la jeune femme quand il reprit :

— Lorsque votre petit Gervais s'est rendu à l'auberge avant de venir vous voir, il a été vu par mes hommes en compagnie de la blonde. Et ils ne jouaient pas à la marelle ! Ils sont de Southwark, sur les terres de l'évêque de Winchester.

— Je le sais ! répondit Mérielle avec humeur en détournant le regard.

— Mais peut-être ignorez-vous, maîtresse Saint-Martin, que votre bourse vous a été dérobée ?

— Pardon ?

Rhyan souleva la lanière de cuir qui pendait de l'épaule de la jeune femme et était à demi cachée sous sa houppelande et tira dessus jusqu'à ce que son extrémité parût avec la marque très nette de la coupure infligée par un couteau.

— Ma bourse ! s'écria Mérielle. La garce ! Elle me l'a volée ! Je l'ai eue en croupe derrière moi tout l'après-midi ! Ils ont partagé notre repas !

— Pour vous avoir vue en une telle compagnie, vous comprenez mieux, maintenant, de quel œil vous regardait cette foule bigarrée ?

Mérielle ne répondit pas et baissa les yeux.

Il plongea la main dans une poche de son pourpoint de cuir et en sortit la bourse de la jeune femme.

— Tenez ! Je l'ai récupérée. Ils n'ont rien pris à l'intérieur.

Comme Mérielle le considérait d'un air stupéfait, il reprit :

— Je vous ai observée de loin toute la journée et, lorsque j'ai vu ceux que vous appeliez il y a encore un instant vos amis s'enfuir précipitamment, j'ai compris ce qui s'était passé et ai lancé mes gens à leur poursuite. Ce sont eux qui ont récupéré votre bien.

— Vous voyagez avec une escorte ? demanda-t-elle, quelque peu surprise, en recevant la bourse de sa main.

— Certains de mes gens et ceux que messire Adam a tenu à envoyer à Cantorbéry pour contribuer à veiller sur votre sécurité en chemin. Il tenait non seulement à ce que vous soyez entourée d'une suite importante, digne de votre rang, mais aussi à ce que vous descendiez dans des logis dont nous avons prévenu les occupants de votre passage.

Elle fit non de la tête d'un air exaspéré.

— C'est très aimable de votre part, messire, mais il est hors de question que j'accepte ces conditions. Je ne puis, certes, vous empêcher de marcher dans la même colonne que moi, mais je ne veux pas être intégrée à votre escorte. Ma décision est prise. Votre suite d'ailleurs compte, me semble-t-il, certains de vos amis… Vous n'avez nullement besoin de ma compagnie.

— J'en connais quelques-uns, en effet, mais ils sont essentiellement au service de messire Adam… Je vous ai dit, lorsque je suis venu vous voir, que j'étais autant à Cantorbéry pour traiter les affaires de votre beau-frère que les miennes. De toute façon, je ne vous demande pas si vous voulez bien m'accompagner. Vous venez avec moi, un point c'est tout ! Un gîte nous attend à moins d'une demi-lieue d'ici. Encore un petit moment à cheval et vous trouverez un bon repas, du feu dans la cheminée et un lit confortable aux draps tout propres. Ne comptez pas avoir cela au prochain bourg.

A court d'arguments, Mérielle chercha des yeux Allene, Bess et ses deux laquais. Ils n'étaient plus là où elle les avait laissés, mais avaient progressé avec la colonne et se trouvaient encadrés par les gens en livrée de la suite de messire Rhyan. Une fois de plus, il avait tout décidé sans l'en informer comme s'il n'avait pas besoin de sa permission pour prendre en charge ses gens !

— C'est intolérable ! s'écria-t-elle en se retournant vers lui pour lui saisir le poignet et l'obliger à lâcher la bride de sa monture. Je n'accepte pas…

Elle ne termina pas sa phrase, car il lui serrait le bras dans sa poigne puissante comme la veille, chez elle, où il avait laissé la trace de ses doigts dans sa chair.

— N'est-ce pas votre devoir d'assurer la sécurité de vos domestiques ? fit-il en donnant libre cours à la colère qu'il réprimait depuis le matin.

— Lâchez-moi !

— Répondez-moi ! Etes-vous, oui ou non, responsable du bien-être de vos gens ?

— Oui.

— Alors comment pourriez-vous leur refuser de passer la nuit sous un toit qui vous est offert ? Etes-vous si étouffée par le ressentiment que vous ne puissiez accepter une aide de ma part ?

Mérielle fulminait intérieurement. Jamais ce butor ne comprendrait la nature de ce qu'il lui avait infligé alors qu'elle en ressentait encore toute l'amertume.

— La seule chose que j'ai éprouvée par votre intermédiaire, messire Rhyan, m'a blessée plus profondément que vous ne sauriez le deviner. Aussi je vous prie de me pardonner si je manque d'enthousiasme lorsque vous vous proposez de me venir en aide. Avant d'accepter quelque chose de votre part, il faudra attendre que cette blessure se soit refermée.

Espérant que les paroles qu'elle venait de prononcer mettraient un terme à leur dispute, elle fit un ultime effort pour lui faire lâcher son bras et s'attira les regards indignés des témoins.

— Il va falloir faire un choix, maîtresse Saint-Martin, répondit-il d'une voix rageuse en lui libérant le bras, mais en tirant plus fort sur la bride du cheval pour rapprocher sa tête de celle de son étalon. Ou vous m'accompagnez de bonne grâce sans vous faire remarquer de tout le monde ou je vous abandonne à cette cohue qui compte assez de soudards pour que la nuit prochaine soit pour vous un enfer. Quant à votre escorte, bon gré mal gré, elle viendra avec moi.

Allene, Bess, Daniel et Pedro étaient maintenant hors de vue et sans doute inconscients d'être séparés de leur maîtresse. Elle ne pouvait se permettre de les perdre et, avec eux, tous ses bagages. Et comment envisager d'être la proie de tous ces étrangers qui lançaient vers elle des regards de convoitise ?

— Que le diable vous emporte ! marmonna-t-elle. Vous n'oseriez pas me laisser seule ici.

— Détrompez-vous !

4

Elle le regardait, indécise, mais il paraissait de plus en plus déterminé et nullement prêt à négocier.

— Décidez-vous ! Il n'est que temps d'aller rejoindre mon escorte.

— Je n'ai guère le choix, n'est-ce pas ?

— En effet.

Il lui rendit les rênes de son cheval.

— Vous êtes prête ?

Elle fit oui de la tête en détournant le regard pour ne pas le voir triompher et, surtout, pour ne pas révéler les larmes qui lui gonflaient les paupières.

Elle prit une longue inspiration et mit son cheval au trot pour remonter la colonne le long du bas-côté. Les gens en armes et les laquais, qui formaient l'escorte de messire Rhyan, étaient encore plus nombreux qu'elle ne l'avait imaginé. Et il était accompagné, également, de deux maîtres artisans au service du roi auxquels Mérielle fut présentée en chemin, sans cérémonie.

La nuit tombait, et la fatigue gagna Mérielle quand ils arrivèrent aux abords de leur destination. Dans la faible clarté du crépuscule et alors que la lune commençait de s'élever au-dessus de la ligne d'horizon, elle distingua des bois au-delà de prairies qui ondulaient mollement dans un paysage d'une douceur paisible.

Un somptueux château dominé par un donjon et flanqué de quatre tours se dressait dans un ciel éthéré où quelques nuages, très hauts et effilochés, réfléchissaient les derniers rayons roses et orangés du soleil depuis longtemps couché. Un large fossé en eau, sur lequel était jeté un pont-levis, entourait d'un ruban d'argent le magnifique édifice de pierre et de granit.

Des lanternes brillaient dans le demi-jour, des chiens aboyaient, des voix chaleureuses les saluaient, des mains se tendaient pour leur venir en aide, un parfum de viande rôtie flottait dans l'air.

Avant même qu'elle n'ait rejeté la couverture qui lui enveloppait les jambes, Mérielle fut soulevée de la selle de son cheval et descendue à terre par Daniel et Pedro.

Un majordome donnait des ordres que chacun exécutait en silence.

— Les chevaux, ma dame, vont être conduits aux écuries où ils auront du foin en abondance. Vos gens seront logés au chaud et bien nourris. Quant à vos bagages, ils seront portés dans votre chambre dès qu'ils seront déchargés.

Puis, désignant un homme de grande taille richement vêtu, il ajouta :

— Vous êtes reçue chez messire Walter Nesley.

Dans la clarté des torches portées par les serviteurs qui l'entouraient, le châtelain s'inclina.

— Vous êtes la bienvenue, ma dame. Vos appartements sont prêts.

Après avoir franchi une imposante porterie puis

un autre pont-levis au-dessus d'un second fossé en eau, Mérielle pénétra dans une vaste cour et, de là, fut introduite dans la grande salle du château à laquelle conduisait un escalier.

Des tables sur tréteaux avaient été dressées pour le souper. La plus grande, placée sous un dais, était couverte d'une nappe d'une blancheur immaculée et portait une vaisselle d'or et d'argent qui scintillait dans la clarté vacillante des innombrables bougies fixées à de grands lustres en fer forgé.

Des tentures, fixées aux murs autour du dais, présentaient des tons pastel qui s'animeraient dans la lumière du jour, pensa Mérielle.

Toute cette splendeur l'intriguait. Elle ne se trouvait pas dans un logis ordinaire. Les dimensions de la demeure, son système de défense, le luxe de son décor laissaient à penser qu'il s'agissait…

— Messire Rhyan, s'exclama-t-elle en s'arrêtant si brusquement qu'Allene, qui était derrière elle, manqua de peu de la heurter. Il faut que je vous parle immédiatement !

Elle lui indiqua de la main un angle de la salle vers lequel elle se dirigea sans même attendre sa réponse tandis que Rhyan se tournait vers leur hôte, qui observait la scène d'un air stupéfait.

— Je vous prie de nous excuser, messire Walter, dit-il, puis il pressa le pas pour rejoindre la jeune femme, qui l'attendait en trépignant sur place.

En approchant d'elle, il écarta les bras en signe d'impuissance.

— Je sais ce que vous pensez, mais…

— Non, messire Rhyan ! Vous ignorez tout de ce

que je pense et de ce que je ressens ! Dites-moi la vérité ! Nous nous trouvons dans une résidence royale, n'est-ce pas ?

Rhyan hocha silencieusement la tête.

— Etes-vous complètement dépourvu de tact ? Comment pouvez-vous me faire ça ?

— Le roi n'est pas là. Je ne vous aurais pas fait venir ici s'il y avait été. Vous pensez que, s'il nous voyait ensemble, il pourrait nous croire réconciliés ? N'ayez crainte. Il ne viendra pas. J'ai seulement profité de mon déplacement pour rendre compte à mon oncle de l'état du château et des travaux de rénovation qu'il faut prévoir. C'est pourquoi j'ai réuni ici plusieurs hommes du métier, qui pourront donner leur avis à ce sujet. Ç'avait été l'intention de messire Adam de s'arrêter ici en chemin vers Cantorbéry ou au retour vers Winchester s'il était venu vous chercher en personne. Je ne fais que le remplacer.

— Où sommes-nous ?

— Dans le château de Leeds. Nous n'avons pas encore quitté le Kent.

— C'est la maison de la reine Isabelle ?

— Oui ou, du moins, ça l'était. La reine est morte en août dernier. Le château, depuis, est tombé dans le domaine royal. Plusieurs de ses architectes sont venus au rendez-vous, et j'en ai fait venir deux de Cantorbéry.

— Ceux que vous m'avez déjà présentés ?

— Oui. William Wykeham et Henry Yeaveley. J'ai aussi proposé à John Kenton de se joindre à nous. Je les escorterai jusque chez messire Adam quand ils en auront fini ici. Vous ne serez dérangée ni troublée d'aucune manière.

— Vous êtes absolument certain que le roi ne profitera pas de cette réunion pour venir et faire connaître ses desiderata ?

— Je vous l'assure ! Sa Majesté est à Windsor. Faites-moi confiance.

Quel que fût le degré de sincérité perceptible dans la voix de Rhyan, Mérielle y fut insensible.

— Je vous fais confiance, en effet, messire. Je vous sais parfaitement capable de saisir chaque occasion pour m'humilier un peu davantage.

Elle fut sur le point de remarquer qu'il ne manquait plus que de la faire coucher dans la chambre de la reine pour que l'affront fût parfait, mais l'allusion serait passée au-dessus de la tête de ce lourdaud. Aussi se dispensa-t-elle de la faire.

Ce qu'elle avait anticipé, soupçonnant de cynisme son accompagnateur, se réalisa. Messire Walter la conduisit à une chambre que la reine avait encore utilisée l'année précédente. Ayant deviné que Mérielle s'était plainte auprès de messire Rhyan, il lui exprima ses regrets en raison du décor usé et démodé de la pièce. Elle attendait d'être refaite, lui expliqua-t-il, comme l'ensemble du donjon.

— Venez voir, maîtresse Saint-Martin, dit-il en approchant d'une fenêtre percée dans l'épaisse muraille dont les embrasures étaient garnies, de chaque côté, d'un petit banc de pierre. La défunte reine Eléonore aimait beaucoup contempler la vue de cette fenêtre.

Il en ouvrit le volet de chêne et la laissa regarder. Une brise fraîche montait d'une vaste pièce d'eau, reliée aux fossés, qui reflétait la clarté nacrée de la lune. Mérielle respira le parfum de la campagne où elle reconnut, entre autres choses, celui de la jacinthe des bois. Baissant les yeux, elle vit que le mur du donjon tombait, abrupt, dans l'eau du fossé à son pied.

Constatant la direction du regard de la jeune femme, messire Walter déclara :

— Sa Majesté aimait beaucoup ce lieu en raison de l'immense étang et des bois qui l'enserrent. C'est une excellente terre de chasse.

— Il y a de l'eau tout autour du donjon ?

— Oui, maîtresse Saint-Martin. Nous sommes cernés par les eaux. C'est comme si nous étions en bateau sauf qu'il n'y a pas le roulis. Vous verrez mieux, demain matin, comment tout cela se présente. C'est un paysage d'une rare beauté.

Un bruit de pas résonna dans le passage voûté et deux serviteurs, qui portaient les lourds paniers contenant les effets de Mérielle, entrèrent dans la chambre.

Messire Rhyan et lady Alicia Nesley, qui les suivaient, attendirent sur le seuil en surveillant attentivement chaque geste des valets comme s'ils craignaient qu'ils n'endommageassent les effets de la jeune femme. Eût-elle été la reine qu'on ne lui aurait pas montré plus d'égards !

Quand les deux valets se furent retirés, lady Alicia entra dans la chambre et, comme messire Walter un instant plus tôt, se confondit en excuses au sujet de l'usure des rideaux du lit, déchirés en plusieurs endroits et dont les couleurs avaient pâli avec le temps.

— Ils vont être changés bientôt ainsi que le coutil.

Mérielle lança un regard rapide au lit à baldaquin aux colonnes imposantes et abondamment sculptées.

Lady Alicia dirigea l'attention de Mérielle vers la cheminée, où se consumaient trois grosses bûches, et vers une table de toilette portant une aiguière en argent et deux cuvettes ainsi qu'une pile de serviettes sur un coffre en chêne.

— Vous avez ici le nécessaire pour votre toilette… Je vais vous faire apporter de quoi dîner à moins que vous ne préfériez descendre dans le hall ?

— Non, je vous remercie, lady Alicia. La journée a été très longue et épuisante. J'aimerais me coucher au plus vite si vous me le permettez.

Malgré sa fatigue, Mérielle observait son hôtesse avec une pointe d'amusement. Grasse et ronde comme une caille, elle avait un perpétuel sourire aux lèvres. Le sommet de sa guimpe, amidonnée et blanche comme neige, n'arrivait guère qu'à l'épaule de son mari.

Une femme qui s'habillait suivant la mode d'il y avait trente ans, pensa Mérielle, n'aurait aucune idée de la façon dont il convenait de renouveler la décoration d'une chambre destinée à une princesse flamande.

Constatant que Mérielle souhaitait rester seule, messire Rhyan fit mine de se retirer.

— Si vous avez le moindre désir, dit-il, vous n'avez qu'à demander…

— Euh…, fit messire Walter en tapotant l'épaule de sa femme.

— Mon Dieu, oui ! J'allais oublier ! s'exclama-t-elle en se dirigeant vers une petite porte qu'elle ouvrit. Venez voir, s'il vous plaît, maîtresse Mérielle.

Mérielle s'approcha et vit une petite chambre où brûlait aussi un feu de bois. Deux lits simples y étaient disposés le long des murs.

— La reine défunte aimait à prendre son bain dans cette pièce où il faisait plus chaud, mais j'ai pensé que vous apprécieriez d'avoir vos suivantes toutes proches de vous.

— C'est très aimable de votre part… Mais nous ne sommes ici que pour une nuit…

— Eh bien, nous vous souhaitons une bonne nuit, dit messire Walter, mettant fin à la conversation.

Après une profusion de paroles aimables, le couple de châtelains se retira, laissant Rhyan sur le seuil de la porte.

— Vous êtes tout de même mieux ici que dans un grenier à foin d'Harrietsham, n'est-ce pas ?

— En quoi suis-je mieux ? fit Mérielle avec dédain. Ce qui importe pour moi, c'est la compagnie dans laquelle je me trouve. Qu'aviez-vous à l'esprit, messire, lorsque vous m'avez fait cette remarque ?

Il sourit et recula d'un pas mais, avant de refermer la porte derrière lui, il passa la tête à l'intérieur de la chambre.

— Votre sécurité, maîtresse Mérielle. Rien d'autre.

Trop épuisée pour exposer ses craintes, Mérielle finit par reconnaître qu'elle était mieux ici qu'à Harrietsham où elle n'aurait eu aucune chance de trouver un toit. Ni Allene ni Bess, qui étaient enchantées de l'accueil qui avait été fait à leur maîtresse, ne la démentirent.

Allene rejeta le coutil qui recouvrait le lit à baldaquin, faisant apparaître une couverture en fourrure et des draps de lin blanc.

— Vous allez bien dormir dans ce lit, ma petite, dit-elle en soulevant le bord de la couverture.

— Apporte-moi de quoi souper et aide-moi à me

changer… Je crois, en effet, que je vais dormir comme un bébé…

Enveloppée dans la couverture en fourrure de son lit, assise sur l'un des bancs de pierre aménagés dans l'embrasure de la fenêtre dont elle avait ouvert le volet, Mérielle contemplait le magnifique paysage qui s'offrait à ses yeux quand Allene, frissonnant dans l'air froid du matin, s'approcha d'elle et lui mit aux pieds des chaussons de peau doublée de fourrure.

— C'est incroyable que cette chambre, qui a été occupée par la reine, n'ait pas de fenêtres vitrées, remarqua la jeune femme. Comment faisait-elle en hiver ? Elle était condamnée à rester dans l'obscurité, les volets fermés, ou elle serait morte de froid !

Le soleil, qui nimbait l'eau et la campagne d'une douce lumière dorée, entrait à flots dans la chambre dont il réveillait les couleurs éteintes des tentures. Des oiseaux volaient dans le ciel limpide en se poursuivant avec de petits cris aigus. Mérielle les enviait. La liberté dont ils jouissaient contrastait avec l'impression d'enfermement que, malheureusement, elle ressentait.

Les berges de l'étang, qui s'enfonçait dans les bois, étaient plantées de saules, d'aulnes et autres essences qui se miraient dans l'onde et abritaient des nichées de canetons que l'on voyait s'aventurer sur l'herbe. Des cygnes battaient des ailes et s'élevaient légèrement au-dessus de l'eau — avant de s'y reposer en dessinant un sillage d'écume derrière eux. Dans toutes les directions où elle portait le regard, Mérielle constatait que les ondulations verdoyantes de la campagne étaient cernées par la forêt.

Comme elle se penchait à l'extérieur, un souffle froid et humide lui caressa le visage. Au même moment, Allene sortait d'un panier un surcot bordé de vair.

— Pâques est passé, certes, mais il fait encore frais, remarqua-t-elle en effaçant les plis du vêtement de velours bleu. Surtout le matin ! Et, si nous passons la journée ici, dans ce magnifique château, vous pouvez porter vos plus beaux vêtements. Allons, venez, ma fille ! L'heure de la messe va sonner avant que vous ne soyez prête, et je ne vous ai pas encore coiffée !

Pensive, Mérielle se tourna vers sa nounou d'autrefois et laissa tomber à terre la couverture en fourrure dont elle était enveloppée. Allene avait vu le corps dénudé de sa maîtresse presque autant de fois que Mérielle elle-même, mais elle ne se lassait pas d'en admirer la perfection avec sa taille fine, ses hanches galbées, sa superbe poitrine, haute et ferme, ses longues jambes, ses épaules fragiles enveloppées par ses longs cheveux bouclés, qui lui tombaient jusqu'au creux des reins.

Mérielle les rassembla dans ses mains et en fit une torsade.

— Plante dedans quelques épingles pour les faire tenir, dit-elle. Ça suffira.

Les bras levés, les cheveux en couronne au sommet de la tête, elle n'avait pas conscience de sa beauté.

— Voulez-vous mettre votre cotte rose ou la jaune ?

— Ni l'une ni l'autre. Je préfère la gris pâle. Elle est moins serrée et plus agréable à porter.

— Je vois. Vous ne voulez pas les rendre fous en portant un vêtement trop près du corps.

— Oui, tu as compris.

Mérielle n'aurait pu rester enfermée dans sa chambre sans offenser ses hôtes. Or, malgré ses réticences de la veille, elle était prête, aujourd'hui, à se montrer courtoise et à faire quelques civilités. Elle préférait, cependant, éviter les cottes rose ou or qui la mettaient exagérément en valeur.

La longue cotte gris pâle, néanmoins, ne la desservait pas non plus, et toutes les têtes se retournèrent sur elle lorsqu'elle entra dans la chapelle. Serrée à la taille par une chaîne d'argent ornée d'émaux, elle n'était visible qu'entre les pans du surcot de velours bleu, ouvert sur les côtés et bordé de vair, mais ce dernier ne dissimulait pas le long cou gracile de la jeune femme ni la masse de cheveux bruns et soyeux enveloppée dans un filet de perles fines.

La chapelle était pleine, mais il restait un peu de place à côté de l'un des maîtres artisans du roi qui avaient voyagé avec eux, la veille.

Il sourit et se poussa pour permettre à Mérielle et Allene de s'asseoir près de lui. Grand et robuste, il avait la peau tannée d'un homme qui travaille à l'extérieur par tous les temps. A la première occasion, il se tourna vers Mérielle pour lui demander à voix basse :

— Avez-vous bien dormi ?

— Oui, je vous remercie, maître… ?

— Henry Yeaveley.

Il sourit de nouveau et désigna du menton messire Rhyan Lombard, quelques rangs devant eux, de l'autre côté de l'allée.

— Je vois que vous êtes réconciliés. Les querelles entre amoureux ne durent jamais longtemps.

La célébration de la messe ne permit pas un échange plus long, mais Mérielle, qui aurait voulu avoir une explication au sujet de la remarque qu'avait faite Henry Yeaveley, eut beaucoup de difficulté à suivre l'office. Pendant l'élévation où, d'habitude, elle était abîmée dans la prière, elle ne pouvait détacher son regard d'une tête aux cheveux bruns qui dépassait toutes les autres.

Qu'avait-il raconté à ces hommes, au service du souverain, rassemblés en ce lieu ? A moins qu'Henry Yeaveley n'eût tiré ces conclusions hâtives de sa propre réflexion ? Il importait qu'elle rétablisse la vérité au plus vite.

Comme si messire Rhyan avait deviné ses intentions, il la rejoignit à l'autel au moment de la communion. Agenouillée à son côté, elle ne pouvait prier et, contre sa propre volonté, lui lançait des regards en biais. Il portait la même tunique que la veille, mais avait enfilé au-dessus une cotte qui descendait presque jusqu'à ses genoux et était nouée par une ceinture sur les hanches. Ses larges manches étaient ouvertes jusqu'au coude. Il avait quitté ses bottes de cheval pour des chausses en peau, munies de semelles, qui collaient à ses longues jambes musclées.

D'un rapide coup d'œil, qui n'échappa pas à Rhyan, Mérielle constata qu'il s'était rasé. Il en profita pour la saluer, mais elle ne lui rendit son salut que par un simple hochement de tête.

Saisissant, à la fin de l'office, la première occasion de lui fausser compagnie, elle répondit aux salutations d'un homme encore jeune qui, manifestement, attendait d'elle qu'elle le reconnût. Il lui avait été brièvement présenté la veille, en chemin, sous le nom de William Wykeham, mais son visage souriant n'avait rien évoqué pour elle. Agé apparemment d'une trentaine d'années mais présentant déjà une calvitie, il semblait un peu plus jeune que maître Yeaveley et se montrait extrêmement courtois.

— Je voulais vous dire, maîtresse Saint-Martin, commença-t-il, que je possédais une tapisserie tissée dans la manufacture de votre défunt mari. Elle n'est malheureusement pas très grande. A l'époque, je ne pouvais m'en offrir une d'une taille imposante comme celles qu'on peut admirer dans les salles des châteaux de Sa Majesté.

Appréciant du regard la tunique bien taillée dans un drap de qualité de maître William Wykeham, Mérielle lui répondit sur le même ton aimable :

— Il est temps que vous fassiez une visite à nos ateliers. La prochaine fois que vous vous trouverez à Cantorbéry, venez nous voir. Vous pourrez faire votre choix d'un plus grand ouvrage. Nous en avons de magnifiques.

— Je n'en doute pas, répondit William Wykeham avec un large sourire. Nous serions heureux, d'ailleurs, que vous contribuiez à la décoration de ce château. En avez-vous fait le tour ? Il manque de pièces comme vous le constatez. Aussi des agrandissements sont-ils prévus.

Tout en cheminant de la chapelle jusqu'à la grande salle où les habitants du château attendaient de rompre le jeûne, il distrayait Mérielle de ses soucis par ses commentaires enjoués sur la demeure royale. Et, s'il associait la jeune femme au projet de rénovation, elle ne voyait là qu'une forme de civilité et une expression de son enthousiasme naturel. Elle ne l'écoutait d'ailleurs que d'une oreille, s'efforçant, de l'autre, de percevoir les propos que messire Ryan, qui marchait derrière eux, échangeait avec tel ou tel interlocuteur.

La table des châtelains et hôtes de marque, que couvrait une nappe blanche sur laquelle étaient disposés des ustensiles en argent et des coupes de verre, fut bientôt occupée par ceux qui avaient assisté à la messe. Ce qui ne manqua pas de surprendre Mérielle, qui les avait pris en majorité pour des serviteurs.

Comme elle exprimait son étonnement à haute voix, William Wykeham, qui s'était assis à côté d'elle, s'empressa de l'éclairer.

— Ce sont, pour la plupart, des maîtres artisans comme nous au service de la maison royale, expliqua-t-il.

Encore une fois, Wykeham incluait Mérielle comme si elle avait été membre de leur corporation. Aussi, désireuse d'entendre un autre son de cloche, se tourna-t-elle vers la place encore libre, près d'elle, pour voir si celui qui allait l'occuper pourrait l'éclairer. Elle constata, à cet instant, que messire Rhyan venait dans sa direction en se frayant avec autorité un passage entre les convives.

— En qualité d'escorte officielle, j'ai le privilège de m'asseoir près de maîtresse Mérielle, annonça-t-il en s'installant près d'elle.

— Ce n'était vraiment pas nécessaire de prendre cette peine avec toutes ces personnes si courtoises autour de moi, chuchota Mérielle à Rhyan alors que messire Walter prononçait le bénédicité.

Le cliquetis de couverts entrechoqués qui suivit couvrit la réponse de messire Rhyan.

— J'ai déjà entendu cette réflexion dans votre bouche, et voyez où cela vous a menée ! A partir de maintenant, je vous garderai près de moi que cela vous plaise ou non.

Elle ne put se retenir de le taquiner.

— Vous pensez que messire Adam préférerait me voir arriver en un seul morceau, n'est-ce pas ? fit-elle sans le regarder.

— Je me moque éperdument des préférences de mon oncle, car il ne vous aura pas.

Il la provoquait pour le seul plaisir de la voir pâlir, mais elle ne pouvait répondre à une remarque aussi arrogante sans prendre le risque de s'emporter. Fallait-il comprendre qu'il était toujours aussi déterminé à contrarier ses projets quels qu'ils fussent ?

Elle n'eut pas le loisir de s'interroger longtemps sur ce sujet, car William Wykeham, qui ne cherchait qu'à obtenir son attention, lui désigna un à un les maîtres artisans réunis autour de la table, qui travaillaient au service du roi : William Hurley, maître charpentier, John Sponlee, architecte du roi à Windsor, John Kenton, peintre du roi et le jeune Walton, assistant d'Henry Yeaveley.

— Henry Yeaveley, précisa-t-il, est le maître maçon attitré du roi. C'est un brillant architecte. Il a été fait citoyen d'honneur de Londres, il y a cinq ans. Il n'y a rien qu'il ne puisse entreprendre.

— Et vous, maître Wykeham ? demanda la jeune femme. Etes-vous architecte également ?

— Non, maîtresse Saint-Martin. Je n'ai aucune compétence comparable à celles de maître Yeaveley, mais je sais me rendre indispensable d'une autre manière.

— Je n'en doute pas. Puis-je savoir de quelle façon ?

— Je suis au service du roi depuis douze ans. J'ai commencé par être officier de louveterie puis je suis devenu responsable géomètre du parc et du château de Windsor et me suis vu chargé d'installer des ateliers dans les nouveaux pavillons. Et, à présent, Sa Majesté m'a demandé de lui établir un rapport des aménagements et travaux exigés par ce château avant de me rendre à Winchester.

— Vous devez rencontrer mon beau-frère, messire Adam Bedesbury ? J'ignorais que vous deviez nous accompagner jusqu'au terme du voyage.

— Maître Kenton vient également avec nous. Messire Rhyan a besoin de lui. Ne vous en a-t-il pas parlé ?

— Non, William, intervint messire Rhyan. Vous brûlez les étapes. Nous avons encore du chemin à faire.

Le caractère ambigu des mots prononcés par Rhyan et son demi-sourire ne manquaient pas d'éloquence et effaçaient tout doute dans l'esprit de Mérielle au sujet du regard que posaient Wykeham et Yeaveley sur la prétendue relation qu'elle aurait avec lui.

Le moment était venu de mettre fin à cette illusion.

— Maître Wykeham, je tiens à vous dire…

Elle ne put terminer sa phrase, car un jeune écuyer présenta une bassine remplie d'eau qu'il tint entre elle et William Wykeham, puis un page approcha avec une aiguière et versa de l'eau sur leurs mains, qu'il essuya ensuite à l'aide de la serviette jetée sur son épaule.

Lorsque les deux jeunes gens se retirèrent, Wykeham, qui n'avait pas entendu le début de la phrase de Mérielle, était tourné vers son voisin de gauche. Aussi la jeune femme s'adressa-t-elle à messire Rhyan.

— Pas maintenant, fit-il sans même entendre ce qu'elle lui disait.

Alors qu'il disposait une pièce de viande sur le tranchoir qu'il partageait avec elle, il reprit :

— Trop d'oreilles nous écoutent ici. Nous en parlerons plus tard.

— Que leur avez-vous dit ? demanda-t-elle en le regardant droit dans les yeux.

— Que vous êtes une mégère qui a besoin d'être dressée. Et maintenant, goûtez-moi à ça.

Elle repoussa le morceau de viande qu'il lui présentait sur la pointe de son couteau.

— Et vous avez osé leur dire que vous vous en chargeriez ?

— Exact. Allez, mangez ! Et ne vous étranglez pas. On vous regarde.

— Merci pour l'avertissement, mais vous ne perdez rien pour attendre. A la première occasion, je leur donnerai ma version des faits.

— Je viens de vous dire que nous parlerions plus tard, sans témoins, mais, si vous tenez absolument à ce qu'ils sachent que vous dirigez une manufacture florissante avec la fâcheuse habitude de ne pas honorer vos contrats, je vous en prie, prenez la parole.

Comme la jeune femme, qui fulminait intérieurement, restait coite, il lui présenta un morceau de volaille qu'il avait trempé préalablement dans la sauce à la mûre.

— Goûtez à cette perdrix. C'est un délice.

Mérielle finit par accepter, mais aurait-elle mangé

un morceau de pain sec qu'il ne lui aurait pas semblé moins savoureux.

— Vous pourriez me sourire, reprit-il. Donnez au moins l'illusion que nous sommes en bons termes.

Elle ne répondit pas, mais daigna esquisser un sourire. Elle était décidée non pas à lui manifester une affabilité qu'elle n'éprouvait pas pour lui, mais à montrer aux autres à quel point l'opinion qu'il avait d'elle était partiale.

Et ce fut avec ce projet en tête qu'elle se joignit à la visite du château, accordant successivement son attention à chacun des maîtres artisans dont elle découvrit qu'ils avaient beaucoup de qualités en commun, chacun aimant à apprendre de l'autre et prêt à partager le fruit de son expérience avec lui.

Le seul avec lequel elle ne put avoir un échange fructueux et amical était John Kenton, qui ne s'éloignait pas d'un pas de messire Rhyan.

Ce dernier n'était jamais très loin non plus de la jeune femme, qu'il semblait vouloir garder dans son ombre. Elle en éprouvait, paradoxalement, un certain contentement car, même à quelque distance, la présence de Rhyan lui procurait un sentiment de sécurité.

En observant cette sage attitude, il ne s'imposait pas vraiment à elle, ce qui permettait à Mérielle de l'oublier et de s'entretenir avec une relative liberté avec ses différents interlocuteurs.

En sortant du donjon, les maîtres artisans s'arrêtèrent dans la cour intérieure du château pour tirer les premières conclusions de leur tour, et Mérielle tomba d'accord avec Henry Rutland, le maître vitrier du roi, au sujet de l'absence de couleurs dans la décoration.

L'installation de vitres teintées aurait pu y remédier,

suggéra la jeune femme, suscitant la réaction positive d'Henry Rutland, qui se réjouit ouvertement qu'elle fût impliquée dans la rénovation du château.

— Non, maître Rutland, répondit-elle. Je ne suis nullement associée à votre œuvre. Je ne fais que passer par cette demeure parce qu'elle se trouve sur la route de Cantorbéry à Winchester. Je pars, d'ailleurs, dès demain matin.

Puis, se tournant vers John Kenton, elle ajouta :

— Vous aussi, maître Kenton, vous prenez la route demain, n'est-ce pas ?

— Qu'est-ce que j'entends ? fit la voix nasillarde de William Hurley. Vous partez demain, maîtresse Saint-Martin, et toi aussi Kenton ? C'est impensable ! Il nous faudra au moins une journée complète pour faire le point des travaux. Nous ne pouvons tout de même pas passer notre dimanche à prendre des mesures ! Il faut respecter le jour du Seigneur.

— Maître Hurley a raison, déclara William Wykeham en approchant de Mérielle. Il vous faudra une journée complète, maîtresse Mérielle, pour faire un choix…

— Je n'ai aucun choix à faire ! l'interrompit la jeune femme. Je suis tout simplement en chemin vers Winchester et ne me suis vu confier aucune mission particulière. Je ne puis vous donner que mon avis, mais d'aucune manière il ne me revient de prendre une décision ni même d'influer sur la vôtre. Sachez, en tout cas, que je pars demain à la première heure.

William Wykeham interrogea du regard messire Rhyan, adossé au rempart crénelé.

— J'avais cru comprendre que vous pouviez nous accorder encore un jour ou deux ?

— Mais oui ! renchérit maître Hurley. Rien ne presse. Nous ne pouvons prendre d'aussi importantes décisions dans la précipitation. Or, nous avons besoin de votre présence, messire Rhyan, ainsi que de celle de maîtresse Saint-Martin et de Kenton. Restez au moins une journée supplémentaire. Terminons ce travail quand nous avons la chance d'être tous réunis. Qu'en penses-tu, Sponlee ?

L'architecte du roi acquiesça de la tête.

— Je pense comme toi. Ne pouvez-vous convaincre maîtresse Mérielle de nous accorder encore un jour, messire Rhyan ?

Ce dernier se dirigea vers la jeune femme dont l'hostilité se lisait dans les lèvres crispées et le regard noir qu'elle portait de l'un à l'autre en quête de soutien. En le voyant approcher, elle l'arrêta sur lui avec une expression accusatrice.

Comprenant que le chemin qu'ils avaient fait l'un vers l'autre risquait d'être anéanti en un instant, il lui offrit le bras.

— Venez, ma dame. Je voudrais m'entretenir avec vous en privé.

Elle ne le laissa pas la toucher et s'éloigna à grands pas vers la porterie. Médusés, les maîtres artisans observaient messire Rhyan, qui avait pris la même direction que la jeune femme, mais ne pressait pas le pas pour la rattraper.

*
* *

Heureusement pour Mérielle, Pedro et Daniel conversaient devant les écuries quand elle y parvint, suivie à distance de messire Lombard.

— Sellez mon cheval ! leur dit-elle. Et allez trouver Allene pour qu'elle prépare les bagages. Je veux que nous partions dans l'heure !

— Oubliez les ordres que vous a donnés votre maîtresse ! lança messire Rhyan avec autorité.

Les deux valets, ébahis, hésitèrent un instant puis, visiblement très embarrassés, s'éloignèrent discrètement.

— Ça alors ! Comment osez-vous congédier mes domestiques ? Laissez-moi, je vous prie !

— Baissez le ton si vous ne voulez pas que tout le monde vous entende.

Il avança sur elle d'un air dominateur, la forçant à reculer à l'intérieur de l'écurie où régnaient une douce chaleur et un parfum de foin fraîchement coupé.

— Laissez-moi ! répéta Mérielle sans cesser de reculer. Je n'ai pas besoin d'entendre vos arguments pour me convaincre de rester un jour de plus ici ! Je dispose de mon temps comme bon me semble, et il est hors de question que je perde encore une journée !

Elle était hors d'haleine. Il ne servait à rien qu'elle essayât d'améliorer ses relations avec messire Lombard puisque, chaque fois, ses efforts tournaient court. Alors que ce voyage aurait pu être le plus agréable au monde, il était en train de devenir un cauchemar.

— Je vous écoute, dit Rhyan, qui venait de franchir le seuil de la porte de l'écurie. Parlez !

Le regard de la jeune femme lançait des éclairs quand elle répondit en pointant le doigt vers la cour.

— Que voulez-vous savoir ? Vous les avez entendus,

n'est-ce pas ? Vous avez vu comment ils disposent de ma personne ! J'ai le droit de savoir ce qui se trame derrière mon dos !

— Il ne se trame rien du tout. Je n'ai jamais dit que nous resterions un jour de plus ici. Dimanche étant le jour consacré à la louange du Seigneur, il est normal que nous ne voyagions pas. Mais si, au lieu de partir samedi, vous aviez attendu lundi pour vous mettre en route, nous n'aurions pas eu cette discussion et serions encore à Cantorbéry. Vous voyez bien que, dans de telles circonstances, nous ne serions pas arrivés à Winchester plus tôt même si nous restions un jour de plus ici.

— Je me moque de vos raisonnements. Sachez seulement que je n'ai pas l'habitude de perdre mon temps. D'ailleurs, si j'avais accepté de partir avec vous demain matin, vous m'auriez quand même fait venir ici et auriez essayé de m'y retenir.

— Ce rendez-vous de maîtres artisans a été voulu par mon oncle, et c'est lui qui les aurait rencontrés ici s'il était venu vous chercher à Cantorbéry. Vous lui demanderez pourquoi il tenait absolument à ce que vous voyiez ce château. Pour ma part, je l'ignore. Mais franchement, qu'est-ce qu'une journée de plus dans le cadre d'un voyage comme celui-ci ?

— Je ne serais pas partie deux jours plus tôt si je n'avais pas été impatiente d'arriver ! rétorqua Mérielle d'un ton cinglant. Et, pour l'amour de Dieu, dites-moi pourquoi ils me croient tous au service du roi ? Qui le leur a dit ? Est-ce messire Adam ou une manœuvre de votre part pour me mettre mal à l'aise ?

— Ni l'un ni l'autre. Je ne serais pas étonné qu'ils

vous tiennent pour un fournisseur attitré de la couronne en raison de la qualité de vos tapisseries.

— Peut-être, mais ça n'explique pas les attentions qu'ont à mon égard messire Walter et sa dame. Je suis certaine qu'ils n'en font pas autant pour tous leurs hôtes. Songez que je ne suis même pas noble ! Or, lady Alicia a même laissé entendre que je pourrais décorer la chambre de la reine selon mon goût. Je ne m'occupe que de tapisseries. Les soieries ne sont pas de mon domaine. Qu'ai-je à faire de choisir les rideaux du lit de Sa Majesté ?

— En effet, murmura Rhyan, mais je crains, néanmoins, que nous ne soyons contraints de leur accorder encore une journée…

— Jamais ! Pour que vous m'humiliiez un peu plus devant tout le monde ?

Elle souleva le bord de sa jupe et fit un pas de côté avant d'ajouter :

— Et quand je pense que vous avez osé leur dire… Quelle effronterie ! C'est décidé. Je partirai dès les premières lueurs du jour. Je ne me plais pas ici. Je n'y serais, d'ailleurs, jamais venue si vous ne m'aviez pas rejointe sur la route. Mais, pour vous, messire, je serais allée à…

Elle s'interrompit, comprenant qu'elle se trahissait.

— Je vous écoute ! Vous seriez allée ?…

Elle hésita puis le contourna pour gagner la porte.

— Je me suis débrouillée seule pendant trois ans sans un homme à côté de moi pour me dire quoi faire ! Aussi je me crois parfaitement capable d'atteindre Winchester par mes propres moyens.

Rhyan fit un pas de côté à son tour et étendit le bras

pour enlacer la taille de Mérielle et la ramener près de lui.

— C'est possible, mais je vous ai laissée parler et, maintenant, c'est à mon tour de m'exprimer.

En prononçant ces mots, il l'entraîna dans une stalle vide et la poussa contre un mur avant de saisir ses poignets, qu'il réunit au-dessus de sa tête au moment où elle cherchait à le frapper au visage.

— Ça suffit, maintenant ! dit-il sèchement. Je ne sais pas plus que vous ce qui se passe ici, mais j'ai bien l'intention de percer ce mystère. Et, en attendant, il faudra que vous trouviez le moyen de me faire un peu confiance. Oui, je sais, vous n'êtes toujours pas remise de l'offense que je vous ai faite !

— Et avec de bonnes raisons, messire !

— Vous vous employez vainement à alimenter une haine injustifiée ! Quelle perte de temps et de force !

— Vous favorisez cet état d'esprit en moi.

— Je ne fais qu'accomplir ma mission, qui consiste à vous escorter jusqu'à Winchester. Vous m'obéirez donc, dussé-je vous ligoter à ma selle.

Elle lui fit face, enfin, le regard froid comme l'acier.

— Eh bien, c'est ce que vous serez contraint de faire, messire ! dit-elle en tentant de le repousser, mais il resta absolument inébranlable.

Comme s'il n'avait pas entendu la réponse de la jeune femme, il poursuivit :

— Et vous vous efforcerez de vous montrer un peu plus courtoise…

Cette fois, il dut la retenir alors qu'elle forçait de nouveau le passage.

— Au moins par respect de nos compagnons, continua-t-il. Croyez-vous avoir le droit de les mettre mal à l'aise avec vos crises de rage ?

— N'ai-je pas de bonnes raisons de me mettre en colère ? Qu'aurait fait un homme à ma place ? Et lui aurait-on reproché son accès d'humeur ? On aurait trouvé tout à fait normal qu'il veuille poursuivre son voyage sans délai ! N'est-ce pas ?

Il baissa un instant les yeux pour les relever, une lueur ironique dans l'expression.

— Vous n'êtes pas un homme, maîtresse Mérielle, et je suis responsable de votre sécurité. Vous allez donc vous conformer à ma volonté. Je comprends que mes insinuations vous aient courroucée…

— Courroucée ? fit-elle d'une voix stridente. Elles m'ont rendue folle ! J'aimerais mieux encore être aux ordres d'un ver de terre !

Profitant de l'effet de l'insulte qu'elle venait de proférer, elle réussit à se dégager et, s'élançant, tête baissée, traversa la stalle dont elle alla frapper de l'épaule le mur opposé.

— La vérité aurait bien mieux valu que vos insinuations, dit-elle en se retournant vers lui.

— Pas du tout ! Elle ne les regarde pas. De toute façon, que vous soyez d'accord ou non avec mes explications, vous devrez jouer le jeu jusqu'à notre arrivée à Winchester.

— Pour vous permettre de sauver la face ? fit-elle alors que ses yeux bleus lançaient des éclairs. J'ignore quelle sorte de revanche vous préparez depuis votre échec, il y a trois ans, mais ne rêvez pas, messire Rhyan !

Vous ne gagnerez pas ! La mégère ne se laissera jamais apprivoiser !

Elle s'attendait à une réaction violente et courbait déjà l'échine, mais rien ne venait. Le silence, particulièrement, la mettait mal à l'aise. Il lui pesait tant qu'elle releva enfin les yeux et constata que Rhyan la regardait avec une expression dénuée de toute colère et de tout ressentiment.

— Mon Dieu ! dit-il d'un air triste. Vous me haïssez, n'est-ce pas ?

Elle détourna de nouveau le regard.

— Vous avez deviné ? Bravo !

— Et pourquoi ?

La situation était absurde, d'une amère ironie, incongrue ! Ce même homme qui avait attisé la haine dans son cœur et y avait fait naître la crainte et la défiance, y avait aussi fait germer une graine de désir si forte qu'elle avait tous les sens en éveil quand elle était auprès de lui.

La vive émotion qu'elle avait éprouvée en le revoyant à Cantorbéry avait été suivie d'une nuit agitée et troublée puis, au cours de la journée qui venait de s'écouler, elle s'était rendu compte qu'elle le cherchait constamment des yeux. D'ailleurs, au moment, où il l'avait rejointe dans la chapelle, au pied de l'autel, elle avait été bouleversée…

Mais elle ne voulait pas reconnaître cette inclination qu'elle ressentait pour lui. Il cherchait à se venger d'elle, aussi devait-elle rester constamment vigilante et prête à se défendre. Elle devait, surtout, ne jamais oublier la confiance stupide que sa sœur avait eue en lui. Ce qui lui était arrivé ne devait pas se répéter avec elle !

Messire Rhyan, qui voyait se succéder les émotions sur le visage de Mérielle, demanda d'une voix douce :

— Croyez-vous vraiment qu'après trois ans je sois encore habité par le désir de revanche ?

— Osez le nier ! lança-t-elle d'un ton incisif. En prenant la place de messire Adam, ne vous êtes-vous pas offert l'occasion de me persécuter ? Etait-il trop occupé pour venir lui-même ?

— Non, trop mal portant.

Elle le fixait d'un air interrogateur et restait muette.

— Il est malade, reprit Rhyan. Je n'ai pas voulu vous en parler en présence de ce plaisantin qui vous courtise. C'est un espion du roi. Il se serait empressé de rapporter la nouvelle au souverain.

— Il n'a pas la peste, n'est-ce pas ?

— Mon Dieu ! fit-il en frappant du plat de la main le sommet de la cloison de bois de la stalle. Comment pouvez-vous me poser une telle question ?… Croyez-vous que mon prétendu désir de vengeance soit tel que je puisse vous envoyer vers une mort certaine ?

Elle ne le pensait pas, mais n'était pas disposée à le reconnaître.

— Qu'est-ce qu'il a ? Est-ce sérieux ?

— Rien de très grave. Il était fiévreux et souffrait de la goutte. Il se sentait trop mal pour monter en selle.

— Et le bébé, demanda Mérielle en posant inconsciemment la main sur son ventre.

Ce geste n'échappa pas à l'observation de Rhyan, qui mesurait, depuis la veille, quel vide avait laissé dans la vie de la jeune femme la perte de l'enfant qu'elle avait attendu. Cette découverte l'aidait, d'ailleurs, à mieux comprendre pourquoi elle était aussi impatiente de revoir sa nièce.

— Je voudrais conclure un marché avec vous, maîtresse Saint-Martin, dit-il soudain.

— C'est hors de question !

— Restez-là ! fit-il en lui barrant la route comme elle essayait encore de fuir. Si vous acceptez de faire une trêve jusqu'à ce que nous ayons atteint Winchester, j'expliquerai aux autres que nous devons impérativement repartir demain matin. Vous voyagerez avec moi en toute sécurité et ferez étape dans de confortables logis où rien ne vous manquera. Ne pouvez-vous conclure ce marché avec moi ?

La gentillesse avec laquelle il venait de lui faire cette proposition stimulait en Mérielle l'envie d'accepter. Elle éprouvait, en effet, un grand soulagement à la pensée qu'elle ne serait plus seule sur la route avec ses deux valets pour assurer sa propre sécurité et celle des deux femmes dont elle avait la charge.

— J'ai la ferme intention de partir d'ici, demain, avec ou sans vous, messire Rhyan, dit-elle enfin pour ne pas perdre la face. Mais je vous préviens, si vous tentiez de m'enchaîner à ma selle, vous partiriez sous les huées.

— J'en conviens, reconnut messire Rhyan en souriant. Et notre trêve ? Vous montrerez-vous coopérative ?

— Je ne vous promets pas qu'elle durera jusqu'à Winchester, répondit Mérielle, qui consentait à faire un léger effort, mais je ferai de mon mieux pour me montrer..., comment dire ?... Courtoise !

— Vous êtes remplie de sagesse, dit-il avec un sourire attendri. Je suppose que vous préféreriez éviter nos amis, qui nous attendent dans la cour du château ?

— Oui, répondit-elle en lui tournant le dos.

Elle croyait pouvoir se diriger seule vers la porte, mais Rhyan la saisit par les épaules et la fit se retourner brutalement avant de l'enlacer.

— Vous pouvez me donner, dès maintenant, une preuve de votre courtoisie, maîtresse Saint-Martin, murmura-t-il en cherchant les lèvres de la jeune femme avec les siennes.

Elle ne pouvait pas lui échapper. Il avait glissé les doigts dans ses cheveux et lui maintenait la tête alors qu'il s'inclinait sur elle et qu'elle sentait son souffle sur son visage.

Bien qu'elle fût absolument hostile à ce baiser, Mérielle fut embrasée par un feu dévorant lorsqu'elle sentit ses lèvres sur les siennes, et, contre sa propre volonté, elle y répondit avec la même ardeur. Plongeant même les doigts dans sa chevelure, elle se laissa enivrer par son odeur, la douceur de ses lèvres, la puissance de son étreinte.

Elle sentait la vigueur de son érection contre elle et, poussée par une force primitive, soulevée par le désir, elle ouvrit la bouche, mêla son souffle au sien alors qu'il la plaquait contre la cloison de la stalle et, sans cesser de l'embrasser, passait une main sur sa poitrine, descendait le long de son ventre…

Un violent coup de sabot dans une porte et un hennissement les fit sursauter. Ils se redressèrent, haletants, et Mérielle, prenant conscience du danger qu'elle venait de courir, s'écarta de Rhyan et remit de l'ordre dans sa tenue.

— Folie ! murmura-t-elle, les jambes flageolantes.

Messire Rhyan, d'habitude inébranlable, la regardait

en silence. Son mutisme et l'expression étonnée de son regard laissaient entendre qu'il n'avait pas prévu ce qui s'était passé entre eux et qu'il en était, lui aussi, ému.

— Mérielle ? fit-il d'une voix douce après quelques instants. Pardonnez-moi… Ça n'était pas calculé…

Il se pencha sur elle et reprit sur le ton de la confidence :

— Venez ! Nous allons leur fausser compagnie et descendre au bord de l'étang.

— Je n'ai pas besoin de votre aide pour marcher, lança Mérielle comme il lui offrait le bras.

Mais il n'en tint pas compte et sortit avec elle de l'écurie bras dessus bras dessous sous les regards captivés des maîtres artisans de Sa Majesté.

Ils traversèrent rapidement la cour, franchirent un portillon et descendirent un escalier le long du rempart donnant accès à la rive du lac.

En les voyant, côte à côte et silencieux, les cygnes vinrent à leur rencontre dans l'espoir de recevoir quelques débris de victuailles.

5

Ils firent quelques pas le long de l'eau sans échanger une parole puis, quand Rhyan eut l'impression que Mérielle était remise de ses émotions, il retourna avec elle à l'intérieur de la forteresse et rejoignit les maîtres artisans auxquels il annonça qu'il ne pouvait retenir maîtresse Saint-Martin un jour de plus à Leeds, car messire Adam était impatient de les voir arriver pour la conclusion de ses propres affaires.

Mérielle n'ayant pas réussi à sourire d'un air de regret comme elle en avait eu l'intention, ils en avaient conclu que la décision était mutuelle et qu'elle était très regrettable.

Craignant que messire Rhyan n'abusât de leur prétendue trêve et qu'il ne fît une démonstration excessive de familiarité en public, Mérielle profita de la première opportunité pour lui rappeler ses sentiments à ce sujet.

Alors qu'ils empruntaient le passage voûté et glacial qui conduisait au donjon, et qu'ils échappaient ainsi à tous les regards, même ceux des huissiers, elle retira brusquement son bras qu'il serrait contre lui.

Il la saisit au poignet pour la retenir, sachant que s'il

la laissait libre elle s'éloignerait de lui aussi vite qu'elle le pourrait, et attendit qu'enfin, contre sa volonté et avec une animosité qu'elle ne cherchait même pas à dissimuler, elle daignât lever les yeux sur lui.

— Je sais ce que vous avez voulu me dire, déclara-t-il en la regardant avec une expression compréhensive mais froide.

Il était évident que, s'il devinait la volonté de la jeune femme, il n'était pas prêt à s'y plier.

— L'incident est clos, reprit-il. Vous avez exprimé votre pensée, mais, maintenant, posez votre main sur la mienne.

Elle y consentit avec un soupir et une réticence évidente.

— A quoi bon puisque personne ne nous regarde ?

— Je vous regarde, Mérielle. Cela devrait vous suffire.

Elle releva d'un air interrogateur le très bel arc de ses sourcils bruns.

— Et n'oubliez pas, poursuivit-il, que je vous ai priée de vous soumettre à ma volonté aussi longtemps que je serais responsable de votre sécurité.

— Je n'ai accepté que de faire preuve d'un peu plus de civilité, rétorqua-t-elle avec dédain. Ne confondez pas, messire, courtoisie et servilité.

— Vous voulez reprendre notre débat ? fit-il en se tournant vers elle avec des intentions à peine déguisées.

Elle détourna le visage en rougissant.

— Non, merci. Et je ne voudrais pas être en retard pour le souper. J'ai un grand appétit ces jours-ci.

Il la prit par le menton et lui fit tourner la tête pour l'obliger à le regarder. Elle ne lut dans son regard aucune trace de l'humour qu'elle s'était plus ou moins attendue à trouver.

— Votre appétit m'intéresse beaucoup, Mérielle, dit-il avec une inflexion dans la voix qui ne laissait aucun doute sur le fond de sa pensée.

Réprimant l'injure qui se pressait derrière ses lèvres, elle détourna la tête avec fureur, mais non pas sans prendre conscience qu'il venait pour la troisième fois de la nommer par son prénom.

Si elle avait souhaité retrouver son calme après les événements de l'après-midi, qui l'avaient bouleversée, Mérielle n'aurait eu qu'à s'abandonner à la contemplation du paysage de la fenêtre de sa chambre, mais, au lieu de chercher l'apaisement, elle ressassait en elle-même toutes les paroles de Rhyan.

— Il n'est pas différent des autres, confia-t-elle enfin à Allene en laissant son regard errer sur une grande tapisserie pendue au mur représentant la Sainte Famille et dont les tons étaient éteints par les rayons du soleil.

— Quels autres ? demanda la gouvernante en défaisant les agrafes dans le dos de la robe de Mérielle. Il ne ressemble pas à Gervais de Caen, par exemple. Ni, non plus, à…

— Oh ! Ne fais pas la liste de tous ceux que tu as vus auprès de moi. Je parle des hommes en général.

— Il vous a embrassée ? C'est ça ?

— C'est un rustre ! Une grosse brute !

Allene souriait dans le dos de sa maîtresse.

— C'est vrai qu'il est grand et costaud. Allez, ma chérie. Aidez-moi. Levez les bras !

Rêveuse, Mérielle quitta son surcot gris bleuté et alla s'asseoir au bord de son lit. Comme le chant précoce d'un coucou parvenait jusqu'à elle de la forêt, elle dirigea son regard vers la fenêtre ouverte par laquelle elle voyait des nuages s'accumuler dans le ciel.

Allene avait raison. Messire Rhyan ne ressemblait pas aux autres hommes, mais, comme l'avait fait remarquer Bonard, il avait en commun avec eux une expression de convoitise dans le regard lorsqu'il le posait sur elle. Sa dernière allusion prouvait qu'il était préoccupé par cette question. C'était purement et simplement un homme.

Mais n'était-elle pas sensuelle, elle aussi ? Il l'avait d'ailleurs fort bien senti. Ils se rejoignaient, au moins sur ce plan.

Elle se rappelait la force avec laquelle avait battu son pouls au moment où elle avait senti les lèvres de Rhyan s'emparer des siennes. Elle n'avait jamais rien éprouvé d'aussi violent. En un seul instant, la haine qu'elle nourrissait à son égard s'était évaporée.

Elle s'était abandonnée dans ses bras et l'avait embrassé avec la même passion qu'il lui avait témoigné. Sa réaction, d'ailleurs, ne s'était pas fait attendre. Il n'avait plus hésité à montrer l'ardeur de son désir lorsqu'il lui avait caressé le corps de sa belle et grande main. D'autres hommes en auraient fait autant dans les mêmes circonstances, mais pas avec la même vigueur, et aucun n'aurait eu un tel effet sur elle…

Elle devait se méfier de lui, ne plus jamais le laisser l'enlacer ! N'avait-il pas été capable de séduire la jeune femme de son oncle ? Il n'agirait pas autrement avec elle, surtout maintenant qu'il avait la preuve qu'il avait un pouvoir sur elle. Or, elle avait le devoir de mépriser un homme qui n'avait pas hésité à séduire une toute jeune femme comme Laurel, la jeune épouse de son propre oncle !

Allene, une paire de bas de laine à la main, s'agenouilla devant elle.

— Eh bien, ma chérie ? Pourquoi as-tu cet air triste ? J'avais cru que vous étiez arrivés à une sorte de compromis ?

Mérielle ne répondit pas. Comment avouer que messire Rhyan avait essayé de la séduire dans l'écurie ?

Consciente qu'elle contrôlait beaucoup moins bien la situation qu'elle ne le pensait, Mérielle agit comme l'auraient fait la plupart des femmes dans la même situation : elle revêtit pour souper une robe somptueuse, d'un jaune d'or soutenu obtenu grâce aux fleurs de genêts de l'été précédent et qui présentait un décolleté profond. Elle n'avait pas lieu de craindre excessivement les regards des hommes, car elle savait que ce qui les attirerait serait son surcot de velours italien fauve bordé de fourrure à cause de la beauté de son tissage et de sa matière très douce. Entièrement ouvert sur les côtés, il laissait voir la cotte seyante et près du corps.

Mérielle obtint ce qu'elle voulait, car rares étaient les hommes, dans la grande salle du château, qui n'enviaient pas le velours fauve qui la recouvrait. Même le chapelain laissait son regard glisser vers elle plus souvent qu'il ne l'aurait dû.

La détermination de Mérielle de jouir de ce dernier souper au château fut confortée par la présence de maître John Kenton, le peintre officiel du roi, qui se trouvait engagé pour quelques mois par messire Rhyan afin de réaliser des peintures chez lui, dans le Yorkshire.

Mérielle eut la satisfaction de constater, dès le début du repas, que John Kenton n'avait aucun regret d'écourter leur séjour à Leeds, les salles qu'il était censé décorer n'étant pas encore édifiées. Or, comme la jeune femme, il considérait qu'on ne pouvait faire de projets tant que le cadre de travail n'existait pas.

Brun, les cheveux soyeux formant une frange mouvante sur son grand front, rasé de près, il ne manquait pas de séduction et était d'un enthousiasme plus mesuré que celui de maître Wykeham en ce sens qu'il ne le manifestait que pour ceux dont il était sûr de l'estime comme Mérielle et messire Rhyan. Ses yeux bruns et rieurs avaient les bords cernés par d'innombrables petites rides qui indiquaient qu'il n'était peut-être pas aussi jeune que son allure le laissait penser.

— J'aime autant repartir demain, expliqua-t-il à la jeune femme. La conversation de ces maîtres artisans, tous plus ingénieux les uns que les autres, est trop savante et, peut-être, pas assez poétique pour moi. Je serai enchanté de poursuivre notre route à travers la campagne enchanteresse du sud du royaume.

Du coin de l'œil, Mérielle remarqua que messire Rhyan, assis de l'autre côté de Kenton, avait cessé de parler à son voisin et s'était tourné vers eux.

— Vous n'êtes pas d'ici, maître John, n'est-ce pas ? demanda Mérielle. Il me semble que vous avez un léger accent chantant comme dans l'est du pays.

— En effet, maîtresse Mérielle. J'ai appris mon métier à Saint Albans.

Le regard de la jeune femme se mit à briller.

— Alors il vous faudra vous montrer à la hauteur de l'œuvre admirable de Matthew Paris ! Je comprends, maintenant, pourquoi le roi fonde tant d'espoir en vous.

Le regard du peintre s'éclaira sous la frange brune de ses cheveux.

— Vous connaissez Matthew Paris ?

— J'ai lu sa biographie de saint Edmund. Oui, je le connais, mais c'est le cas de tout le monde.

— Détrompez-vous. Je suppose que la plupart des convives rassemblés dans cette salle n'en ont jamais entendu parler. Vous savez donc lire le latin ?

Elle acquiesça de la tête d'un air modeste, sachant que messire Rhyan l'observait d'un air interloqué et admiratif.

— Où l'avez-vous appris ?

— Mon père a eu deux filles et pas de fils. Il a souhaité qu'elles soient instruites. Mais, dites-moi, maître John, vous avez laissé entendre que vous étiez moins savant que vos collègues ici réunis. Est-ce par humilité que vous m'avez fait cet aveu ?

John Kenton ne se retint pas de rire alors qu'il se calait contre le dossier de son siège pour regarder messire Rhyan.

— Belle, instruite et intuitive ! Que de qualités avez-vous, maîtresse Saint-Martin !

Il réprima son rire et reprit :

— Pour répondre à votre question, ma dame, considérez que les architectes se doivent d'être très sérieux et appliqués car, si l'édifice qu'ils construisent s'effondre, ils ont de gros problèmes. Or, ce n'est jamais le cas du peintre.

— Sauf ceux qui décorent les résidences royales ?

— J'allais dire sauf ceux qui réalisent les enluminures des Saintes Ecritures dans les monastères. La célébrité de Matthew Paris repose sur le fait qu'il était à la fois historien, peintre, enlumineur, joaillier, moine bénédictin, voyageur et diplomate.

Il la considérait sous la frange de ses cheveux, attendant sa réaction.

— Quoi que vous disiez, je n'accepte pas qu'on ne montre pas plus de déférence pour un homme de votre valeur, maître Kenton. Vous ne m'avez pas dit ce que vous faisiez à Cantorbéry. Y accomplissiez-vous quelques travaux sur l'ordre du roi ? Et n'est-ce pas vous qui, à la demande de messire Adam, avez décoré la chambre de ma sœur à Winchester ?

— C'est moi, en effet, mais c'est Sa Majesté qui m'a envoyé à Winchester pour y travailler au service de messire Adam.

— Etait-ce pour le récompenser d'un service rendu à la couronne ?

John Kenton éluda volontairement la question.

— La récompense était assurément pour moi parce que j'aime Winchester et que j'ai eu ainsi le privilège de rencontrer votre très charmante sœur. Sa mort m'a profondément peiné. Je suppose que vous vous rendez à Winchester pour voir votre nièce ?

Un sourire radieux illumina le visage de Mérielle.

— Oui, fit-elle dans un souffle, visiblement submergée par l'émotion.

Un instant après, elle reprenait d'une voix plus assurée :

— N'avez-vous jamais dessiné de cartons pour la confection de tapisseries ?

— Si. J'en ai même fait quatre pour votre défunt mari. C'était avant votre arrivée à Cantorbéry.

— Pour Philippe ? fit Mérielle en lançant un regard perçant à son interlocuteur. Je l'ignorais.

Devinant le désarroi de la jeune femme, le peintre déclara :

— Il est tout à fait normal que vous l'ignoriez. Connaissez-vous des exemples où l'auteur du carton d'une tapisserie soit mentionné ? On ne connaît généralement que la manufacture où elle a été tissée et, surtout, celui qui en a passé commande et le montant qu'il l'a payée ! Vous pouvez être certaine qu'il ne manquera pas de le dire.

Il rit gaiement en désignant de la tête Henry Yeaveley, le maçon du roi, et William Wykeham, son géomètre et créateur de jardins.

— On cite toujours le nom de ces gens-là, mais les peintres n'apposent même pas leur signature dans un coin de leur œuvre.

— Ne vous représentez-vous pas sur vos toiles ? Ce serait un moyen de dire qui les a exécutées.

— En effet, maîtresse Saint-Martin, et c'est précisément ce que je fais lorsque je tiens à être associé à une œuvre.

— Vraiment ? Vous voit-on sur les tapisseries réalisées dans notre manufacture ?

— Oui.

— Merveilleux ! Se trouvent-elles chez quelque riche marchand londonien ?

— Non, elles ont été faites pour le roi.

Mérielle fixa un instant son interlocuteur puis porta le regard au loin, au-dessus des têtes des convives, sous les voûtes de la grande salle enfumée. Elle revoyait dans son esprit les écritures de l'un des grands livres de comptabilité de son mari où tout était consigné et où elle avait vu écrit « maître John ». Ni Kenton ni le nom de la personne qui avait passé commande des tapisseries n'apparaissaient. Combien de temps avant son mariage ces écritures avaient-elles été enregistrées ?

Baissant les yeux, elle croisa le regard de messire Rhyan, mais ne le vit pas.

— Où le roi les a-t-il fait pendre ? demanda-t-elle.

— Je l'ignore. Elles pourraient se trouver dans n'importe lequel de ses châteaux puisque Sa Majesté se déplace avec son mobilier.

Il y eut un silence, puis maître Kenton demanda :

— Faites-vous toujours toutes vos tapisseries dans vos ateliers ?

— Seulement les plus grandes. Aujourd'hui, j'emploie plusieurs ouvriers flamands qui se déplacent avec leur équipement et exécutent les tapisseries sur place.

— Vous voulez dire qu'ils emportent le métier à tisser en pièces détachées et l'assemblent chez le client ?

— Exactement. On trouve toujours un charpentier sur place qui se charge de remonter le métier. Ils emportent tout le fil dont ils auront besoin et, s'il vient à manquer, ils s'en font apporter de l'atelier. Nous avons notre propre teinturerie, n'est-ce pas, et sommes en mesure de fournir autant de bobines qu'on nous en demande dans une nuance particulière.

John hocha la tête d'un air admiratif.

— Moi je travaille presque toujours sur place bien que j'aimerais, parfois, rester dans mon atelier où je suis en paix et au chaud.

Messire Rhyan, qui écoutait d'une oreille distraite les propos échangés par son voisin et Mérielle, se joignit soudain à la conversation.

— Vous serez en paix pour travailler chez moi, John. Vous n'êtes jamais monté dans le Yorkshire, n'est-ce pas ?

— Non, mais, d'après ce que j'en ai entendu dire, je crois que je vais m'y plaire, indépendamment du fait, d'ailleurs, que je suis reçu par vous, messire. J'ai appris par maître Rutland que le sous-sol de vos terres présentait, en certains endroits, du minerai de plomb. Vous avez beaucoup de chance. Le plomb, qui est devenu rare, est d'un prix exorbitant. Les propriétaires de mines sont dans les meilleures conditions pour faire fortune avec tous ces bâtiments en construction.

Rhyan baissa la tête imperceptiblement puis la releva, l'air méditatif.

— Sans doute, répondit-il évasivement.

Il y eut un silence un peu gêné qui fut rompu par Mérielle.

— Messire Rhyan oublie de vous dire que le minerai de plomb dont il vous parle se trouve sur ma propriété. Ces terres appartenaient à feu mon père. Les mines de plomb n'ont pas été exploitées depuis que la peste a emporté une grande partie des mineurs. Il va falloir que je me rende dans le Yorkshire pour vérifier où ils en sont…

Soudain, Mérielle s'interrompit. Elle avait les jambes qui tremblaient sous sa somptueuse robe jaune d'or…

*
* *

Stupéfait, John Kenton observait la scène en triturant sa fine chevelure de ses longs doigts.

— Venez avec moi, John, fit messire Rhyan en lui tapotant l'épaule alors que Mérielle, qui venait de se lever, se dirigeait d'un pas décidé vers lady Alicia.

— Si vous avez l'intention de m'occire, maître Rhyan, j'aimerais être prévenu un peu à l'avance.

— Vous n'avez rien à craindre, l'ami, tant que vous n'avez pas exécuté mes fresques.

— Espérons qu'elles soient très grandes et riches en détails.

Il se leva et suivit Rhyan jusqu'à un banc dans un recoin de la salle où le tapage du souper était moins assourdissant, l'air plus respirable et d'où l'on voyait parfaitement Mérielle.

— Dites-moi ce que vous savez, John, demanda Rhyan en s'asseyant à côté de son compagnon.

— Au sujet des mines de plomb ?

— Non… Au sujet des tapisseries faites pour le roi dans les ateliers de Philippe Saint-Martin. Vous avez sans doute une idée de l'endroit où elles se trouvent ou, au moins, de celui auquel elles étaient destinées ? Et à quelle date ?

— Je ne l'ai pas dit ?

— Vous le savez fort bien.

La réticence de maître Kenton à répondre à la question de messire Rhyan jouait en sa faveur. Il montrait ainsi qu'il n'était pas du genre à se vanter des grosses commandes qu'il recevait de gens illustres et, surtout, qu'il savait être discret. Mais messire Rhyan cherchait à obtenir une information.

— Vous avez horreur des commérages, John, reprit-il.

Je l'ai bien compris, mais j'ai de bonnes raisons de vous questionner.

John n'eut qu'à suivre le regard de messire Rhyan pour savoir à qui sa curiosité était liée.

— Elle est vraiment ravissante, remarqua-t-il. C'est, sans doute, la plus belle femme que j'ai jamais vue. Et, en outre, elle est intelligente, sensible… Elle mérite mieux…

— Mieux par rapport à quoi ? demanda Rhyan en le regardant avec intérêt.

Le ton sur lequel Rhyan avait posé la question n'appelait pas vraiment une explication. Peut-être craignait-il d'entendre la vérité ?

— Mieux que d'être contrainte de traverser la moitié du royaume pour serrer dans ses bras une orpheline, répondit Kenton. Une femme comme elle devrait déjà avoir ses propres enfants. N'avez-vous pas vu la noblesse de son visage ?

— Si… Mais parlez-moi des tapisseries.

A sa façon de parler, quiconque aurait cru que Rhyan était détaché du sujet qu'il évoquait, mais John, qui avait lu dans son regard quand il s'abîmait dans la contemplation de Mérielle, n'était pas dupe.

— J'ai été commissionné par Sa Majesté en novembre 1353 pour dessiner les cartons de quatre tapisseries dont l'exécution devait être confiée à la manufacture de Saint-Martin de Cantorbéry.

— Pourquoi le roi voulait-il que les tapisseries fussent tissées dans ces ateliers plutôt que dans d'autres ?

— A cause de leur réputation, je suppose, et sans doute aussi parce qu'elles étaient destinées au palais de l'archevêque. On était assuré de leur qualité, et c'était au plus près.

— Il s'agissait donc d'un cadeau offert par Sa Majesté à l'archevêque ?

— Bravo ! fit John Kenton. Je vois que vous connaissez le roi. Il ne donne que lorsqu'il est certain de recevoir en retour. Il descend, en effet, toujours à l'archevêché lorsqu'il vient à Cantorbéry. C'est un superbe palais. Les tapisseries, deux ans plus tard, étaient en place derrière le dais de la grande salle.

— Avant l'arrivée de maîtresse Saint-Martin.

— Tout juste. Elle s'est mariée avec Philippe Saint-Martin à la fin de 1355, si je me souviens bien ? Sa Majesté m'ayant demandé de décorer les murs de ses appartements au cours de l'année suivante, j'ai eu l'occasion de poser pour la première fois les yeux sur cette dame ravissante.

— Vous voulez dire que c'est là qu'elle a ?…

— Qu'elle a rencontré le roi, en effet ! C'était à l'automne 1356.

Messire Rhyan, se souvenant du ton mesuré qu'il avait employé au début de son interrogatoire et dont il ne voulait pas se départir, hocha lentement la tête.

Inconscient d'être attentivement observé par maître Kenton, auquel rien n'échappait, il se passa la main dans les cheveux puis sur le menton.

— C'est donc à cette occasion que vous l'avez rencontrée ?

— On ne peut pas dire cela… Les peintres sont invisibles. Maîtresse Mérielle n'a jamais posé les yeux sur moi avant de me voir ici.

— Savez-vous dans quelles circonstances précises

elle avait obtenu une audience avec le roi ? Mais peut-être connaissait-elle l'archevêque Islip ?

— Tous les notables de Cantorbéry connaissent monseigneur Simon Islip pour une raison ou pour une autre, mais je ne pense pas qu'il ait pour habitude de présenter de jolies femmes à Sa Majesté. Ce dernier, d'ailleurs, n'a besoin de personne pour entrer en relation avec de jeunes beautés, mais vous le savez certainement déjà.

Le silence se fit soudain dans la salle, comme les sons clairs d'une harpe s'élevaient sous les hautes voûtes. Bientôt résonna la voix d'un trouvère interprétant un chant d'amour dans lequel une femme se lamentait sur son mari absent.

— Qu'est-ce que vous me dites, John ? demanda messire Rhyan à mi-voix sur un ton impatient.

— Chut ! Je ne vous ai rien dit.

Messire Rhyan soupçonna avec raison maître Kenton d'en avoir dit plus qu'il ne le voulait sur le souverain et de profiter de la musique pour mettre un terme à la conversation, mais il n'était pas prêt à renoncer aussi près du but.

— Maîtresse Mérielle ne les aurait-elle pas reconnues si elle avait vu les tapisseries au palais épiscopal ?

Maître Kenton tendit la main vers les gobelets de terre cuite remplis de cidre qu'un garçon de cuisine musculeux portait sur un plateau. Il en donna un à messire Rhyan et en prit un pour lui dont il aspira l'excédent de mousse.

— Elles ne se trouvaient pas dans les appartements occupés par le roi mais dans la grande salle. Elles représentent des scènes de la Genèse : Adam et Eve au jardin d'Eden, la Tentation, la Chute, le bannissement du paradis terrestre... Enfin, les thèmes habituels.

— Vous avez dû travailler un certain temps en collaboration avec Philippe Saint-Martin pour l'élaboration de ces œuvres ?

— Il a suffi que nous nous rencontrions quelques fois, rien de plus. Je n'aurais jamais vu les tapisseries achevées si je n'avais pas été appelé à peindre les appartements privés de l'archevêque...

Il se tut, de nouveau, pour écouter le luthiste qui réclamait le silence avant d'interpréter un chant épique où il n'était question que de gloire et de batailles. Les applaudissements redoublèrent au moment où quatre musiciens entrèrent en scène, l'un muni d'une trompette, le deuxième d'un tambourin, le troisième d'un rebec et le quatrième d'une cithare.

— Parlez-moi de Philippe Saint-Martin, demanda messire Rhyan alors que le luthiste, accompagné des autres instruments, entonnait un chant d'amour où il était question des douceurs de l'été avant les cruels frimas.

Maître John sourit d'un air taquin.

— Vous voulez vraiment savoir ?

— Non, mais parlez-moi quand même de lui.

— C'était un excellent artisan, méticuleux, exigeant, qui connaissait parfaitement son métier...

— Ce n'est pas ça qui m'intéresse !

Le sourire du peintre prit une expression malicieuse avant qu'il ne bût une longue gorgée de cidre et ne redressât la tête avec une moustache d'écume au-dessus de la lèvre.

— Il était pathétique ! chuchota-t-il sur le ton de la confession.

— Pardon ?

— Pathétique ! cria-t-il pour se faire entendre de messire Rhyan, car les instruments, qui jouaient tous ensemble, emplissaient la salle de leurs accords harmonieux. Absolument indigne d'une femme de la trempe de maîtresse Mérielle !

— Mais alors… Pourquoi l'a-t-elle épousé ? Est-ce par intérêt ?

— Je ne pense pas qu'elle ait fait tout le chemin de Lincoln à Cantorbéry pour le retrouver. Il a dû être envoyé à Lincoln.

Messire Rhyan fronça les sourcils d'un air dubitatif.

— Qui l'aurait envoyé auprès d'elle ?

— Là, mon ami, nous sommes dans la plus pure spéculation, et je vous laisse le privilège d'investiguer à votre aise. Je ne suis qu'un artiste. Je ne me risquerais pas dans ce domaine.

Messire Rhyan, qui venait de prendre conscience qu'une longue période de deux ans s'était écoulée entre le veuvage de la jeune femme et son second mariage, observa son interlocuteur en silence avant de murmurer un remerciement puis, dirigeant son regard vers le siège qu'occupait Mérielle, il constata qu'elle n'était plus là.

— Zut alors ! fit-il en se levant.

— Qu'y a-t-il ?

— Elle est partie !

— Tire le verrou ! ordonna Mérielle, qui venait de refermer violemment derrière elle la lourde porte de sa chambre. Je ne veux pas que ce crapaud entre ici !

Bess, déconcertée, obéit à sa maîtresse, qui fulminait intérieurement en entendant la pluie frapper les volets de bois. Elle ne voulait pas se l'avouer, mais elle aurait aimé que messire Rhyan vînt frapper à sa porte et lui donnât une explication au sujet des mines de plomb. Mais elle savait très bien qu'il ne l'avait pas suivie lorsqu'elle avait quitté la salle. Elle l'avait traversée d'un bout à l'autre sans même qu'il s'en aperçût.

Elle avait tort de se torturer à son sujet. Elle n'avait déjà éprouvé que trop d'émotions à son contact. Une seule chose devait rester présente à son esprit : la réponse qu'il avait donnée à maître Kenton au sujet de la valeur du minerai de plomb. Si elle avait encore besoin de preuves de sa cupidité, elle était servie. Elle était en droit de le considérer comme un soudard et de mettre à son compte tous les problèmes qu'elle rencontrait.

Cependant, s'il avait été aussi facile de faire de Rhyan un personnage abject, elle se serait endormie rapidement, mais, lorsque Bess entrouvrit les volets pour laisser entrer une rafale de vent et un petit jour gris, l'oreiller de Mérielle était encore tout humide des larmes qu'elle avait versées dans la nuit.

Si messire Rhyan, qui était venu prévenir Allene que le moment du départ avait sonné, s'était adressé à Mérielle, elle aurait pu lui manifester son mépris en l'ignorant, mais il ne chercha même pas à lui parler et, lorsqu'elle fut habillée chaudement, se contenta de la soulever dans ses bras comme une poupée de son et de la jeter sur la selle de son cheval. Ce qui en disait long sur sa force et peu sur ses manières.

La neige fondue leur cinglait impitoyablement le visage, masquant le château qu'ils ne purent admirer une dernière fois, d'autant moins qu'il fallait regarder attentivement devant soi pour ne pas s'écarter du chemin couvert de boue et de flaques d'eau.

Devant ce temps épouvantable, Mérielle avait eu envie de faire demi-tour et de séjourner un peu plus longtemps dans la demeure royale, mais il aurait fallu s'adresser à messire Rhyan et se quereller avec lui, car il n'aurait certainement pas accepté qu'elle changeât d'avis aussi promptement après avoir insisté pour ne pas rester un jour de plus dans le château.

Et puis, d'ailleurs, pourquoi aurait-elle retardé le moment où elle serrerait dans ses bras le petit être qu'elle souhaitait voir plus que tout et auprès duquel elle serait depuis longtemps si elle n'avait pas été à la tête d'une manufacture qui exigeait tant d'elle ?

Depuis l'avènement de la reine Philippa, les Flamands venaient de plus en plus nombreux en Angleterre pour travailler dans les filatures et autres manufactures. Ils étaient les meilleurs ouvriers d'Europe, certes, mais Mérielle tenait à donner du travail aux veuves des ouvriers anglais morts de la peste. Elle se sentait une si grande responsabilité à leur égard et à celui de leurs enfants qu'elle avait négligé depuis presque un an de venir voir sa nièce.

Mais, à certains moments, son désir d'être mère la taraudait jusqu'à lui faire perdre la raison. Aucun homme n'aurait été capable de comprendre ce besoin, pas même une femme peut-être !

6

Le départ très matinal du château de Leeds, s'il n'eut pas le charme de celui de Cantorbéry où le soleil de mai les enveloppait de sa tiède chaleur, eut le mérite de leur offrir une route presque déserte, du moins jusqu'à Detling à environ deux lieues au nord-ouest, et de leur épargner l'incessante conversation de William Wykeham, l'étoile montante du roi, qui avait décidé de rester encore quelques jours au château.

Mérielle chevauchait en silence, évitant tout échange avec messire Rhyan, dont elle craignait de ne pas supporter la compagnie tout au long d'une journée après cette nuit où elle avait versé tant de larmes, et implorant le ciel qu'il n'y eût pas d'autre arrêt dans une résidence royale d'ici jusqu'à Winchester.

Des bribes du chant d'amour interprété par le ménestrel, la veille, lui revenaient à la mémoire alors que maître John Kenton murmurait ce même air près d'elle. Voyant Mérielle regarder vers lui, il se tut et indiqua de la tête son jeune assistant, Padraig, qui, d'une main, tenait la corde reliée à la bride de leur cheval de somme et, de l'autre, la main de Bess.

Mérielle acquiesça de la tête et rit.

— Ah ! fit John. Je préfère vous voir sourire… Mon apprenti et votre servante… Cela nous fait encore une chose en commun, maîtresse Mérielle.

La remarque réchauffa le cœur de la jeune femme, mais elle n'y provoqua pas d'écho.

— Si vous voyiez les damoiseaux au cœur brisé que Bess laisse dans son sillage, vous seriez peut-être inquiet pour votre protégé !

Mérielle avait les yeux tout rougis par les pleurs, et maître Kenton savait que ce n'était pas le résultat de la pluie glacée qui leur frappait le visage. Il ne parvenait pas à comprendre pourquoi Mérielle et Rhyan étaient constamment à couteaux tirés. Il ne s'était pas laissé duper comme les autres par leurs bonnes relations apparentes, et, depuis qu'il avait eu une longue discussion avec messire Rhyan, il savait qu'il était profondément épris de la jeune femme.

Il dirigea son regard vers la haute silhouette aux larges épaules, campée sur le grand étalon noir, qui semblait, tout comme sa monture, indifférente aux bourrasques de vent et de neige fondue ainsi qu'à l'attitude hautaine et distante de la jeune femme.

Mais le port de tête également fier et altier de messire Rhyan ne trompait pas maître Kenton, car il avait surpris les regards fébriles que lançait le cavalier vers Mérielle et il avait aisément deviné que les manières de cette dernière le perturbaient plus qu'il n'était prêt à l'admettre.

Déterminé à ne pas se laisser bloquer par des voyageurs plus lents, Rhyan, avant le départ, avait donné pour instruction de les dépasser systématiquement, au besoin en circulant sur les bas-côtés de la chaussée.

Leur propre colonne, cependant, ne comptait pas moins de vingt-six chevaux, y compris les bêtes de somme, et la voie n'était pas toujours assez large pour autoriser un dépassement. En conséquence, Rhyan dut à deux reprises venir à l'aide de Mérielle et prendre la bride de son cheval pour lui faire traverser la cohue des voyageurs. La seconde fois, c'était en vue de Detling.

— Ce n'est pas nécessaire, dit sèchement la jeune femme. Nous sommes presque arrivés.

— Où ?

— A Detling. Nous allons mettre pied à terre dans très peu de temps. Il ne sert à rien de dépasser ces gens maintenant.

— Nous ne nous arrêtons pas à Detling.

— Eh bien, moi, messire, je m'y arrête !

— Il n'y a guère plus d'une heure que nous sommes en selle. Nous n'allons pas déjà faire une pause. Nous la ferons à Snodland où nous prendrons notre repas.

Elle le terrassa du regard quand elle le vit passer sa lanière de cuir sous la bride de son cob, mais détourna les yeux au moment où il posa les siens sur elle, profitant de l'ascendant que lui conférait la taille impressionnante de son cheval pour, d'un seul regard, lui intimer l'ordre de le suivre.

— La galanterie habituelle, marmonna Mérielle.

— Oui… Je vous donnerai une explication plus tard.

— Dispensez-vous de l'effort de me concocter une version acceptable, messire. Je sais très bien où vous voulez en venir.

— Non, vous l'ignorez.

Ils firent, néanmoins, un petit arrêt à Detling pour le confort des dames puis reprirent la route, dépassèrent un groupe de pèlerins débraillés, barbus, hirsutes, trempés jusqu'aux os qui s'enfonçaient jusqu'aux chevilles dans la boue, sondant chaque ornière du bout de leur longs bâtons.

Au flanc d'une colline boisée, des voyageurs qui les précédaient quittèrent brusquement la chaussée pour aller visiter l'abbaye de Boxley, d'autres se dirigèrent vers le petit prieuré des carmes d'Aylesford sans qu'aucun n'entendît la remarque ironique de messire Rhyan les mettant en garde sur la distance qui les séparait de Winchester, qu'ils ne couvriraient jamais s'ils visitaient en chemin tous les sanctuaires.

Ils aperçurent Maidstone au loin, baignée d'un pâle soleil dont certains rayons réussissaient à percer les nuages, mais, lorsque Snodland parut enfin en contrebas, la vallée marécageuse était inondée de soleil, et ils rabattirent leurs capuchons en arrière. Les eaux de la Medway, hautes et tumultueuses qui brillaient dans la lumière vive, clapotaient contre les berges.

— Nous ne pourrons pas passer le gué, remarqua messire Rhyan en s'adressant à ses hommes.

— Mais si ! rétorqua Mérielle. Il suffit de relever les jambes si l'eau monte plus haut que le ventre des chevaux. Il faudra parcourir plus d'une lieue vers l'amont de la rivière avant d'en trouver un autre. Venez ! Nous l'avons déjà passé dans ces conditions.

Elle se pencha en avant pour libérer sa monture.

— Lâchez la bride de mon cheval ! Je ne suis plus une enfant !

Ils descendirent la pente raide en direction des toits de chaume de Snodland et, lorsqu'ils eurent atteint la rivière, constatèrent que les villageois la franchissaient à l'endroit où elle formait une boucle aux berges sablonneuses. Ils avaient de l'eau au niveau des cuisses et portaient sur leurs dos les enfants et les sacs de farine.

Lorsque les cavaliers pénétrèrent dans la Medway, ils n'eurent même pas besoin de relever leurs jambes, l'eau coulant juste au-dessous de leurs pieds. Le bruit de la roue du moulin, dont l'écho était renvoyé par les eaux tourbillonnantes, venait jusqu'à eux.

John Kenton proposa son aide à Allene, qui l'accepta, Padraig fit de même avec Bess, mais Mérielle refusa net l'offre de messire Rhyan. Constatant avec exaspération qu'elle s'écartait dangereusement du gué, il mit enfin pied à terre, arracha les rênes des mains de la jeune femme et conduisit sa monture à travers la rivière.

— Vous voulez disparaître dans un tourbillon ? demanda-t-il. Par pitié, arrêtez votre numéro ! Tout le monde a eu le temps de voir que vous étiez mécontente. Cessez, s'il vous plaît, le temps du voyage, de tenir ce rôle ! Au moins par respect de notre trêve !

— Pour la galerie ? fit-elle d'un ton grinçant.

Il ne répondit pas et, de sa main libre, saisit la bride de son étalon puis il avança avec les deux chevaux jusqu'à la rive opposée où ils montèrent sur la berge.

— Mérielle ! fit-il, trempé autant par la pluie que par l'eau de la rivière.

Le cœur de la jeune femme bondit quand elle l'entendit prononcer son nom, mais elle réprima aussitôt son émotion.

— Mérielle, reprit-il. Nous avons encore plusieurs

jours de voyage. Voulez-vous que nous les passions dans cette ambiance désagréable ? Est-ce ainsi que vous êtes satisfaite ? Et ne pouvez-vous attendre une explication avant de tirer vos propres conclusions ? Vous vous trompez sur plus d'une question, savez-vous ?

— Parce que vous croyez vraiment lire dans mes pensées ?

— Oh ! Ça oui. Il n'est pas si difficile de deviner ce qui se passe dans votre tête.

Il se tut un instant avant de poursuivre sur un ton plus conciliant :

— Allons, Mérielle ! Je vous en prie. Faites un effort. Ne pourrions-nous prolonger la trêve que nous avions commencée ? N'est-ce pas plus agréable lorsque nous ne nous invectivons pas du matin jusqu'au soir ?

La jeune femme, qui avait reprit en mains les rênes de sa monture et sentait l'eau couler le long de sa nuque, éprouvait soudain un besoin immense de paix et de réconfort, qui coïncidait avec le changement de ton de messire Rhyan.

La haine et la colère accumulées contre lui pendant la nuit s'évanouissaient devant le besoin ardent de se laisser fléchir par ses arguments et, surtout, la façon dont il les exposait lorsqu'il était animé par un désir sincère de réconciliation.

— Alors, Mérielle ? Acceptez-vous au moins une brève trêve jusqu'à ce que nous ayons trouvé le moment de nous parler seul à seul ?

— Soit, mais rien de plus, répondit-elle enfin en posant les yeux sur les belles et grandes mains de messire Rhyan.

Jamais plus elle ne les sentirait sur son corps…

Sans doute avait-il oublié ces instants, et tous les autres aussi.

Il acquiesça d'un sourire.

— Et maintenant, dépêchons-nous. Je connais un endroit à Snodland où nous pourrons faire sécher nos vêtements et prendre un repas chaud.

— Vous regrettez de ne pas avoir attendu demain pour repartir du château de Leeds ?

— Au contraire. J'étais tout aussi pressé que vous de m'en aller.

Encore pénétrés d'humidité mais, du moins, nourris, les voyageurs s'engagèrent sur la route qui s'élevait à flanc de colline au-dessus de la vallée encaissée et exhalait une odeur de pluie que les rayons du soleil arrachaient au sol fumant. L'aubépine en fleur, qui formait de part et d'autre du chemin une haie rose ou blanche, s'égouttait sur le cerfeuil sauvage qui poussait à son pied.

Dans ce cadre apaisant, on aurait pu croire que Mérielle avait retrouvé un peu de paix intérieure, mais il fallait plus de temps pour calmer les tourments de l'âme, et elle devait lutter pour contenir l'amertume qui la rongeait.

Pour se distraire, elle s'efforçait de parler avec maître Kenton, et, lorsque messire Rhyan se joignit à la conversation, il lui fut donné d'écouter sa voix sans s'énerver spontanément contre lui.

Bientôt, des toits de chaume parurent au loin, et les gens d'armes, qui les précédaient, s'arrêtèrent au sommet de la colline avant de descendre la pente raide qui conduisait au village.

— Nous entrons dans Kemsing, messire ?

— Non, nous allons prendre à gauche au premier carrefour. Ce soir, nous dormons à Otford.

Son regard brillait lorsqu'il se tourna vers John et Mérielle.

— Le palais de l'archevêque. Ça vous convient ?

Maître John eut un rire moqueur.

— Tu plaisantes ? Tu veux dire qu'on va dormir dans les écuries ?

— Non ! Dans le palais.

Rhyan n'ajouta plus rien, et Mérielle considéra qu'il devait avoir de bonnes raisons pour être aussi sûr d'y être bien accueilli.

Lorsqu'ils entrèrent dans la cour de l'archevêché, cependant, elle était encombrée d'hommes en livrée, de palefreniers, de chevaux et bêtes de somme, et de moines portant le froc, qui les regardaient avec consternation. On ne s'attendait manifestement pas à l'arrivée d'un second groupe de voyageurs.

Mérielle tournait déjà la bride de son cheval.

— Les hommes peuvent rester ici s'ils le veulent, dit-elle à Allene, mais nous, nous partons.

Messire Rhyan lui barra la route.

— Attendez, maîtresse Mérielle. Laissez-moi faire.

— Mais nous avons été précédés par un groupe de moines avec leur abbé, répondit-elle. Nous n'allons pas nous imposer aux cisterciens !

Il éclata de rire.

— C'est un risque qu'ils prennent lorsqu'ils voyagent. De toute façon, je crois reconnaître un visage.

Au sommet des marches conduisant dans la demeure

venaient de paraître l'abbé et ce qui devait être le chambellan du palais. Engagés dans une grande conversation, ils ne prêtèrent attention aux nouveaux arrivants que lorsqu'ils eurent atteint la dernière marche du perron. L'abbé alors releva la tête, et son visage ridé s'éclaira d'un large sourire tandis qu'il ouvrait les bras.

— Mon fils ! s'exclama-t-il. Vous êtes en avance d'un jour ! J'avais cru comprendre que messire Adam et ses gens n'arriveraient pas à Otford avant mardi. Mais, dites-moi, il n'est pas avec vous ?

L'abbé lança un regard par-dessus l'épaule de Rhyan au moment où ce dernier s'agenouillait pour baiser l'anneau pastoral qu'il portait au doigt.

— Je l'ai remplacé, mon père, pour escorter sa belle-sœur, maîtresse Mérielle Saint-Martin, et nous sommes partis de Cantorbéry plus tôt que prévu.

— Nous aussi, nous avons changé nos plans. Il était prévu que nous arrivions samedi, n'est-ce pas, Edmund ?

Il fit signe d'approcher au chambellan, qui était resté en retrait dans l'espoir que les deux amis régleraient leur problème plus facilement sans lui.

— En effet, monsieur l'abbé. Et messire Adam s'était annoncé au plus tôt pour mardi. L'un arrive deux jours plus tard que prévu et l'autre un jour plus tôt. Nous allons manquer de chambres… Heureusement que l'archevêque n'est pas de passage, lui aussi.

L'abbé éclata de rire en rejetant la tête en arrière, ce qui eut pour effet de mettre en relief sa proéminente pomme d'Adam.

— Si monseigneur avait choisi de venir ce soir, nous aurions eu vraiment des problèmes de logement !

Il eut un rire un peu sifflant qui se termina en une toux rauque.

— Mais ça n'est pas le cas ! reprit-il. Nous allons nous arranger entre nous, n'est-ce pas, Edmund ?

— Euh… Oui… Certainement, monsieur l'abbé, fit le chambellan d'une voix mal assurée.

Il tourna la tête et ajouta :

— Il me semble que la belle-sœur de messire Adam nous quitte.

Rhyan fit volte-face et vit Mérielle se diriger vers le porche d'entrée en compagnie de ses deux suivantes et de ses valets. Il courut jusqu'à elle, saisit la bride de son cheval et lui fit faire demi-tour avant de tendre les bras pour aider la jeune femme à en descendre.

— Venez ! Ils vont nous faire de la place. C'est Robert Monkton, l'abbé des Fontaines, notre voisin dans le Yorkshire.

Et, comme la jeune femme hésitait toujours, il lui prit les poignets et la tira doucement vers lui jusqu'à ce qu'elle perdît l'équilibre et se laissât glisser dans ses bras.

Bien que peu habitué à la compagnie des femmes, l'abbé Monkton se montra extrêmement courtois avec Mérielle et ne manifesta aucune gêne en face de sa beauté que les derniers rayons du soleil rehaussaient encore.

— Je n'avais pas eu l'honneur de vous rencontrer dans le Yorkshire, maîtresse Saint-Martin, aussi suis-je très heureux de faire enfin votre connaissance. Sachez, en tout cas, que votre absence est regrettée dans notre comté.

— Je vous remercie, mon père. Je suis très heureuse aussi de vous connaître enfin, mais je suis un peu mal à l'aise… Il me semble que nous ne devrions pas abuser de l'hospitalité de l'archevêque. Je vais…

— Maîtresse Saint-Martin ! l'interrompit l'abbé avec douceur et autorité. Nos moines ne demandent rien d'autre qu'un abri sec pour dormir. Et je ne demande pas non plus à dormir dans le lit de Sa Majesté comme me le propose Edmund. Une paillasse me conviendra parfaitement.

Il se tourna à cet instant vers le chambellan, qui eut un sourire de soulagement.

— Conduisez cette jeune femme à la chambre royale, dit-il. Et faites-moi apporter un grabat dans la grande salle. J'y serai très bien près du feu.

Le sang avait reflué du visage de Mérielle, mais l'abbé ne parut pas s'en apercevoir.

— Vous avez dit, le lit de Sa Majesté, mon père ?

— Oui, répondit l'abbé en invitant d'un geste Mérielle à gravir les marches derrière lui. Le roi descend ici plusieurs fois par an, n'est-ce pas, Edmund ?

Le visage rayonnant de joie, le chambellan acquiesça.

— La cour a passé Noël ici, il y a dix ans, et nous nous en remettons à peine !

Il éclata de rire, laissant clairement entendre à ses interlocuteurs que la somme allouée par la couronne n'avait pas couvert l'ensemble des dépenses.

— Mais il est vrai que la chambre du roi sert pour les hôtes de marque de l'archevêque comme vous messire ou monsieur l'abbé.

Une petite poussée dans le creux du dos de la jeune femme était censée lui faire comprendre qu'elle devait monter les marches, mais elle refusait d'avancer.

— Je ne peux pas accepter, mon père…

Cette fois, un bras puissant lui encercla la taille et, incapable de lui résister, elle se laissa entraîner et gravit l'escalier à la suite de l'abbé et du chambellan. Dans l'impossibilité de se retourner et n'osant protester, elle se retrouva dans la grande salle où flottait une odeur de cire d'abeille.

Ainsi donc, malgré leur prétendue trêve, il continuait de l'humilier. Il ne renoncerait jamais à lui faire du mal. Chaque jour, elle avait droit à son épreuve.

La chambre où dormaient les souverains se trouvait dans une tour carrée donnant sur le jardin de l'archevêque, qui était enveloppé d'une grande paix. La vaste pièce, qui ouvrait au sud et à l'est, était éloignée de la grande salle si bien que le sommeil de ses hôtes prestigieux ne risquait pas d'être troublé par les échos de la musique ou des éclats de voix.

Mérielle, cependant, qui ne pensait qu'à la sinistre rencontre qu'elle avait eue avec le roi, trois ans plus tôt, ne prêtait pas attention à tous ces aspects. Elle considérait que messire Rhyan, une fois de plus, faisait preuve de cruauté en voulant lui rappeler qu'elle avait eu recours au souverain pour se défendre contre lui.

N'avait-il pas choisi de son propre chef de s'arrêter au château de Leeds ? L'année précédente, messire Adam n'y était pas descendu. Et n'avait-elle pas appris, la veille, qu'il s'était approprié les mines de plomb dont elle avait hérité ! En creusant un puits dans une terre voisine des siennes, il était aisé d'atteindre les galeries souterraines qu'avait fait creuser son père.

Quelles mauvaises surprises lui réservait-il pour les jours prochains ?

— Comment peut-il ? lança-t-elle une nouvelle fois à l'adresse d'Allene, qui l'écoutait tempêter d'une oreille distraite tout en s'occupant de trier ses vêtements.

Allene se redressa en poussant un gémissement, car elle souffrait des reins, et s'approcha de sa jeune maîtresse, qui se tenait dans l'embrasure de l'une des fenêtres comme un oiseau en cage.

— Je crois qu'il est temps que vous ayez une explication tous les deux, dit-elle. Vous êtes convaincue qu'il fait tout ça intentionnellement, mais vous n'en avez pas la preuve. A moins que vous ne sachiez précisément où il veut en venir, vous allez encore passer une nuit blanche à vous lamenter. Et demain vous serez encore d'une humeur exécrable. Pourquoi ne pas l'interroger tout simplement ?

Elle prit Mérielle par les épaules et la fit se retourner comme une enfant.

— Venez vous changer, ma petite. Vous n'allez pas rester dans ces vêtements mouillés.

Elle se tourna vers Bess, qui défaisait un panier.

— Trouve-moi quelque chose de chaud pour maîtresse Saint-Martin. N'importe quoi pourvu que ça soit bien sec.

Mérielle se laissa déshabiller. D'abord les chausses de cuir trempées, qui lui collaient à la peau, puis le surcot et la cotte tout aussi mouillés. Seulement vêtue d'une chemise de lin, elle s'enveloppa dans une couverture en attendant qu'on lui apportât des vêtements de rechange.

— Qu'est-ce que ça changera si nous discutons ? dit-elle d'un ton boudeur. Il niera qu'il a voulu me faire du tort. Il sait très bien mentir. Et, en plus, il s'attend que je le croie ! Le monstre !

Allene replia la couverture autour des jambes et sous les pieds de la jeune femme.

— Bess ! fit-elle. Descends cette pile de vêtements mouillés à la buanderie et demande qu'ils soient secs avant la nuit.

La jeune fille prit les vêtements, dont elle avait les bras si encombrés qu'elle dut pousser du dos la lourde porte en chêne de la chambre et, soudain, lança un cri comme elle était projetée vers l'avant.

Elle se retourna pour saisir le loquet de la porte et constata que c'était messire Rhyan qui venait de l'ouvrir avec autorité et sans s'annoncer.

— Je vous en prie, messire ! dit-elle en bloquant le passage. Maîtresse Saint-Martin n'est pas visible.

Mais il continua de pousser l'huis puis, s'écartant du passage, il fit sortir la jeune servante, qui n'osa pas lui résister, et se contenta de lancer un regard de regret vers les deux autres femmes.

— Sortez ! ordonna Mérielle en s'interdisant de regarder dans sa direction.

Du coin de l'œil, elle remarqua néanmoins qu'il n'avait pas été long à retirer ses vêtements mouillés et ne portait plus qu'une cotte ouverte sur sa chemise de lin blanc, qui laissait entrevoir tout le cou et une partie de la poitrine. Région du corps de messire Rhyan que Mérielle n'avait encore jamais eu l'honneur de contempler. Il s'était essuyé les cheveux, qui formaient maintenant une masse brune aux amples ondulations retombant sur son front.

La porte se referma sans bruit et, quand Mérielle

tourna la tête, elle constata qu'Allene venait de sortir, la laissant seule avec lui.

— C'est à vous que j'ai dit de sortir, messire, et non à maîtresse Allene ! Allez la chercher immédiatement. Je ne peux pas rester seule avec vous dans ma chambre.

Imperturbable, Rhyan alla tranquillement s'asseoir sur le banc de pierre aménagé dans l'embrasure de la fenêtre et, inconscient de l'effet qu'il produisait, posa les mains à plat sur ses cuisses écartées.

— Vous voyez, maîtresse Saint-Martin, comme il est facile de se méprendre.

— Je me suis fait très clairement comprendre, messire. C'est vous qui refusez d'entendre le langage de la raison et d'observer les règles de la bienséance. En tout cas, si vous êtes venu ici pour me présenter d'autres excuses lamentables comme celles que vous avez déjà formulées devant moi, je vous conseille de vous taire.

— Je n'ai aucunes excuses à vous présenter, Mérielle. Vous avez simplement oublié que je vivais dans le Yorkshire, très loin de la cour, et que j'ignorais tout des déplacements du roi. Je ne savais absolument pas qu'il avait l'habitude de descendre ici.

— C'est facile de me donner cette réponse. Dans le même esprit, je pourrais vous demander qui vous a convié ici ? Si j'ai bien compris, seuls les hôtes privilégiés de l'archevêque sont accueillis dans ce palais. Mais peut-être vous a-t-il invité en personne ?

— Non, personne ne m'a offert de dormir ici, pas plus l'archevêque que le roi. Je me suis contenté de suivre les instructions de mon oncle. En qualité de maître d'œuvre des chantiers royaux à Winchester, c'est ici qu'il vous aurait conduite s'il vous avait escortée à ma place. Il était d'ailleurs attendu demain, apparemment, en votre compagnie. Ce qui signifie qu'il avait eu l'intention de passer trois nuits au château de Leeds. C'est pour ça que nous nous sommes retrouvés ici en même temps que mon ami l'abbé, mais j'ignore tout autant que vous pourquoi nous y étions attendus. Si vous pensez…

— Oui, messire Rhyan, l'interrompit Mérielle. C'est précisément ce que je pense. Vous avez, encore une fois, voulu me faire payer d'avoir eu recours au souverain pour me préserver contre votre hargne. La décision du roi a dû vous blesser profondément pour que vous nourrissiez à mon égard une telle rancune.

Il la regarda sévèrement de ses yeux bleus, qui étaient devenus aussi froids que ceux de la jeune femme.

— Que vous me croyiez ou non, maîtresse Mérielle, apprenez que j'ai d'autres choses en tête que de me livrer à ce genre de mesquineries contre une veuve de vingt ans de Cantorbéry.

— Vingt et un !

— Oh ! La grave erreur ! Au point où nous en sommes, nous ne pouvons pas nous permettre la moindre inexactitude, n'est-ce pas ? Mais vous vous trompez fort si vous pensez que j'ai le goût de la vengeance. Après tout ce temps, j'imaginais que la haine et même l'amertume étaient consommées.

Il s'adossa au mur, les traits tendus.

— Elles le seraient si elles n'avaient pas été ravivées par d'autres indélicatesses que vous avez commises dans mon dos, messire ! Si je vous laisse parler sans m'insurger, vous me direz, la prochaine fois, que c'est messire Adam qui a pillé mes mines de plomb pour fournir le maître verrier de la couronne. Pardonnez-moi de revenir sur cette question, mais j'avais toujours cru que les gisements se trouvaient dans mon sous-sol et non dans le vôtre. Est-ce encore un aspect de l'accord passé entre nos pères qui a échappé à mon attention ? Me suis-je trompée aussi à ce sujet ?

— Vous avez commis erreur sur erreur depuis trois jours, déclara-t-il sur un ton sarcastique. La couche royale étant devenue l'axe d'articulation de vos attaques alors que vous avez la chance de dormir dans la meilleure literie du royaume. Beaucoup de femmes s'estimeraient privilégiées de…

Cédant à la fureur, Mérielle se débarrassa de sa couverture et bondit vers Rhyan, qu'elle gifla violemment. Ravie de son geste autant qu'horrifiée, elle vit Rhyan se dresser et comprit qu'elle ne pourrait lui échapper.

— C'est ce que pensent les hommes comme vous, n'est-ce pas ? reprit-elle, jugeant l'offensive la seule issue possible pour elle. Du moment qu'un lit est confortable, il importe peu de le partager avec unetelle ou unetelle. Ni principes ni honneur !

Elle essaya de dégager ses poignets qu'avait saisis Rhyan, mais il la tenait avec une poigne d'acier.

— Et que dira l'abbé, votre voisin, lorsqu'il saura que vous avez l'intention de lui reprendre sa terre pour en extraire le plomb ?

Elle essaya de nouveau de se libérer, mais vainement.

— C'est à vous qu'il parlera, jeune femme ! Il vous dira, certainement, de vous mêler de ce qui vous regarde. Mais, si vous tenez absolument à vous ridiculiser, interrogez-le à ce sujet.

— J'aurais, donc, été induite en erreur ?

— Oui, ma chère. Les mines que j'exploite ont été ouvertes récemment, et ces gisements sont bien distincts des vôtres. Permettez-moi de vous dire au passage qu'il ne tient qu'à vous, d'ailleurs, de les exploiter de nouveau.

Il libéra les poignets de Mérielle après les avoir comprimés dans un dernier geste d'impatience.

— Envoyez des ouvriers à la mine, et elle cessera d'être la tombe des moutons malheureux qui s'y aventurent.

Stupéfaite autant que mortifiée, Mérielle ramassa la couverture, dont elle s'enveloppa de nouveau, et lui tourna le dos. Peut-être s'était-elle laissé aveugler par les préjugés ? N'était-ce pas son beau-frère, en fin de compte, qui avait organisé tout le voyage et décidé des endroits où ils passeraient la nuit ? Et les veines de minerai de plomb n'étaient-elles pas verticales plutôt qu'horizontales ? Elle se souvenait, maintenant, de l'avoir entendu dire par son père.

— Je suis désolée, dit-elle enfin, sans se retourner. J'ai interprété beaucoup de choses à ma manière…

— Je le crois, en effet, Mérielle, et vous vous êtes beaucoup trompée à mon sujet.

Tout en parlant, il avança d'un pas et posa la main sur la taille de la jeune femme tandis que, de l'autre, il tirait sur la couverture.

— S'il vous plaît…, chuchota-t-elle en lui abandonnant la couverture comme elle s'écartait de lui.

Il la retint cependant et, se penchant sur elle, déposa un baiser à la base de son cou. Comme hypnotisée, elle resta immobile alors qu'il lui emprisonnait la poitrine dans ses mains.

Un gémissement jaillit alors de la gorge de Mérielle,

une sorte de vagissement qui semblait venir de son sein même…

— Ma tendre et belle amie ? murmura-t-il en la prenant dans ses bras. Commencez-vous de comprendre ce qui nous unit ?

Elle avait un désir immense et douloureux de comprendre ; un désir si fort qu'il la gardait éveillée la nuit. Mais, si elle renonçait à nourrir du ressentiment contre lui, elle ne pouvait oublier qu'il avait séduit sa sœur. Avec cet exemple en tête, elle ne serait pas assez folle pour se laisser aller…

— Lâchez-moi ! Ce n'est pas juste. J'ai accepté votre explication. Je ne peux pas faire plus, messire.

Elle sentit contre la nuque le contact des lèvres de Rhyan, aussi, rassemblant toutes ses forces et son courage, elle lui prit les mains et les écarta de son corps.

— Si, Mérielle, vous pouvez faire beaucoup plus, dit-il en se redressant.

— Non !

Sans tenir compte de sa réponse, il la prit par les bras et la fit se retourner.

— Commencez par reconnaître les sentiments que vous avez pour moi. Vous m'en avez donné la preuve hier. A moins que n'importe quel homme vous fasse cet effet ?

Cette fois, il anticipa la réaction de Mérielle et lui réunit les poignets dans le dos avant qu'elle ne levât la main sur lui.

— Alors ? Me répondrez-vous ? Etes-vous aussi excitée par le joli damoiseau que j'ai vu chez vous ? Et que ressentiez-vous pour…

— Assez ! cria-t-elle.

— Je veux que vous me répondiez !

— Eh bien, oui ! Tous les hommes me plaisent ! Vous êtes satisfait ?

Les paroles, qui résonnaient encore sous la poutraison de la chambre, déplaisaient en premier lieu à celle qui les avait prononcées. Elle ne se reconnaissait pas, en effet, dans le tableau qu'elle avait brossé d'elle-même. Elle savait très bien qu'elle avait menti. Aucun homme ne lui avait jamais fait battre le cœur aussi fort que messire Rhyan, ni n'avait exercé sur elle une telle attirance. A cet instant encore, où elle sentait son grand corps musclé contre le sien, elle respirait avec délectation son odeur. Elle était contre lui, si près qu'elle aurait pu lui effleurer le cou du bout de la langue… Sa sœur le lui avait-elle fait ?

— Vous mentez, répondit enfin Rhyan. Je ne vous crois pas.

Elle non plus ne l'aurait pas cru s'il avait prétendu n'avoir jamais été l'amant de sa sœur. Ils étaient à égalité, maintenant. Le moyen le plus sûr de se préserver contre lui était d'entretenir, à tort ou à raison, une mauvaise opinion à son sujet. Il était furieux, d'ailleurs, en ce moment. Ses traits s'en trouvaient altérés, ses yeux étaient plissés et ses sourcils froncés, mais sa bouche, bien que contractée, restait belle…

— Je ne vous crois pas, répéta-t-il. Je ne sais pas sur quoi se fonde l'animosité que vous nourrissez contre moi. Peut-être est-ce le désir de maternité qui vous rend ainsi. Vous êtes impatiente, je l'ai bien compris, de revoir votre nièce. Il semble que vous ne pensiez plus qu'à ça. C'est comme si tous les autres cessaient de compter à vos yeux…

Il s'interrompit et plongea le regard dans les yeux de Mérielle avant de reprendre d'une voix si douce que ce n'était plus qu'un murmure :

— Je peux vous donner des enfants qui seront les vôtres, Mérielle…

Ces quelques mots bouleversèrent la jeune femme jusqu'au plus profond d'elle-même. Comme elle restait muette, il descendit les mains le long de son corps et les arrêta sur ses fesses, qu'il caressa et pressa, attirant Mérielle contre lui.

Incapable d'une autre réaction, la jeune femme, qui se sentait fondre comme un métal en fusion, tendit les lèvres vers celles de Rhyan en laissant échapper un petit cri primitif, un geignement qui semblait jailli du fond des âges et dont personne n'aurait douté du sens, et se pendit à son cou comme pour lui exprimer combien elle désirait ce qu'il lui offrait.

Le temps des mots était passé…

Comprenant qu'elle était plus que consentante, il la souleva dans ses bras et la porta jusqu'à la couche royale dont les rideaux pourpres étaient ornés de broderies tissées de fils d'or et d'argent. Il n'était plus temps non plus pour de longs baisers et d'interminables caresses.

Rhyan se débarrassa de sa cotte puis défit les lacets qui réunissaient ses chausses à sa chemise avant de monter sur le lit et de se pencher sur Mérielle, qui levait sur lui des yeux suppliants.

Tandis qu'il l'embrassait avec passion et glissait la main sous sa chemise, elle remua les hanches lascivement pour lui faire comprendre qu'elle était prête. Nouant les bras autour de son cou, elle cambra les reins pour sentir sa force mâle et se frotter à elle puis, reposant les fesses sur le matelas de laine, elle s'ouvrit totalement à lui.

Il vint puissamment en elle, lui arrachant un cri de stupéfaction puis, comme il commençait d'aller et venir avec une force animale en la pénétrant profondément, elle laissa échapper des gémissements de plaisir. Elle vivait enfin le rêve qu'elle faisait depuis qu'elle avait revu Rhyan, mais ce qu'elle éprouvait était encore plus fort, plus merveilleux que tout ce qu'elle avait imaginé au cours de ses nuits sans sommeil.

Soulevée par une vague voluptueuse dont elle ne savait jusqu'où elle la porterait car elle n'avait jamais rien ressenti de tel, enivrée par le rythme rapide de Rhyan, elle laissa échapper un cri rauque alors que haletante, elle l'emprisonnait de toutes ses forces entre ses bras et ses jambes.

Tandis qu'il continuait son ample et pénétrant mouvement, elle eut l'impression d'être légère comme une plume tourbillonnant dans le vent et, enivrée de plaisir, se laissa labourer par sa force mâle comme une terre fumante sous le soc de la charrue.

De la chambre feutrée et lumineuse où elle s'était retirée, elle entendit le cri étouffé de Rhyan dont le visage était enfoui dans sa riche chevelure.

Il restait en elle, et elle écoutait les battements de son cœur résonner contre sa poitrine… Elle tourna la tête vers lui pour chercher ses lèvres…

Il lui rendit son baiser et, au lieu de se retirer comme elle s'y était attendue, se remit à aller et venir doucement en elle comme pour la rassurer après l'assaut violent qu'il venait de livrer contre son corps.

Au petit cri de surprise qu'elle poussa, il releva la

tête et plongea le regard dans celui de Mérielle pour y lire ses pensées intimes pendant qu'il poursuivait son mouvement d'une manière plus possessive.

— Le bonheur d'être homme, dit-il dans un souffle en déposant un baiser sur le bout du nez de la jeune femme.

Il était fort et ferme en elle et il la conduisait sur le même chemin que précédemment, mais avec une tendresse, des caresses, des attentions pleines de prévenances qui avaient sur Mérielle un effet différent mais aussi satisfaisant que le déchaînement des sens auquel ils s'étaient livrés ensemble un instant plus tôt.

De degré en degré, elle s'élevait vers un ciel extatique où, en parfaite harmonie avec Rhyan, elle s'abîma dans une indicible jouissance et, toute tremblante, se réfugia dans le havre rassurant de ses grands bras…

Le brouhaha des conversations dans la grande salle et les propos plus distincts tenus près d'elle s'évanouissaient pour revenir au gré de la rêverie somnolente de Mérielle, qui essayait désespérément de se concentrer sur les propos qu'échangeaient à sa table messire Rhyan et l'abbé Robert Monkton.

Ce dernier, qui partageait un plat avec la jeune femme, plongea un morceau de pain dans la sauce, de la main gauche comme l'étiquette le requérait, puis l'enfouit dans sa bouche.

— Je n'en ai presque jamais vu ici dans le Sud, déclara l'abbé en souriant.

Mérielle chercha Rhyan du regard avec une expression éperdue qui donna à comprendre à ce dernier qu'elle n'avait pas suivi la conversation. En guise de réponse à ce regard qui ressemblait à un questionnement, il se tapota la poitrine de la main.

La jeune femme esquissa un sourire et s'adressa à l'abbé :

— Si vous me le permettez, mon père, je vous préparerai une infusion très efficace contre la toux. C'est une décoction de géranium lierre. Je suis certaine d'en trouver dans le jardin de l'archevêque.

L'abbé inclina la tête de côté en regardant paternellement Mérielle.

— Je vous remercie, ma fille.

De nouveau les conversations s'entremêlèrent alors que la jeune femme se retirait en elle-même. Elle avait les yeux sur la longue main de Rhyan qui prenait le plat de légumes, cette même main qui, peu auparavant, explorait son corps dans les régions les plus intimes. Il lui présenta un morceau de panais épicé, l'obligeant par ce geste à revenir parmi eux.

— Réveillez-vous, rêveuse ! dit-il, le regard pétillant. L'on ne vit pas que d'amour et d'eau fraîche.

Mérielle prit le légume et y goûta avant de replonger dans sa rêverie où, le temps d'un battement de cœur, elle faisait revivre une étreinte merveilleuse, extraordinaire, qui s'était passée sans échange de mots, dans un consentement mutuel et un silence favorisant la fusion parfaite de deux êtres, corps et âme.

Elle avait craint que Rhyan, après l'acte, essayât de se justifier, mais il n'en avait rien été. Il l'avait tenue serrée contre lui alors qu'elle versait des larmes de bonheur et de remords. Tout en la berçant doucement, il effaçait ses larmes quand on avait frappé doucement à la porte.

— Oui ! avait-il répondu avant de se lever.

Il avait passé la main dans ses cheveux en désordre puis s'était retourné en sentant la main fine de Mérielle qui s'était posée sur sa cuisse pour le retenir. Il s'était penché sur elle pour lui effleurer le front d'un baiser, avait remonté sur elle la couverture en fourrure puis s'était rapidement rhabillé.

— Je vais laisser entrer maîtresse Allene, qui va s'occuper de toi, avait-il murmuré en caressant la joue de la jeune femme.

Rhyan sortit de la chambre et y laissa entrer la gouvernante, qui s'approcha du lit où Mérielle restait étendue sans chercher aucunement à dissimuler ce qui venait de se passer.

— C'est une chance que le souper soit prêt, avait dit Allene en souriant, sinon j'étais bonne pour attendre encore une heure devant la porte.

En entendant la remarque de Rhyan, la jeune femme consentit enfin à esquisser un sourire.

— Etait-ce un sourire ? fit Rhyan qui épiait le visage de Mérielle tout en conversant avec ses voisins.

— Messire Rhyan…, commença-t-elle d'une voix indécise en baissant les yeux. Vous savez… Je ne voulais pas…

Consciente de l'incongruité de sa remarque dans la situation où ils se trouvaient, elle glissa un regard vers l'abbé qui, heureusement, parlait à son voisin de gauche.

— Chut ! fit messire Rhyan. Je sais très bien que vous ne le vouliez pas, mais rassurez-vous, moi je le désirais ardemment.

Il sourit et présenta un morceau de venaison à la jeune femme, qui croyait déceler dans ses yeux une nuance d'arrogance mêlée à une expression qui semblait dire : « Je vous connais maintenant ; il n'y a plus de barrières entre nous. » Et elle en ressentait une vive émotion, un trouble qui se communiquait à l'écrin de sa féminité qu'elle sentait se contracter voluptueusement au contact du coussin du siège.

Elle prit le morceau de venaison dont elle le remercia en pensant que ce remerciement était aussi valable pour la remarque qu'il venait de lui faire.

Mérielle se tourna vers l'abbé, qui avait cessé de parler à son voisin et la regardait.

— Avez-vous des mines de plomb sur vos terres, mon père ?

L'abbé s'essuya les lèvres avec sa serviette.

— Hélas, non ! Mais quand bien même aurais-je la chance d'en avoir qu'il me serait impossible de les exploiter faute de bras.

— Est-ce la conséquence de la peste qui nous a tous affectés ?

— Pas seulement. Depuis de longues décennies, nous avons à souffrir des incursions des Ecossais qui ravagent les campagnes, pillent les moissons, incendient les villages et les fermes, commettent mille rapines. Si notre abbaye n'était pas aussi importante, il y a longtemps qu'elle aurait été dévastée comme tant d'autres.

Alors qu'il parlait, Mérielle examinait sa main noueuse aux veines bleues en relief, qui serrait une coupe en argent dont le bord présentait une scène surprenante de lièvres et de singes se poursuivant les uns les autres.

— Pourtant vous ne devriez pas manquer de frères convers ?

L'abbé eut un sourire contrit en lançant un regard à Rhyan.

— Je crois que vous n'êtes plus vraiment au fait de la situation dans notre comté, maîtresse Saint-Martin.

Devant l'air interloqué de la jeune femme, il reprit :

— Mais personne ne peut être présent simultanément en deux lieux différents, n'est-ce pas ? Et puis il est parfaitement normal que vous vous occupiez de la manufacture de votre défunt mari. Comment, dans ces circonstances, pourriez-vous être en même temps à Cantorbéry et dans le Yorkshire ? Nous avions, autrefois, de nombreux frères lais qui veillaient sur les troupeaux de moutons, mais c'était avant que les Ecossais ne viennent saccager tout dans nos parages. Ils ont détruit les granges, emmené les troupeaux et tué bon nombre de frères. Si bien que nous avons dû renoncer à laisser paître nos moutons loin des murs du monastère derrière lesquels hommes et bêtes peuvent se réfugier en cas de menace.

L'abbé s'interrompit pour boire une gorgée d'ale puis il reprit :

— Mon prédécesseur avait engagé des régisseurs qui portaient la livrée et occupaient les bâtiments éloignés de l'abbaye, mais la solution n'était pas rentable.

Rhyan, qui était assis à la droite de Mérielle, se pencha en avant pour s'adresser au religieux et en profita pour enlacer la jeune femme de son bras gauche.

— Pourquoi ne donneriez-vous pas à bail les terres excentrées ?

La coupe d'argent, qui était au bord des lèvres de l'abbé, fut lentement rapportée sur la table.

— Les transformer en seigneuries ? fit-il d'un air grave.

— Exactement. Vous permettriez à vos tenanciers de vendre la laine et leurs propres produits sur le marché. Le fermage vous rapporterait un bénéfice régulier et constant, et vous auriez beaucoup moins de soucis. Cela ne vous empêche pas de garder des troupeaux près de l'abbaye, mais je vous conseille l'élevage des chevaux de bataille. En ces temps de guerre, les destriers se vendent bien. C'est ce que je fais moi-même.

— Vos conseils sont certainement excellents, mon fils, mais il est contraire à l'esprit de la règle monastique de donner la terre en fermage. Ce sont les moines qui doivent l'exploiter puisqu'ils sont contraints à plusieurs heures de travail manuel chaque jour.

— En effet, mon père, mais les temps changent. Nous n'avons pas toujours été obligés de contenir les Ecossais, n'est-ce pas ? Et la peste, qui n'avait pas frappé depuis plusieurs siècles, ne décime pas tous les ans la population. Nous devons saisir chaque occasion d'améliorer notre organisation si nous voulons survivre.

— Je suppose que vous avez eu aussi à souffrir des Ecossais ?

— Oui, à plusieurs reprises. Je serais descendu ici plus tôt si je n'avais dû organiser la défense de mes biens. Rares sont les villages et les seigneuries qui n'ont pas eu à subir un de leurs assauts. Il a fallu construire en toute hâte des tours de guet, des corps de garde, creuser des fossés et s'armer de diverses manières pour écarter le danger.

— Et, pendant ce temps, d'autres fuient leurs responsabilités.

Les deux hommes se tournèrent vers Mérielle pour voir l'expression de son visage après qu'elle avait prononcé ces mots, mais au même moment résonna la sonnerie d'une trompe annonçant le service du dernier plat, ce qui épargna à la jeune femme des questions embarrassantes de la part de ses voisins de table, qui considérèrent qu'elle venait d'émettre inconsciemment, à voix haute, une pensée qu'elle aurait préféré garder pour elle seule.

Si on lui avait reproché, à cet instant, de ne pas se préoccuper de ses terres dans le Yorkshire ni des gens qui vivaient dessus, elle aurait été bien incapable de répondre et de justifier sa présence à Otford dans le palais épiscopal.

Heureusement, une somnolence soudaine la saisit, plongeant tous ceux qui l'entouraient dans une sorte de halo si bien qu'il lui sembla être au milieu d'ombres mouvantes, évoluant devant elle dans un brouhaha incessant.

— Je suis si fatiguée, murmura-t-elle d'une manière presque inaudible.

Sauf pour messire Rhyan, qui lui chuchota à l'oreille :

— Ça ne me surprend pas, maîtresse Mérielle.

Elle leva les yeux sur lui et vit qu'une lueur espiègle et tendre à la fois brillait dans ses yeux bleus.

7

— Eh bien, John ? fit messire Rhyan, qui venait de rejoindre le peintre du roi dans les jardins de l'archevêque. Ne me dites pas que c'est vous encore qui avez exécuté les fresques de ce palais ? A moins que ce ne soit la tenture qui sert de fond au chœur de la chapelle ? Ou le triptyque du maître-autel ?

— Non, répondit en souriant maître Kenton, qui savait que Rhyan ne parlait pas sérieusement. Je n'ai jamais séjourné ici, mais je savais que le roi y venait comme il descend, d'ailleurs, dans toutes les résidences des archevêques. Ce sont celles qui offrent le plus de confort.

Messire Rhyan fut sur le point de demander à John Kenton pourquoi il ne l'avait pas prévenu qu'Otford était une halte du souverain, mais il craignit qu'il ne vît là un reproche déguisé. Il aurait été parfaitement injuste, d'ailleurs, de lui faire la moindre remontrance à ce sujet. Sur le chemin d'Otford, Rhyan n'avait pas précisé où il avait l'intention de passer la nuit. C'était à lui que revenait la faute. Il aurait dû se montrer plus méfiant et questionner le peintre attitré du roi.

— Et que savez-vous, John, au sujet de Guildford ?

— C'est notre prochaine étape ?

Messire Rhyan hocha la tête.

— Une grande distance nous en sépare, mais nous devrions pouvoir la couvrir dans la journée si tout se passe bien. Avez-vous une idée de la maison où nous passerons la nuit ?

Maître John, qui avait les yeux levés sur le treillis où les feuilles s'agitaient dans la brise du soir et laissaient passer de façon intermittente les derniers rayons rougeoyants du soleil couchant, répondit après un instant d'hésitation feinte :

— Si c'est à Guildford, c'est sans doute dans le manoir de Clandon. C'est bien ça ?

— Comment pouvez-vous le savoir ? Il y a certainement beaucoup d'autres demeures qui pourraient nous accueillir.

— Ne sommes-nous pas en train de faire un voyage royal ? Si c'est le cas, la prochaine étape, en effet, est Guildford. Clandon a le mérite de n'être pas loin de la route.

Rhyan laissa échapper un soupir d'exaspération.

— Mon oncle m'a indiqué où m'arrêter, et, entre autres, il a mentionné Clandon, mais il ne m'a pas précisé à qui appartenaient ces demeures. Si je comprends bien, nous allons d'une couche royale à une autre ! Qu'est-ce que cela signifie ?

Maître Kenton baissa les yeux. Comme tout artiste travaillant au service du roi, il tenait à sa place et se voyait contraint de ne rien révéler de ce qu'il savait.

— Je n'en ai aucune idée, messire Rhyan. Les demeures que vous a indiquées messire Bedesbury sont certainement celles où il serait descendu lui-même. En tant que maître d'œuvre des chantiers royaux, il ne doit pas manquer une occasion de contrôler par lui-même l'état des résidences royales. Après son passage, il peut suggérer certains travaux de rénovation, des agrandissements, des modifications, une nouvelle décoration…

— L'installation de tapisseries ?

— Oui, pourquoi pas ? Il ne déplairait certainement pas à messire Bedesbury de donner du travail à la manufacture de sa belle-sœur.

— Et pensez-vous, justement, que le manoir de Clandon ait besoin de tapisseries ?

Maître John sourit en pensant combien il serait aisé de donner une réponse facétieuse à messire Rhyan dans la pénombre croissante de ce jardin où l'on n'entendait que le murmure de la fontaine et le dernier roucoulement des colombes juchées sur les toits. Les feuilles vertes du treillis filaient leur propre tapisserie, incomparablement plus belle que toutes celles qui pourraient sortir des meilleures manufactures des Flandres malgré leurs riches couleurs, leurs emblèmes et leurs écussons.

— Ni plus ni moins que toute autre maison… De toute façon, les tapisseries comme les meubles circulent avec le souverain. Mais il est évident que, si messire Adam dit au roi qu'il faut pendre telle ou telle tapisserie à Clandon, il le fera. Vous n'ignorez pas que Sa Majesté Edouard, le troisième du nom, a une passion pour les œuvres d'art ? Pourquoi croyez-vous que je m'applique autant lorsque j'exécute une peinture pour le roi ?

— Vous êtes un artiste de premier plan, John. Vous ne sauriez peindre mal.

— Non, si mes œuvres ne sont pas désagréables à

regarder, c'est parce que je sais que le roi posera ses yeux sur elles et qu'il apprécie les belles choses. Je ne voudrais pas le décevoir.

Rhyan étendit ses longues jambes sur le banc moussu et se passa la main sur la cuisse, là où il avait senti la pression de celle de Mérielle qui le retenait près d'elle. Elle venait de pleurer dans ses bras... Heureusement, il était resté silencieux, se contentant de la bercer et d'essuyer ses larmes... Le roi n'était pas le seul à vénérer la beauté...

Une pensée soudaine traversa l'esprit de Rhyan.

— Le roi est à Windsor, en ce moment, n'est-ce pas, John ?

— Il y était, j'en suis sûr, lorsque nous avons quitté Cantorbéry.

— A quelle distance de Windsor le manoir de Clandon se trouve-t-il ?

— Au rythme où se déplace le roi, il se trouve à moins d'une journée de cheval de Guildford.

— Or, Guildford est précisément sur la route de Cantorbéry à Winchester. Le roi pourrait fort bien s'y trouver ?

— En ce cas, il n'y aura plus de place pour nous dans le manoir, dit maître Kenton d'un air pensif. La dernière fois que je suis venu dans cette région, j'ai passé la nuit dans un charmant petit village, Shere, où se trouve un prieuré avec une maison d'hôtes fort accueillante.

— J'y ai déjà dormi aussi, mais ce n'est pas aussi éloigné que Guildford.

— Non, ni aussi fréquenté.

— Eh bien, John, nous poursuivons notre tour du jardin ? fit Rhyan en posant les pieds à terre.

Ils se levèrent et firent quelques pas.

— Regardez, John ! Ces roses blanches sont déjà ouvertes. Dans le Yorkshire il faudra attendre encore des semaines avant qu'elles ne fleurissent.

La rosée, abondante, s'égouttait des buissons de roses blanches qui ployaient sous le poids de l'eau et, au passage de Mérielle, mouillaient ses bottes en cuir. Elle était prête pour la journée à cheval qui l'attendait mais, avant de monter en selle, elle avait éprouvé le besoin d'un moment de solitude dans le jardin de l'archevêché.

Le soleil ne tarderait pas à paraître au-dessus des arbres qui fermaient l'horizon à l'est... Dès qu'il s'élèverait dans le ciel, Rhyan, qui était sans doute déjà en train de la chercher, surgirait dans le jardin, et elle devrait lui faire part de son intention de retourner à Cantorbéry.

La conversation, au cours du dîner de la veille, avait eu un effet décisif sur elle en lui remettant en mémoire ses devoirs à l'égard des gens vivant sur ses terres dans le Yorkshire, notamment celles qu'elle tenait de son père dans le cadre du bail qu'il avait conclu avec feu messire Lombard.

Après la nuit au sommeil lourd et troublé qu'elle avait passée, elle sentait un besoin très fort de vérité et de justice. Il n'était plus supportable pour elle de se montrer aussi égoïste et de suivre les inclinations de son cœur en allant à Winchester pour voir sa nièce alors qu'elle aurait dû se rendre depuis très longtemps dans le Yorkshire pour désigner un nouveau régisseur et un nouvel intendant, les précédents étant morts tous les deux de la peste.

Ça n'avait aucun sens de s'être battue pour garder ces terres et de les négliger à ce point. Elle aurait dû engager des administrateurs officiels, comme le faisaient aujourd'hui tous les autres propriétaires, qui l'auraient tenue informée, semaine après semaine, de l'exploitation de son domaine. Elle aurait dû, en outre, se rendre sur place pour s'occuper de la réouverture des mines de plomb et trouver des débouchés pour la vente de la production. Que n'avait-elle déployé autant d'énergie à défendre les villages contre le pillage des Ecossais qu'à fournir du travail aux veuves misérables qui la sollicitaient ?

Elle entendit un pas décidé dans son dos et pivota sur les talons pour faire face à messire Rhyan.

— Pourquoi ne m'avez-vous pas dit tout de suite la gravité de la situation ? lui lança-t-elle sans même lui donner le temps de dire un mot. Il n'était pas nécessaire d'attendre trois jours avant de me confier que la belle campagne du Yorkshire faisait l'objet d'attaques répétées des Ecossais ! Si vous me l'aviez dit à Cantorbéry, je serais déjà en chemin vers York !

En prononçant ces derniers mots, elle frappa de la main une digitale pourprée aux nombreux boutons de fleurs gorgés de rosée qui éclaboussèrent le pourpoint de cuir de Rhyan.

— Ah ! Oui ? fit ce dernier, ironique. L'attaque est un moyen de défense comme un autre, mais il peut se retourner contre soi.

Sur ces mots, il passa le bras autour de la taille de la jeune femme.

— Permettez-moi de vous montrer comment doit être mené un assaut.

Exaspérée par la désinvolture et l'assurance du chevalier, qui semblait ne pas douter du succès de sa tactique, elle lui lança :

— Est-ce ainsi que vous avez procédé avec ma sœur ? Vous l'avez séduite dans les jardins de messire Adam ? Dans la roseraie, à l'abri des regards ? A moins que vous n'ayez réussi à vous introduire dans sa chambre comme vous l'avez fait avec moi ?

Elle inclina la tête en arrière pour lire sur l'expression de son visage l'effet des traits qu'elle venait de lui décocher.

Elle avait frappé juste, au défaut de l'armure, car il venait de desserrer son étreinte autour d'elle et laissait tomber les bras comme par découragement.

— Qu'est-ce que vous me chantez ? dit-il à mi-voix, l'air déconcerté. Vous croyez vraiment ce que vous venez de me dire ? J'aurais séduit votre sœur ? Une enfant de quinze ans ? Nom d'un chien ! J'en ai assez entendu, Mérielle !

Il recula d'un pas et ajouta :

— Je vois que vous n'avez pas besoin de recevoir de leçon dans l'art de conduire un assaut.

Elle en aurait eu grand besoin, pourtant, car elle ne savait pas comment poursuivre son attaque et regrettait déjà ses accusations hâtives, qu'elle n'aurait dû porter que si elle avait eu la preuve absolue de leur véracité.

Or, elle s'était évidemment trompée. La réaction de Rhyan l'attestait. Le désarroi qu'elle avait lu dans ses yeux ne pouvait être feint.

— C'est Laurel qui me l'a dit, déclara-t-elle sur un ton penaud.

— Ah bon ? Et que vous a-t-elle dit d'autre ?

— Eh bien… Qu'elle vous aimait !

Elle releva le menton, le cœur déchiré par les mots qu'elle venait de prononcer dont elle détestait le sens, et redoutant de voir le regard de Rhyan s'attendrir d'une manière révélatrice.

Ses yeux d'un bleu d'acier, cependant, ne trahissaient aucune émotion sinon l'indignation.

— Alors ? A-t-elle dit que je l'avais séduite ?

— Non… Pas vraiment…

— Pas vraiment ? Eh bien, dites-moi précisément ce qu'elle vous a dit !

— Elle m'a laissé entendre… Ou, plutôt, elle m'a suggéré que vous… Euh… Non ! Je n'y arrive pas !

Elle tourna les talons, mais il la retint et l'obligea à lui faire face.

— Dites-moi ce qu'elle vous a dit, Mérielle ! J'ai le droit de savoir ce dont on m'accuse !

— Eh bien… Elle m'a dit que l'enfant n'était pas de messire Adam.

— Ah bon ? Mais de qui est-il alors ? Vous a-t-elle dit qu'il était de moi ?

Mérielle fit non de la tête en essayant de se dégager, mais les mains de Rhyan, qui lui enserraient les bras, descendirent jusqu'à ses poignets.

— Non… Nous n'étions pas assez intimes pour qu'elle me fasse une plus ample confession.

— Bonté divine ! Vous étiez assez proches pour qu'elle vous dise qu'elle était infidèle à son mari, mais pas assez pour qu'elle nomme le père de son enfant ! Et vous, vous croyiez tout ce qu'elle vous disait ?

— Je vous en prie… Vous me faites mal !

— N'est-ce pas ? insista-t-il. Et vous m'avez imputé un

crime que je n'ai pas commis de façon à mieux me haïr et à me rendre l'auteur de toutes sortes de malveillances. Vous vous êtes convaincue que j'étais le père de cet enfant. C'est à cause de cela que vous pleuriez hier, dans mes bras ?

Il la secoua violemment par les épaules.

— Avouez-le ! Vous vous disiez que j'avais pour habitude de séduire les sœurs ?

— Assez ! hurla-t-elle. Comment aurais-je pu penser autrement ? Devais-je vous prendre pour un innocent après ce que vous m'avez fait ? Je ne voulais pas vous aimer pour me distinguer d'elle. Dieu seul sait le temps que vous avez passé ensemble ! J'entendais le récit de vos prouesses, du matin jusqu'au soir, aussi bien dans la bouche de Laurel que dans celle de votre oncle. Après tout, rien ne m'interdisait de penser que vous eussiez pu lui rendre ce service…

— Comment ?

Elle détourna les yeux et s'arma de courage pour faire face au prochain assaut indigné de Rhyan.

— Qu'est-ce que vous me chantez, Mérielle ? Précisez votre pensée !

— Je n'ai rien voulu dire… C'est seulement que Laurel m'a avoué que messire Adam n'avait pas…

Elle buta sur le mot et en balbutia quelques autres parfaitement inaudibles.

— Oui, je vous écoute ? fit Rhyan en la retenant prisonnière de son regard inflexible.

— … consommé le mariage.

Rhyan relâcha la jeune femme.

— Je vois, dit-il d'un air entendu. Et ma présence auprès de mon oncle vous a suffi pour imaginer que votre sœur trouvait une compensation auprès de moi. J'étais, de toute évidence, celui qu'il fallait blâmer. Elle a réussi quand même à se faire faire un enfant. Dont vous m'avez attribué la paternité bien que votre sœur ne vous ait dit à aucun moment que cet honneur me revenait. Enfin… Du moins dois-je me féliciter qu'elle ne m'ait accusé d'aucun autre crime !

— Elle ne vous a pas accusé !

— Bien sûr, sinon elle aurait été damnée pour mensonge. Elle a joué beaucoup plus subtilement en utilisant sa sœur aînée pour m'accuser à sa place. N'est-ce pas ce qui s'est passé ?

— Je suis désolée. Je n'ai jamais voulu…

Elle ne savait que dire ni que faire. Le souvenir des moments passés dans les bras de Rhyan était trop présent et vivant dans son esprit, de même que la conversation de la veille, qui l'avait plongée dans une profonde confusion.

Elle avait pris l'habitude de se protéger contre Rhyan en invoquant tout le mal qu'il lui avait fait, mais elle n'avait plus de chefs d'accusation contre lui à moins de lui révéler ce qu'elle n'avait jamais voulu dire à personne. Le secret qui la minait encore après trois ans…

Devait-elle le lui avouer enfin ?…

Le silence se prolongeait entre eux, et l'occasion fut perdue lorsque Rhyan déclara finalement d'un ton brusque :

— Je suis venu vous chercher, car tout le monde est rassemblé dans la cour. Nous sommes prêts à partir. Venez, maîtresse Saint-Martin.

Mérielle se souvint soudain de ce qu'elle avait eu l'intention d'annoncer au début de leur entretien.

— Non, répondit-elle. Je rentre à Cantorbéry.

Elle l'entendit soupirer et prépara déjà sa riposte.

— Maîtresse Mérielle Saint-Martin de Cantorbéry, vous ne rentrez pas chez vous. Vous m'accompagnez à Winchester. Est-ce bien clair ?

Elle ne répondit pas et s'interdit de prendre la main qu'il lui tendait.

— Je sais pourquoi vous voulez retourner à Cantorbéry, dit-il d'un ton plus chaleureux, mais vous ne gagnerez pas plus vite vos terres dans le Yorkshire en repassant par chez vous qu'en poursuivant votre chemin jusqu'à Winchester. Ce sera même le contraire.

— Je peux engager des hommes d'armes…

— Vous pourrez aussi bien le faire à Winchester. Si vous décidez, d'ailleurs, de vous rendre dans le Yorkshire à partir de Winchester, je vous escorterai.

— Malgré ce qui s'est passé entre nous ? murmura-t-elle.

Il laissa retomber la main qu'il avait gardée tendue vers elle et l'étudia attentivement avant de répondre :

— Croyez-vous que j'aie fait tout ce voyage pour vous retrouver et que je vous quitterais maintenant ? Vous devriez peut-être apprendre à me faire un peu confiance. Venez, maintenant. Nous parlerons de tout ça en chemin.

Il remonta l'étroite allée, sachant qu'elle le suivrait, et, en effet, tête baissée, anéantie par l'effondrement de ses plans, elle se mit en marche à sa suite.

Il s'arrêta soudain, se retourna et la prit dans ses bras.

— Ce que je vous ai dit vous permet-il d'avoir l'esprit en paix ou préférez-vous continuer à me voir comme un scélérat ? Etes-vous parfaitement irréprochable ou suis-je le seul qui ne le soit pas ?

— Non.

— Je suis rassuré. Je préfère d'ailleurs savoir à qui j'ai affaire. Mais, avant de poursuivre, il faut que vous sachiez que je n'ai pas pour habitude de séduire les jeunes filles de quinze ans ni les jeunes mariées ni les épouses des hommes qui me sont apparentés. La seule partie de l'anatomie de votre sœur sur laquelle j'ai posé mes lèvres, c'est sa main. Je ne l'ai même jamais embrassée sur la joue. Maintenant que vous savez tout, acceptez-vous de ne plus laisser le souvenir de Laurel se dresser entre nous ?

Elle fit oui de la tête, les paupières légèrement plissées, car elle savourait la chaleur de son corps à travers son surcot de laine. Mais, alors même qu'elle était complètement décontenancée et se laissait troubler par la proximité radieuse de Rhyan, elle ne put résister à l'envie de profiter de la situation pour reprendre un peu l'avantage.

— Je suis d'accord, messire Rhyan, répondit-elle en se dégageant doucement de ses bras, mais promettez-moi que ce qui s'est passé hier ne se renouvellera pas. Vous le comprenez, n'est-ce pas ?

— Oh ! Oui, parfaitement, mais soyez certaine que ça se renouvellera.

Sans attendre la réponse de la jeune femme ni même observer sa réaction, il lui prit la main et la conduisit dans la cour de l'archevêché où son cheval, à demi endormi sur trois pattes, l'attendait.

Alors que la tête de la colonne commençait à se mettre en route et qu'elle attendait le moment de talonner son cob pour le faire avancer, Mérielle se faisait le reproche de ne pas avoir emporté l'amulette qu'une jeteuse de sort lui avait dit de porter pour ne pas tomber enceinte. Convaincue qu'elle n'en aurait pas besoin au cours de ce voyage, elle l'avait laissée sous son oreiller, dans sa chambre, à Cantorbéry.

Son expression soucieuse devait être éloquente, car Bess et Allene, depuis leur réveil, étaient en quête d'un remède contre les grossesses. La saison, peu avancée, ne favorisait par leur recherche, et elles savaient qu'elles ne trouveraient pas exactement ce qu'elles désiraient, mais certaines plantes aux vertus semblables pourraient fort bien faire l'affaire.

Bess réussit, ainsi, à récolter de l'orpin vulgaire qui s'accrochait aux ardoises basses du toit du porche d'entrée. Et Padraig, qui ne la quittait pas, en fut pour sa curiosité.

— Si tu en consommes après Pâques, lui déclara-t-elle avec effronterie, ça te rendra aveugle et muet !

— Mais il n'est même pas en fleur.

— Comme ça tu ne seras pas sourd de surcroît.

— Quelqu'un a mal à la tête ?

— Pas encore ! rétorqua sèchement Bess, mettant fin à la conversation.

Elle avait confié discrètement sa récolte à Allene, qui l'avait enfouie dans la sacoche où elle conservait l'herbe de Saint-Jean.

— Espérons que nous n'en ayons pas besoin, murmura-t-elle. Nous ne voudrions pas repasser par les mêmes moments.

Mérielle pensait la même chose en elle-même, et c'était la raison pour laquelle, ce matin, elle était aussi méditative. Si elle ne voulait plus se montrer odieuse avec messire Rhyan comme elle l'avait été au début du voyage, elle ne pouvait laisser se répéter ce qui s'était passé la veille. Le risque d'être enceinte était trop grand.

Or, même si elle redoutait d'attendre un bébé, elle ne pouvait s'empêcher de rêver qu'elle portait l'enfant de Rhyan ni de revivre en pensée le moment où elle s'était donnée à lui. Ce qu'elle avait vécu dans ses bras ne supportait aucune comparaison. En quelques instants, il avait éclipsé toutes ses expériences antérieures.

Depuis le départ, comme ils chevauchaient dans la campagne vallonnée du Surrey, elle avait l'esprit occupé par ces rêveries, et ceux qui avaient deviné la raison de son silence le respectaient en gardant leurs distances.

Après avoir traversé une grande forêt et alors qu'au sommet d'une colline elle distinguait un village, au loin, Mérielle s'approcha de Rhyan et sortit enfin de son mutisme.

— Regardez maîtresse Allene, dit-elle. Elle a l'air épuisée, et nous sommes encore très éloignés de Guildford. Ne pourrions-nous nous arrêter plus tôt ? Quel est cet endroit, d'ailleurs, devant nous ?

— C'est Shere, répondit Rhyan. Du moins, je le crois.

— Eh bien, nous pourrions passer la nuit ici, n'est-ce pas ? J'aperçois l'église. Il doit y avoir une auberge, en vis-à-vis, où nous pourrions descendre.

Une rivière, qui s'élargissait en amont du village et avait l'aspect d'un ruban d'argent, accueillait sur ses berges des canards et de petits enfants qui jouaient à faire des ricochets sur l'eau. Au-dessus des toits de chaume blottis autour de l'église s'élevaient les fumées des cheminées.

— Sans doute, répondit Rhyan, mais, si nous n'atteignons pas Guildford ce soir, je ne pense pas que nous dormions demain à Winchester.

Mérielle, cependant, poussa son cheval en avant comme si elle avait la certitude que le village était le but de leur étape.

La volonté de Rhyan, toutefois, prévalut contre celle de la jeune femme, et il fut convenu qu'on ferait seulement un arrêt à Shere avant de poursuivre la route.

En se rendant avec Allene et Bess dans la petite église dédiée à saint James pour y prier, Mérielle s'aperçut qu'elles étaient suivies par plusieurs gens d'armes de l'escorte de Rhyan.

Elle interrogea leur chef, un Gallois à la forte carrure dont la bonté était écrite sur le visage, qui lui répondit qu'il ne faisait qu'exécuter les ordres qu'il avait reçus. A la fin de sa réponse, il désigna du menton quatre personnes bien connues de Mérielle, qui étaient assises sur un banc de l'auberge, à l'extérieur, et les observaient sans la moindre gêne.

— Ils n'oseront pas venir vous embêter, maîtresse Saint-Martin, tant qu'ils me verront dans les parages, dit le sergent d'armes, mais n'allez pas vous éloigner toute seule, s'il vous plaît.

Dans l'église, Mérielle découvrit qu'une recluse occupait une petite cellule aménagée dans l'un des murs, au nord du chevet. Elle assistait à la messe en ouvrant un petit volet de bois, et c'était aussi par ce volet qu'elle communiquait avec ceux qui voulaient lui parler.

C'était le désir de la jeune femme, qui vint s'agenouiller sur le prie-Dieu placé devant l'ouverture et, comme elle ne savait comment débuter une conversation avec la religieuse, se contenta de demander :

— Par pitié, ma sœur, acceptez-vous de me parler ?

Il y eut un long silence au cours duquel Mérielle, soupçonnant la recluse de s'être endormie, hésita à se retirer, puis une voix faible mais proche, si proche qu'elle croyait l'entendre à l'intérieur d'elle-même, se mit à murmurer :

— Vous êtes remplie par le doute, ma fille. Vous doutez de tous et même de moi.

— C'est vrai, ma sœur.

— Eh bien, c'est le moment d'apprendre à faire confiance.

Ce fut au tour de Mérielle, cette fois, de rester silencieuse, car elle était troublée d'avoir été percée à jour par la vieille femme.

— Vous êtes dans la souffrance, mon enfant... Pourquoi souffrez-vous autant ?

Mérielle étouffa un sanglot d'une main et, de l'autre, qu'elle passa par l'ouverture, chercha du réconfort auprès de la recluse. Cette dernière lui prit aussitôt la main, qu'elle tint dans la sienne, la caressant de son pouce dans un geste d'affection vieux comme le monde.

Elle poursuivit ce petit mouvement régulier du pouce aussi longtemps que durèrent les sanglots de la jeune femme puis, quand elle l'entendit respirer normalement, elle reprit avec douceur :

— Oui, je comprends… Vous n'êtes pas guérie de votre douleur, n'est-ce pas ? Mais il ne faut en faire le reproche à personne. D'ailleurs, qui serait en mesure de comprendre ce que vous éprouvez ?

— Que dois-je faire, ma sœur ? demanda Mérielle d'une voix presque inaudible.

— Rien… Contentez-vous seulement d'accorder votre confiance à ceux qui vous entourent. Que pouvons-nous faire, nous autres femmes, sinon accorder notre confiance ?

Il y eut un silence, puis la religieuse reprit dans un souffle :

— Votre attente est déjà comblée, mon enfant. C'est là… Bien en place…

— Mais, je…

— Chut ! Ecoutez-moi ! Vous n'êtes pas responsable de vos souffrances, mais vos craintes et vos doutes ne sont le fruit que de votre esprit. Ils sont en vous. Apprenez à accepter ce qui vous est offert comme un présent de la vie et non comme une punition. Ne résistez pas et, surtout, ne transformez pas un don gratuit de l'amour en une épreuve.

— L'amour, ma sœur ?

Mérielle sentit la recluse lui tapoter la main et la replier avant de la lui rendre.

— Eh oui, ma petite. Ne le perdez pas. C'est un don précieux qui vous vient du ciel.

Mérielle avait beaucoup d'autres choses à demander, mais des bruits de pas et de conversations à voix basses derrière elle la firent interrompre l'entretien.

— Accepterez-vous cette bague, ma sœur, en guise de remerciements ?

— Non, mon enfant. Si vous voulez faire un don à l'église, déposez votre offrande dans le tronc à l'entrée.

— Merci, répondit Mérielle, les yeux brillants de larmes. Que Dieu vous garde !

Elle longea la rangée de femmes qui attendaient leur tour et rejoignit Allene et Bess, assises justement près du gros tronc bardé de fer.

Mérielle et ses deux suivantes se recueillirent dans la chapelle dédiée à saint Nicolas, patron des jeunes enfants. Agenouillée au pied de l'autel, Mérielle tenta de se remémorer les paroles de consolation et d'encouragement de la recluse : « Votre attente est déjà comblée... c'est là... bien en place. »

Elle avait voulu parler certainement de sa nièce, qui était le cadeau que lui faisait la vie, et l'amour qu'elle avait évoqué, c'était bien sûr celui de Laurel, qui lui avait laissé son enfant.

En sortant de l'église, la première personne qu'elle rencontra fut messire Rhyan, qui l'attendait, entouré de ses hommes. Elle n'essaya pas de lui cacher qu'elle avait pleuré, car elle avait encore les traces des larmes sur les joues et les yeux rougis, mais il ne lui fit aucune remarque, se contentant de lui donner le bras et de la conduire à l'auberge.

A cet instant, elle désira de tout son cœur que la recluse lui eût tenu un autre langage.

8

Ils reprirent leur route comme l'avait exigé messire Rhyan auquel Mérielle ne voulait plus se heurter par respect de la trêve qu'elle avait acceptée, et aussi parce que leur relation avait beaucoup changé même si les circonstances du voyage ne permettaient pas d'en déterminer la nature exacte.

Pour connaître plus précisément la position de Rhyan à son égard, elle devrait attendre un moment plus propice à la conversation.

Ils dépassèrent Guildford sans s'y arrêter et cherchèrent des yeux en vain le manoir royal, qui restait invisible de la route. Les trois moulins à eau, en revanche, édifiés sur les terres de la résidence royale, s'offraient à la vue des voyageurs.

— Ce sont des moulins à blé, à orge et à foulon, commenta maître John en les désignant l'un après l'autre. Ils ont été construits, il y a une centaine d'années et sont encore en pleine activité.

Messire Rhyan avait bien estimé la résistance des femmes, qui réussirent à atteindre le village d'Aylesford, même si, dans les dernières lieues, elles somnolaient sur leurs chevaux. Leur état de fatigue était tel qu'elles n'eurent pas la force de protester devant l'exiguïté des logements qui leur furent attribués.

Tous les voyageurs venus de Londres à destination de Winchester convergeaient déjà sur la même route. Aussi n'était-ce pas étonnant de se retrouver au milieu d'une telle foule. Mais, si l'espace abrité était réduit, les marcs d'argent sonnants et trébuchants de messire Rhyan leur permirent de commander un abondant souper qui leur fut servi à l'écart, sous les hautes frondaisons des arbres. On se régala ainsi de poulets rôtis, de bacon frit, de bouillon de viande et de légumes, de petits pâtés feuilletés, d'œufs durs ainsi que de pain frais, de miel et de fromage.

Le lendemain matin, la colonne de voyageurs, tout en se défendant contre les mouches, descendait la pente raide et crayeuse de Saint Giles dans les Downs. Ils avaient quitté Aylesford dès l'aube, mais n'étaient pas les seuls à vouloir arriver au plus tôt à Winchester.

La route, creusée d'ornières, était en effet déjà encombrée de chariots, charrettes et voitures à bras, de troupeaux de moutons et de marchands avec leurs bêtes de somme chargées de denrées et de produits divers.

Mérielle reconnut certains voyageurs qu'elle avait aperçus les jours précédents, mais elle était trop absorbée par ce qu'elle voyait devant elle pour engager une conversation. Elle mit sa main en visière pour se protéger du soleil et scruta la ville, qui s'étendait au loin, enveloppée dans la fumée bleutée des cheminées.

Parmi d'autres hauts édifices, mais les surplombant

tous, elle distingua la flèche de l'abbaye de Sainte-Marie où avait été enterrée sa sœur, neuf mois plus tôt, et elle eut un serrement de cœur. L'image du bébé privé de sa maman s'imposa aussitôt à elle, réveillant son impatience.

Maître Kenton, à cet instant, rapprocha son cheval bai de la monture de Mérielle, dans l'intention d'écarter d'elle un jeune écuyer joufflu qui l'observait depuis trop longtemps à son goût.

— Vous êtes impatiente d'arriver ? demanda-t-il à la jeune femme en souriant.

— Oui… Ma nièce a dû beaucoup changer. C'était un tout petit bébé la dernière fois que je l'ai vue.

— Si je ne me trompe, vous allez être très occupée avec elle ? Et moi qui rêvais de vous montrer les nouveaux vitraux dans la cathédrale parmi tant d'autres choses !

— Je trouverai le temps d'y faire une visite avec vous avant que vous ne poursuiviez votre route vers le Yorkshire. Combien de temps pensez-vous rester à Winchester ? Trois jours peut-être ?

Alors qu'elle posait ces dernières questions, l'étalon noir de messire Rhyan vint se ranger de l'autre côté du cob de Mérielle.

— Nous attendrons aussi longtemps que vous le souhaiterez, ma dame. Et, lorsque vous serez prête à reprendre la route, nous nous ferons un plaisir de vous escorter jusque sur vos terres du Yorkshire. N'est-ce pas, John ?

Sur ces mots, il poussa son grand cheval vers l'avant et précéda Mérielle sans attendre de voir l'expression de son visage.

Elle aurait aimé lui faire perdre de sa superbe, mais

ne savait comment s'y prendre. A aucun moment elle n'avait accepté de faire route avec lui de Cantorbéry à Winchester ! Elle ne repartirait pour le Yorkshire que lorsqu'elle connaîtrait clairement les intentions de son beau-frère à son égard. En tout cas, même si elle était impatiente d'aller voir de ses propres yeux l'état de ses biens là-bas, elle refuserait obstinément de se laisser manipuler par messire Rhyan ou messire Adam.

La circulation, dense dans les deux directions, ralentissait son mouvement au passage de la porte Est où avait toujours lieu un phénomène d'engorgement. Ce fut l'occasion pour les voyageurs d'accoutumer leurs sens à l'effervescence de la voie principale de la grande cité de Winchester, la rue du Marché.

Elle était particulièrement boueuse à son extrémité où se déversaient en si grande quantité les eaux usées et nauséabondes des tanneurs, teinturiers et foulonniers qu'il fallait répandre régulièrement de la paille sur la chaussée pour en absorber l'humidité et permettre le passage des lourds charrois. Mais on ne pouvait faire disparaître les ordures de la veille auxquelles venaient se joindre les abats des étals de boucherie, enveloppés dès le matin d'un tourbillon de mouches et pris d'assaut par des rats gros comme des chats, qui ajoutaient à l'aspect repoussant des abords de la ville.

Sous cet angle, pensait Mérielle, Winchester était pire encore que Cantorbéry, mais elle aimait la vieille cité pour d'autres raisons. Elle abritait, en particulier, une vaste halle de commerce où l'on trouvait à acheter du lin blanc qui venait directement et sans intermédiaires de la filature. Elle avait d'ailleurs l'intention de profiter de son passage ici pour passer une commande.

Ils franchirent la porte de la ville avec sa haute voûte de pierres et s'engagèrent dans la rue principale bordée, au sud, par les murs de l'abbaye de Sainte-Marie dont n'étaient visibles que les toits couverts de bardeaux et les flèches dressées vers le ciel.

Au nord, la cathédrale sommeillait comme un géant bienveillant derrière les frontons des halles à la boucherie, au bois et au blé. Au-delà, au sommet de la colline que commençaient de gravir les voyageurs, se dressait l'imposant château féodal bâti par l'envahisseur normand, dont les remparts dominaient toute la cité.

Après avoir contourné le château, il fallut redescendre vers la porte Ouest, la franchir et s'engager sur la route de Romsey, bordée de grands arbres, avant d'atteindre bientôt le manoir de messire Adam de Bedesbury. Les demeures, plus vastes et espacées de ce côté-ci de la ville, étaient entourées de dépendances, d'écuries, de granges, de celliers, et s'ouvraient à l'arrière sur de vastes jardins et vergers se prolongeant jusqu'aux collines verdoyantes dont les ondulations se dessinaient à perte de vue.

La demeure que l'oncle de messire Rhyan louait à l'évêque de Winchester était l'une des plus belles du faubourg avec son étage à colombages bâti sur un rez-de-chaussée en pierres. Le bâtiment, en forme de L, abritait une grande salle au-dessus d'un cellier voûté, une chambre de maître, une chapelle et des chambres d'hôtes, et se terminait d'un côté par une imposante tour ronde où se trouvait la chambre de feu lady de Bedesbury.

En levant les yeux sur la tour, Mérielle pensa que la petite Joanie devait sans doute y dormir en ce moment, et un sourire se dessina sur ses lèvres. Sans attendre l'aide de Rhyan, elle sauta à terre et s'élança au milieu des grands chiens courants, au pelage gris et blanc, qui bondissaient et aboyaient autour des chevaux.

En dehors des chiens, cependant, la cour du manoir restait étonnamment déserte.

— Ohé ! Il y a quelqu'un ? cria Rhyan d'une voix puissante qui couvrit les aboiements.

Des palefreniers surgirent presque aussitôt des écuries et accoururent pour prendre les chevaux par la bride. Tous avaient un air contrit, et aucun ne souriait. Ils ne répondaient aux questions que très brièvement. Seul l'un d'entre eux, qui semblait leur chef, se plaignit qu'on ne l'avait pas prévenu de l'arrivée de messire Rhyan, qu'il n'attendait pas avant le samedi, précisa-t-il. Et il ajouta qu'il ne savait pas où il allait mettre tous ces chevaux.

Rhyan, irrité par cette remarque, le congédia brusquement et se tourna vers Mérielle.

Mais elle courait déjà dans l'escalier conduisant à la grande salle et, sans s'arrêter, passa devant un homme qui, pour ne pas rester sur son chemin, se cola au mur. Il se remit à descendre les marches et, soulevant le bord de son manteau gris anthracite, vint au-devant de messire Rhyan.

— Vous voici déjà parmi nous, messire Rhyan, dit-il, sa main libre tendue devant lui pour saluer le chevalier. N'avez-vous pas croisé en ville messire de Bedesbury ?

Il lança un regard vers le portail comme s'il s'attendait à voir son maître le franchir à tout instant.

— Messire de Bedesbury est venu à notre rencontre ? demanda Rhyan, l'air interloqué. Est-ce cela, Matthew, que vous venez de me laisser entendre ?

— Euh… non, messire. Je ne crois pas que vous étiez attendu avant un jour ou deux… Messire Adam et toute la maisonnée sont… euh…

Il jeta un regard circulaire comme s'il craignait que ses paroles ne fussent entendues par une personne à qui elles ne seraient pas destinées puis reprit :

— Eh bien… Ils sont tous à l'abbaye de Sainte-Marie.

— A l'abbaye ? Que s'est-il passé, Matthew ?

— C'est l'enfant, messire. Elle a été enterrée cet après-midi.

Sur ces mots, le chambellan remua d'un air affligé sa tête coiffée d'un bonnet noir.

Messire Rhyan passa le bras sous celui du chambellan et l'attira à l'écart.

— Qu'est-ce que vous me dites, Matthew ? Le bébé serait mort ?

La barbe grise et le teint de cendre, Matthew hochait la tête comme un pantin.

— Hélas ! Mort et enterré. La petite Joanie a rendu l'âme, il y a deux jours. Ils l'ont inhumée à l'abbaye au-dessus de sa mère.

— Mon Dieu ! Pauvre Mérielle… Mais elle est partie pour la voir !

Il se précipita vers l'escalier qu'il gravit quatre à quatre et rejoignit la jeune femme au moment où elle sortait de l'étroit passage, aménagé dans l'épaisseur du mur, qui conduisait à la chambre de la châtelaine.

— Vous… vous avez vu quelqu'un ?

— Non, il n'y a personne ici, dit-elle sans s'arrêter. Où est passé Matthew ?

— Il est dans la cour, répondit Rhyan en emboîtant le

pas à la jeune femme. Attendez, Mérielle… J'ai quelque chose à vous dire…

Interloquée par le ton morne et solennel de messire Rhyan, elle se retourna vers lui, le regard inquiet, de la chair de poule sur les bras bien qu'il fît une température agréable dans la salle dont l'âtre était rempli de braises incandescentes.

— Il s'agit de messire Adam ? fit-elle. Il est malade ?

— Non… Venez vous asseoir près de moi, dit-il en désignant un banc de pierre dans l'embrasure profonde d'une fenêtre.

Il ouvrit le volet de bois pour laisser entrer un rayon de soleil et l'air frais de la campagne puis fit asseoir la jeune femme sur le siège recouvert d'un coussin.

— Qu'y a-t-il ? Répondez-moi, je vous en supplie !

Il s'assit en face d'elle et lui prit les mains.

— Il s'agit de votre nièce, Mérielle…

— Joanie ? Oui, je vous écoute !

— Vous ne pourrez pas la voir…

— Comment ? Mais pourquoi ? Où est-elle ?

— Elle est allée retrouver sa maman, répondit-il à mi-voix. Elle repose avec elle à l'abbaye de Sainte-Marie. L'enterrement vient d'avoir lieu.

— Oh ! Non ! fit la jeune femme avec un cri de douleur en se levant. Ce n'est pas vrai !

Sans attendre la réponse de Rhyan, elle se précipita vers la chambre où elle avait cru trouver le bébé.

Le berceau de bois ne contenait qu'un drap de lin plié en quatre sur le matelas en plumes d'oie. Sur une table, un tas de serviettes blanches présentant, chacune, une tache jaune en son milieu. Elle reconnut la cuillère en argent qu'elle avait offerte à l'enfant le jour de son baptême, le hochet d'os sculpté, l'anneau de dentition en corail et un petit bonnet de lin blanc, qui avait gardé la forme du crâne.

Mérielle baissa lentement la main vers le bonnet comme si elle avait craint de troubler ces objets qui gardaient la mémoire du petit être et, l'ayant pris, le porta à son visage si exsangue qu'il en avait presque la même blancheur.

Sans résistance, Mérielle se laissa conduire à un tabouret où elle s'assit. La chambre, petit à petit, s'était remplie de monde. Allene et Bess entouraient maintenant leur maîtresse. Matthew les avait rejoints ainsi que maître John Kenton.

— Il semble qu'elle soit tombée de la table, dit le chambellan en évitant de regarder Mérielle. Ça paraît incroyable… Je me demande ce que faisait la nourrice. Elle l'avait, apparemment, posée là pour la changer…

Il désigna la petite table étroite en chêne.

Une servante a dit que le bébé avait roulé sur lui-même et était tombé sur le sol au moment où la nounou lui tournait le dos.

— Mais pourquoi n'a-t-elle pas accouru pour le prendre dans ses bras ? demanda messire Rhyan, indigné.

— Elle n'était pas là. C'est la nounou qui lui a raconté comment les choses s'étaient passées.

— Et elle vous a confirmé cette version ?

— Elle n'a rien confirmé du tout. Elle a perdu la tête. Je trouvais son comportement étrange… J'avais même suggéré à messire Adam de la remplacer, mais il ne voulait rien entendre à ce sujet et prenait tout le temps sa défense.

— Où est-elle à présent ? A l'enterrement ?

— Non, messire. Elle a été conduite hier soir à l'hospice. Elle poussait des cris de démente.

Allene, presque aussi pâle que sa maîtresse, lui jeta son manteau sur les épaules avant de se tourner vers Bess.

— Descends vite dans la cuisine, ma petite, et demande un grog bien chaud ! Dépêche-toi !

Puis, s'adressant au chambellan, elle demanda :

— Avez-vous vu l'enfant après l'accident ?

Du pied, elle déplaça un amas de paille et fut saisie par l'odeur âcre qui s'en dégageait.

— Quand fait-on le ménage ici ? poursuivit-elle avec humeur. L'a-t-on seulement fait une fois depuis notre passage en août dernier ?

Matthew se raidit et choisit de ne pas répondre à cette dernière remarque.

— J'ai vu la petite, bien sûr, dit-il avec gravité. Maîtresse Waterford, la nourrice, criait si fort que toute la maison était en émoi. Mais on ne remarquait rien de particulier sur elle sinon une bosse au front.

— Elle avait été replacée dans son berceau ?

— Oui, et elle ne pleurait même pas. Elle était très calme... Mais Claire Waterford continuait de hurler et de répéter que c'était la volonté divine. Elle avait compris, elle, que l'état de l'enfant était grave. Elle est devenue, d'ailleurs, de plus en plus pâle et froide, m'a-t-on dit. A tel point que messire Adam a fini par faire venir le chapelain, qui lui a donné les derniers sacrements.

Le chambellan s'éclaircit la voix en baissant le regard sur le berceau vide sur le bord duquel Mérielle tapotait nerveusement les doigts alors que de l'autre main elle tenait toujours le bonnet du bébé contre son visage.

Allene, devant la détresse de sa maîtresse, se décida à prendre les choses en main.

— Maître Matthew, nous sommes fatiguées de notre voyage, et maîtresse Saint-Martin, comme vous le constatez, a besoin de repos. Vous seriez aimable de faire installer un lit pour Bess et moi dans cette chambre et de préparer une autre chambre pour ma maîtresse. Et n'oubliez pas de refaire du feu dans chaque cheminée.

Un feu ronflant et la boisson chaude, composée de lait et de bière, ne suffirent pas à réchauffer Mérielle, qui continuait de trembler de tous ses membres. Aussi ne se leva-t-elle pas pour accueillir messire Adam à son retour de l'abbaye de Sainte-Marie.

— Je ne comprends pas comment un drame pareil a pu se produire, dit-il en remuant sa tête carrée aux cheveux blond roux.

Il baissait les yeux pour éviter le regard de sa belle-sœur, mais il lui prit les mains, qu'il serra dans les siennes avec une force dont il n'avait pas conscience.

— Croyez-moi, ma dame, si j'avais pu empêcher cette catastrophe d'arriver... Cette femme semblait en prendre bien soin... Vous l'avez vue, vous-même...

Ses mains commencèrent de trembler. Aussi relâcha-t-il celles de Mérielle et, s'approchant de la cheminée, jeta-t-il une bûche dans le feu, pour faire diversion, bien qu'il fût déjà très ardent.

De la même taille que son neveu, il n'avait pas sa carrure et présentait déjà l'embonpoint d'un homme d'un certain âge. Son ventre, caché sous une tunique en cachemire, retombait au-dessus d'une ceinture à la boucle d'or qui marquait sa taille épaisse. Son pourpoint noir, en drap de soie, descendait plus bas que celui de Rhyan pour cacher sa corpulence et présentait une abondance de boutons, chaînettes et fils d'or.

Sa réputation était fondée sur son sens des affaires, sa fortune, sa loyauté vis-à-vis du souverain, et la jeune et jolie femme qui avait été la sienne pendant un an. A quarante-deux ans, seuls l'argent et le pouvoir avaient pu le rendre attirant pour une jeune fille tout juste sortie du couvent.

Mérielle, qui ne l'avait pas vu depuis huit mois, était préoccupée par les rides qui s'étaient multipliées sur son visage et par les poches qui s'étaient formées sous ses yeux. Deux autres dents manquaient à l'appel, et quelques cheveux blancs commençaient d'apparaître dans sa chevelure fauve, qui était encore son meilleur atout. De toute évidence, la maladie qui le rongeait avait déjà prélevé son tribut.

— Est-ce que Joanie a été examinée après sa chute ? demanda Mérielle dans un souffle.

— Oui, mais en dehors de la bosse sur le front, rien n'a été décelé.

La jeune femme hocha la tête en silence.

— La nounou était en train de la changer… Si elle avait été emmaillotée, les épaisseurs de tissu l'auraient sans doute protégée…

Mérielle eut soudain la vision d'un petit corps potelé à la peau lisse et marbrée, qui gigotait en tous sens en babillant et en gazouillant. Elle crut sentir sa chaleur, son odeur…

Et la petite dormait dans la terre glacée ! C'était insupportable !

Pour échapper à cette vision, elle se détourna et, sans regarder où elle allait, vint droit sur Rhyan, qui la reçut dans ses bras alors que messire Adam observait la scène d'un air interloqué.

Elle accepta, un instant, le soutien de Rhyan puis, s'étant remise de son émotion, promena le regard autour d'elle et vit que les desiderata d'Allene avaient été comblés, et que des servantes s'affairaient dans la chambre pour la nettoyer et y remettre de l'ordre tandis que d'autres dressaient un lit.

Allene et Bess entreprirent de vider les paniers qui venaient d'être apportés dans la pièce et de pendre leur contenu dans la garde-robe.

— C'est une grande chance que mon neveu soit venu me voir et qu'il ait pu se rendre à Cantorbéry, reprit messire Adam. Sans lui, vous ne seriez pas ici, aujourd'hui, alors que votre présence est si nécessaire.

— Matthew m'a dit que vous ne nous attendiez pas si tôt, mon oncle, intervint Rhyan. Combien de temps pensiez-vous qu'il nous faudrait pour parcourir la distance entre Cantorbéry et Winchester ? Une semaine ?

— Oui, à peu près. Je suppose, néanmoins, que vous avez suivi mes conseils et êtes descendus dans les lieux que je vous avais indiqués ?

— A peu près.

— Comment cela à peu près ? fit sèchement messire Adam. Vous vous êtes bien arrêtés au château de Leeds, n'est-ce pas ? Et je suppose que Wykeham et Yeaveley étaient avec vous, tout comme maître John, d'ailleurs ?

Rhyan, qui s'inquiétait de la pâleur de Mérielle, la fit asseoir au bord du lit, qui venait d'être dressé, avant de répondre à son oncle :

— En effet, nous avons dormi à Leeds puis à Otford… En revanche, nous avons évité Guildford parce que…

— Qu'est-ce que ça signifie ? l'interrompit messire Adam en tournant le regard vers Mérielle avant de baisser les yeux et de se diriger d'un pas ferme vers la porte.

— Viens, je te prie ! dit-il à son neveu. Je veux avoir tous les détails de ce voyage. J'aurais préféré que tu te tiennes strictement à ce que je t'avais demandé !

Il s'arrêta devant la porte pour laisser le temps à Rhyan de l'ouvrir pour lui, s'inclina devant Mérielle puis sortit.

Le silence s'abattit soudain sur la chambre, et John Kenton, qui était assis sur un banc de pierre dans l'embrasure d'une fenêtre, craignit d'être de trop.

— Devrais-je vous laisser seule en paix, maîtresse Mérielle ? demanda-t-il.

— Non, ce n'est pas nécessaire…, répondit la jeune femme de manière évasive.

Le jeune homme se leva, néanmoins, et s'approcha d'elle.

— Je suis vraiment désolé pour vous, dit-il. Vous ne pouviez pas apprendre une plus triste nouvelle.

— J'ai l'impression que le malheur me poursuit, murmura-t-elle. Je n'arrive pas à comprendre… Qu'ai-je fait au ciel ?

— Je ne veux pas croire qu'il y ait là une fatalité, dit maître John d'une voix hésitante. Pourquoi en serait-il ainsi ?

— J'ai perdu mon père et mon premier mari de la

peste, répondit Mérielle, les yeux levés vers la fenêtre par laquelle entrait le soleil, puis ma mère est morte. Je me suis remariée pour perdre mon second mari moins d'un an après notre mariage, et l'enfant que je portais. Après tous ces deuils, j'avais espéré prendre en charge ma nièce et l'élever jusqu'à l'âge adulte. Je pensais que ça m'aiderait à surmonter ces nombreuses épreuves… Mais cela encore m'est interdit. Tout ce qui pourrait contribuer, peu ou prou, à me rendre plus heureuse et à effacer les blessures dont mon cœur est encore meurtri s'évanouit avant même que j'aie pu en avoir le moindre bénéfice.

Craignant d'en avoir trop dit, elle s'efforça de maîtriser le flux de ses souvenirs.

Maître John ne pourrait tirer aucune conclusion de ce qu'elle venait de dire. Même s'il avait été témoin de sa rencontre avec le roi, il n'avait aucun moyen de savoir qu'elle était tombée enceinte et qu'elle avait dû mettre un terme à sa grossesse.

Réconfortée néanmoins par la présence du jeune peintre aux manières délicates, elle se laissa absorber par la contemplation des flammes qui dansaient dans l'âtre tandis que la réalité de la mort de sa nièce s'imposait lentement à elle.

— Il semble, John, qu'il ait été prévu que nous passions au moins deux ou trois jours au manoir royal de Guildford, expliqua Rhyan au peintre de la couronne après avoir été sermonné par son oncle. En tout cas, c'est ce qu'aurait fait messire Adam s'il avait escorté en personne maîtresse Mérielle Saint-Martin.

— Nous y étions attendus ?

— Apparemment.

— Votre oncle devra donc présenter des excuses en votre nom auprès du propriétaire du manoir ?

— En effet… Auprès de la personne qui devait se rendre de Windsor à Guildford pour nous y retrouver.

— Zut, alors !

— Oui, comme vous le dites, mais je ne pense pas que la rencontre avec le visiteur de Windsor aurait été appréciée par tout le monde.

— Je m'en doute… Et vous préfériez subir les reproches de votre oncle plutôt que d'endurer le courroux d'une autre jeune et séduisante personne ?

— Certainement. C'est une épreuve moins redoutable.

— Avez-vous une explication pour ces rencontres récurrentes avec le souverain ?

— Non, aucune. Ou je ne suis pas censé en connaître la raison ou c'est à moi de la découvrir tout seul. En outre, ce qui ne manque pas de me troubler, j'ai appris qu'on ne m'avait pas suggéré de m'arrêter dans ces différents lieux, mais que j'en avais reçu l'ordre. Autrement dit, j'ai désobéi !

— N'oubliez pas que votre oncle est malade et que son état était pire lorsqu'il a établi cette liste pour vous.

— Je le lui ai rappelé.

— Et comment a-t-il réagi ?

— Il était furieux. Je ne l'avais jamais vu dans une telle rage. Je crois que je vais avoir besoin de votre aide, John. Marchez-vous avec moi ?

— Bien sûr, mais comment puis-je vous être utile ?

Rhyan, les mains sur l'appui de fenêtre en pierre, contemplait les prairies verdoyantes au-delà desquelles s'étendaient à perte de vue des collines boisées.

— Mon oncle, après sa femme, vient de perdre sa fille, dit-il, et c'est une rude épreuve pour lui. Or, dans la foulée, il découvre qu'une rencontre qu'il souhaitait vivement organiser n'a pas eu lieu. Sans doute, pour arriver à ses fins, inventera-t-il quelque autre procédé qu'il espérera irrésistible, et je devrai trouver un moyen de le contrer. Quoi qu'il m'en coûte, je ne me laisserai pas déposséder de ce que j'ai de plus cher.

Maître John, qui en savait plus long que messire Rhyan, se contenta d'acquiescer silencieusement.

Le souper, qui aurait dû être une occasion de réjouissances, fut des plus sobres en l'absence de maîtresse Saint-Martin, qui avait demandé à rester dans sa chambre.

Elle avait voulu se rendre à l'abbaye de Sainte-Marie avant la chute du jour et s'était recueillie sur la tombe de sa sœur dont la terre avait été fraîchement retournée pour accueillir le petit cercueil de Joanie.

Elle s'était représenté l'enfant dans les bras de sa mère, cette petite fille dont elle était censée devenir la maman, et qui serait venue combler le vide qu'elle éprouvait depuis sa fausse couche. Comment la recluse de Shere avait-elle pu se méprendre à ce point ?

Elle s'était agenouillée pour toucher la terre et la presser entre ses doigts en murmurant des mots de réconfort pour Laurel et la petite Joanie, mais c'était elle — elle en éprouvait d'ailleurs une certaine honte — qui avait le plus besoin d'aide.

Heureusement, Allene, Bess et Rhyan étaient près d'elle, et elle s'était efforcée de ne pas s'abandonner aux larmes devant eux. C'était donc l'œil sec qu'elle avait déposé une rose blanche sur le petit amas de terre.

Lorsqu'elle leur avait fait part de son intention de se rendre à l'hospice pour y voir la nounou de Joanie, ils l'en avaient dissuadée, lui faisant remarquer qu'elle allait arriver à l'heure du souper et qu'elle dérangerait le service. Il valait mieux, pensaient-ils, attendre le lendemain matin pour lui rendre visite.

En retournant chez son oncle avec Mérielle assise en croupe derrière lui, Rhyan sentit qu'elle tremblait comme une feuille. Aussi conseilla-t-il à Allene de lui faire boire de l'eau de mélisse avant de la mettre au lit.

— Elle n'a pas pleuré, chuchota-t-il à l'oreille de maîtresse Allene avant de franchir le seuil de la chambre. Est-ce que ce ne serait pas mieux pour elle de laisser éclater sa douleur ?

— Si, messire, bien sûr, mais je crois qu'elle ne pleurera pas avant un jour ou deux. Elle est encore sous le choc, n'est-ce pas ?

Rhyan acquiesça d'un signe de tête et se retira en espérant que les derniers événements ne provoqueraient pas un retour précipité de Mérielle à Cantorbéry, et éprouvant un vif regret qu'elle ne l'associât pas davantage à sa douleur.

L'hospice, situé dans le faubourg sud de Winchester, était peu éloigné de la cathédrale, ce qui permettait aux frères du prieuré de Saint-Swithun d'y accomplir leur mission spirituelle ainsi que d'en assurer la gestion financière. Le soin des malades était confié aux sœurs bénédictines dont le nombre, hélas, avait été divisé par deux depuis la grande peste. Elles n'étaient plus que huit, aujourd'hui, et avaient à s'occuper d'une quinzaine de malades, toutes des femmes.

Le bâtiment principal était entouré de jardins clos de murs. A l'intérieur de cette enceinte se trouvait tout ce qui permettait aux sœurs de se suffire à elles-mêmes : un étang poissonneux, une porcherie, un enclos pour la volaille, des écuries, un potager et des pelouses couvertes de pâquerettes où les malades les plus âgées, assises sur des bancs de pierre, somnolaient ou contemplaient la beauté de la campagne sous le doux soleil du matin.

A côté de l'hospice s'étendaient les jardins impeccables du prieuré de Saint-Swithun et une vaste prairie, grasse et humide, la noue, où un troupeau de chèvres blanches côtoyait des femmes vêtues de blanc, qui ramassaient des brassées de plantes. Le long du bâtiment principal, un verger abritait des arbres fruitiers en fleurs dont les branches basses s'entremêlaient avec les angéliques au ton crème.

Dans la cour, une sœur cambrait les reins en soulevant le seau d'eau qu'elle venait de remonter d'un puits.

— Vous pouvez laisser vos chevaux ici, à l'abri du soleil, dit-elle à Mérielle en désignant un coin ombragé de la cour. Vous venez en visiteurs, n'est-ce pas ?

Mérielle se contenta de hocher la tête alors qu'Allene et Bess s'empressaient d'attacher les chevaux avant de la suivre ainsi que la sœur à l'intérieur de l'hospice. Elles pénétrèrent dans une vaste salle divisée en compartiments par des rideaux blancs dont certains se soulevèrent sous l'effet du courant d'air venu de la porte ouverte, révélant des malades alitées.

La sœur qui les avait fait entrer s'éclipsa dès que parut une femme plus âgée, de grande taille et toute vêtue de blanc, qui vint au devant de Mérielle.

— Bonjour, ma dame. En quoi puis-je vous aider ?

— Bonjour, ma sœur. Je viens de la part de messire Adam de Bedesbury pour prendre des nouvelles de la nourrice de sa fille, maîtresse Waterford. Je suis moi-même la tante de l'enfant.

La sœur jaugea rapidement du regard la jeune femme dont elle devina la souffrance. L'élégance de sa tenue, le surcot bleu-gris bordé de vair et les fils d'or qui maintenaient dans leur nasse les lourdes tresses de cheveux bruns ne lui échappèrent pas non plus.

— Si vous voulez bien me suivre, maîtresse ?...

— Saint-Martin de Cantorbéry.

Le regard brun de la religieuse s'éclaira.

— Ah ! Le tapissier !

— Vous connaissez la manufacture ?

— Plutôt. Mon défunt mari a été l'associé de Philippe de Cantorbéry jusqu'à sa mort, l'été 1355. J'ai alors quitté Cantorbéry pour entrer chez les bénédictines.

— Vous êtes la veuve de maître Robert de Whitstable ?

— Exactement, répondit la religieuse en souriant enfin. Edith de Whitstable... Je devrais dire de Winchester dont je suis, en vérité, originaire.

— Je me suis mariée avec Philippe cette même année, en octobre. Juste après la mort de votre mari que je n'ai, malheureusement, jamais rencontré. Et l'été suivant, c'était Philippe qui mourait...

— Je l'ai appris un peu plus tard. J'en ai été désolée. Vous n'avez même pas été mariée une année !

— Oui, comme avec mon premier mari. Et, de même, je n'aurai pas été tante pendant une année complète…

La voix de Mérielle s'étrangla, et elle dut prendre une longue inspiration pour réprimer les sanglots qui montaient dans sa gorge.

— Excusez-moi.

Dame Edith exerça une petite pression sur le bras de Mérielle.

— Il faudra que nous parlions, un jour, dit-elle. Mais en attendant, venez ! Suivez-moi !

Maîtresse Claire Waterford se trouvait dans une petite chambre, à l'écart de la grande salle, de façon qu'elle ne dérangeât pas les autres malades par ses cris. Il régnait une grande paix dans cette pièce austère à l'aspect monacal, avec ses murs blanchis à la chaux et son crucifix pendu au mur au-dessus du lit dont les draps, effleurés par un rayon de soleil filtré par des arbustes en fleurs, se teintaient de rose.

Claire Waterford, vêtue d'une chemise de lin blanc et la tête couverte d'une coiffe du même ton, avait à côté d'elle une jeune religieuse qui lui essuyait le bord des lèvres où venaient se coller de petits caillots de sang.

— Elle souffre d'une congestion pulmonaire, chuchota dame Edith à l'oreille de Mérielle. Nous ne pouvons pas grand-chose pour elle. Elle est toujours agitée. Or, son état ne lui permet pas de parler. Elle n'a pas pu nous dire ce qui lui troublait l'âme.

— C'est comme une fluxion de poitrine ?

— Oui, en quelque sorte. Nous essayons de calmer ses douleurs avec des émollients, infusions de guimauve, figues, racine d'aunée en poudre dans le miel, et un sédatif pour la nuit. Mais, malgré nos efforts, son état ne s'est pas amélioré.

— Est-ce qu'elle se nourrit ?

— Très peu. Elle ne mange que de la compote de pommes et boit du lait de chèvre, ce qui est le remède traditionnel pour ce dont elle souffre. J'ai peur que ses poumons ne soient déjà trop encombrés.

— Elle ne vous a rien dit au sujet de l'accident qui a provoqué la mort de ma nièce ?

— Elle a une forte fièvre et délire beaucoup. Il n'est pas facile de comprendre ce qu'elle dit ou, plutôt, ce qu'elle essaie de nous dire. Après un ou deux jours de repos, si la température baisse, elle sera peut-être plus lucide.

— On m'a dit que le bébé était tombé de la table où elle était en train de le changer. Comment pensez-vous que cela ait pu se produire ?

Dame Edith baissait un regard rempli de compassion sur le visage de la nourrice, qui s'était rendormie.

— Elle a dû avoir une crise de toux qui l'a obligée à se détourner de l'enfant. Représentez-vous cette femme, cassée en deux, les mains agrippées au premier support qu'elle a pu trouver. Ce que je ne comprends pas, c'est qu'on l'ait laissée seule avec le bébé alors qu'elle était dans un tel état ! Elle aurait dû être assistée par deux ou trois servantes. Vous devriez faire la clarté à ce sujet.

— Cela m'a semblé étrange aussi. Je ne manquerai pas d'interroger messire de Bedesbury.

Il y eut un silence, puis Mérielle reprit :

— En quoi puis-je vous aider, dame Edith ? Un don, peut-être ?…

— Oh ! Oui… Je vous en remercie… Nous sommes aussi dépendantes des dons que de l'aide du prieuré de Saint-Swithun.

Mérielle ouvrit sa bourse dont elle tira plusieurs pièces d'or qu'elle déposa dans la main de la religieuse.

— J'aimerais revenir, si vous me le permettez, dit-elle, au bord des larmes.

Les deux femmes, unies par les liens communs du passé, tombèrent dans les bras l'une de l'autre.

— Ils ne vont pas la poursuivre en justice, n'est-ce pas ? demanda Mérielle.

— Je ne le pense pas. De toute façon, elle aura rejoint le Créateur avant que le procès n'ait lieu. Vous la connaissiez un peu ?

— Non, à peine. Ma sœur est morte de la fièvre lactée moins d'un mois après la naissance de son bébé et, à partir de ce jour, maîtresse Waterford a nourri l'enfant au lait de chèvre, m'a-t-on dit. C'est la première fois que je reviens à Winchester depuis les obsèques de ma sœur.

— Connaissez-vous le mari de maîtresse Waterford ?

— Oui, c'est un Irlandais, Brian Waterford. C'est le régisseur de messire de Bedesbury. Est-il venu la voir ?

— Non, pas encore. Savez-vous s'ils ont des enfants ?

— Pas à ma connaissance.

— Voici votre servante qui revient avec les chevaux, dit dame Edith, qui venait d'apercevoir Bess à travers les vitres teintées cerclées de plomb.

— Je reviendrai demain. Dieu vous garde !

— Vous aussi ! J'espère que d'ici à demain elle aura dit quelque chose.

Une expression de douceur angélique sur le visage, la religieuse suivit des yeux Mérielle alors qu'elle montait sur son cob puis franchissait le porche avec ses deux compagnes.

A peine de retour chez son beau-frère, Mérielle croisa ce dernier dans la grande salle et comprit rapidement, à la façon dont il la regardait, qu'il avait déjà fait le deuil de sa fille et était prêt à discuter avec elle de projets matrimoniaux ou autres.

Elle eut beaucoup de peine à orienter la conversation vers un autre sujet, notamment vers ce qui aurait dû les concerner exclusivement.

— Savez-vous, messire Adam, que votre intendant ne s'est pas encore rendu au chevet de sa femme ? Ne serait-il pas temps qu'il aille lui rendre visite ?

— Brian ?... Eh bien..., fit-il en se grattant la tête avant d'examiner l'état de ses ongles. Il sait qu'elle est bien soignée. Il n'a guère le temps de s'absenter avec les nombreuses tâches qu'il doit accomplir ici. D'ailleurs, dès que nous recevons des hôtes, il a une surcharge de travail.

— Certes, mais ça ne doit pas lui interdire d'aller voir sa femme, qui est très gravement malade.

— Elle l'a bien mérité, répondit messire Adam en chassant du pied l'un de ses chiens courants qui dormait devant l'âtre. Cette satanée femme a laissé tomber ma fille à terre.

— C’est à cause de sa maladie que l’accident a eu lieu. Elle n’en est pas responsable.

— Ah, bon ? C’est ce que vous dites… Au fait, avez-vous réfléchi à…

— Messire Adam, l’interrompit Mérielle. Aviez-vous une raison particulière de garder maîtresse Waterford dans son rôle de nourrice alors qu’elle était, de toute évidence, malade ? Et pourquoi ne lui avez-vous pas donné une ou deux assistantes supplémentaires pour s’occuper de Joanie ? L’accident n’aurait pas eu lieu si elle n’avait pas été seule avec la petite.

Messire Adam se pinça le nez d’un air irrité puis le frotta avec une mauvaise humeur affichée.

— Foutaises ! Elle n’avait qu’un simple catarrhe du nez ! Tout le monde en a à cette époque de l’année. D’ailleurs, je n’ai pas envie que la maison soit pleine de… euh…

Il s’interrompit et reprit :

— Je ne sais plus ce que je dis…

Mérielle manqua de peu heurter Rhyan en se précipitant hors de la salle. Elle ne prit le temps ni de le saluer ni de lui expliquer qu’elle n’était qu’une femme et que son oncle préférait en compter le moins possible sous ton toit !

Considérant qu’on la tiendrait pour une écervelée et que l’on retournerait la situation contre elle si elle faisait demi-tour pour justifier son comportement, elle s’engagea dans un étroit passage et descendit un escalier à vis dans l’épaisseur du mur conduisant à une petite porte basse, sur le côté de la maison.

Elle sortit et se retrouva entre le tas de fumier et le potager au-delà duquel s’étendaient des prairies cernées par des collines boisées. Avide de solitude, elle s'élança sur l'une des allées du potager.

En atteignant les bois, elle retira ses bottes et continua sa course pieds nus sur le doux tapis bleu de jacinthes. Les sureaux en pleine floraison formaient un dais d'une éclatante blancheur au-dessus de sa tête et étouffaient les éclats de voix et autres bruits qui provenaient du manoir.

Elle n'entendit plus, bientôt, que la brise dans les hautes branches des arbres, le cri d'alarme des merles qui donnent l'alerte à l'approche d'un intrus, l'ensorcelant cricri des grillons… Mais elle n'avait pas l'âme en harmonie avec la paisible nature ; des pensées confuses et contradictoires, qu'elle tentait de fuir, accablaient son esprit ; à chaque pas, le battement de son cœur résonnait dans sa poitrine comme un écho de ses tourments.

Maintenant qu'il n'y avait plus de témoins, elle pouvait enfin donner libre cours à sa douleur et verser les larmes qu'elle retenait depuis la veille. Plus elle avançait, plus elle s'enfonçait dans l'épaisseur du bois où les rayons du soleil mouchetaient de taches claires le sol moussu semé de fleurs sauvages.

Elle n'en avait pas conscience, mais du fond de sa gorge s'élevait une plainte comme les vagissements d'un bébé, un doux râle qui aurait pu être le hululement d'un oiseau de nuit s'il n'avait grandi à mesure qu'elle fuyait les hommes jusqu'à devenir une plainte sauvage, un cri de désespoir suscitant la curiosité mêlée d'inquiétude d'une harde de biches dont les têtes se tournèrent simultanément avant qu'elles ne prissent brusquement la fuite.

Mérielle, épuisée par sa course et à bout de souffle, se

laissa enfin tomber au sol où, recroquevillée sur elle-même comme un enfant, elle s'abandonna aux larmes.

La petite fille qui dormait dans la terre glacée près de sa mère ne connaîtrait jamais le bonheur de courir pieds nus sur le tapis de jacinthes et de muguet… Et elle-même ne connaîtrait jamais le bonheur de donner le sein à un bébé comme le faisaient toutes les bêtes de la forêt, de la plus petite à la plus grande.

Pour atténuer la douleur lancinante qu'elle ressentait dans la poitrine, elle porta les mains à ses seins qu'elle massa et éprouva un besoin primitif de concevoir, de porter et d'allaiter un enfant. Ce qu'elle vivait, en cet instant, était si personnel, si intime qu'elle fut transportée par une violente colère lorsqu'elle entendit un bruit de sabots résonner sous la voûte des arbres.

— Non ! Laissez-moi ! s'écria-t-elle en se levant.

Elle s'élança et courut aveuglément pour ne plus entendre le cheval, derrière elle, qui s'était mis au trot.

Elle ne remarqua pas qu'elle venait de pénétrer dans une clairière envahie de fougères dont elle sentait seulement les tiges crisser sous ses pieds. Elle savait qu'elle était poursuivie et qu'elle ne tarderait pas à être rattrapée, mais elle prolongeait quand même son effort comme si elle avait une chance de s'échapper.

Elle entendit un bruit de pas se rapprocher d'elle et, soudain, elle fut saisie par un bras.

— Non ! Je veux être seule ! cria-t-elle alors qu'il la prenait à bras-le-corps et la serrait sur sa poitrine.

Elle ne put résister, cependant, quand il la souleva dans ses bras et revint en la portant comme un enfant à l'ombre des arbres où il avait laissé son grand étalon noir.

Alors qu'elle voyait tournoyer la cime des arbres devant le ciel d'un bleu limpide, elle sentit qu'il la déposait sur un tapis d'herbe et de fleurs et, trop fatiguée pour protester, elle ferma les yeux. Lorsqu'elle les rouvrit, quelques instants plus tard, il se penchait sur elle, nu jusqu'à la taille…

Sans un mot, il commença de lui retirer son surcot et sa cotte d'une main sûre et habile. Elle était incapable de lui résister tant elle désirait ce qu'il se proposait de lui donner. Lorsque ses lèvres, d'ailleurs, se refermèrent sur l'un de ses tétons qu'il se mit à sucer tout en massant l'autre du pouce, elle laissa échapper un gémissement, et des larmes de bonheur roulèrent de ses paupières closes de nouveau.

Sans un mot, elle rouvrit les yeux et caressa de la main la peau douce de ses épaules larges et musclées alors qu'il se redressait pour la contempler.

— Est-ce que je peux continuer ? demanda-t-il dans un souffle.

Pour seule réponse, elle tendit les lèvres vers lui, et il s'en empara.

— Ma douceur, murmura-t-il. Laisse-moi porter ta douleur avec toi. Permets-moi de t'aider.

Ses baisers étaient si enivrants et réconfortants qu'ils eurent raison des dernières résistances de Mérielle. Elle ne voulait plus refuser l'amour que lui témoignait Rhyan et reconnaissait enfin au fond d'elle-même qu'elle avait besoin de lui.

L'espace d'un éclair, cependant, elle fut assaillie par le doute et envahie par la crainte qu'il ne la quittât lorsqu'il se serait lassé d'elle, mais il avait déjà retiré ses chausses et avancé un genou entre ses cuisses tandis qu'il lui passait la main sous la chemise.

Au contact de ses doigts contre les replis soyeux de sa féminité, elle sut que même si elle l'avait vraiment voulu elle aurait été incapable d'interrompre ce qui venait de commencer. Il s'empara d'ailleurs de nouveau de ses lèvres à cet instant, et elle répondit instinctivement à ses baisers alors qu'il achevait de la dénuder.

Elle avait le regard perdu dans les frondaisons fleuries des arbres lorsqu'elle sentit sa force mâle la pénétrer lentement, doucement, et, en même temps, avec une force irrésistible…

Elle émit un gémissement et noua les jambes autour de ses reins pour le sentir de plus en plus profondément en elle. Il commença alors à aller et venir avec un mouvement lent et puissant qui arracha de petits soupirs aux lèvres de Mérielle. Alors qu'elle pleurait de désespoir quelques instants plus tôt, elle se livrait à lui maintenant dans un transport de l'âme et des sens, épousant ses mouvements, cambrant les reins pour mieux l'accueillir en elle, remuant la tête de droite et de gauche comme une possédée, la masse sombre de ses cheveux soyeux répandue tout autour de son visage.

Il se glissa, alors, presque entièrement hors d'elle et, dressé sur les avant-bras, réclama son attention :

— Regarde-moi, Mérielle.

Elle fit non de la tête.

— Reviens… Je t'en prie…

— Non ! Regarde-moi !

Elle leva enfin sur lui ses yeux larmoyants.

— Tu es à moi, Mérielle, le comprends-tu ? A moi !

— Oui.

— Ne connais-tu pas mon nom ?

— Rhyan.

— Redis-le.

— Rhyan… S'il te plaît… J'ai besoin de toi… Aide-moi…

Il revint profondément en elle et reprit son mouvement possessif et dominateur alors qu'elle l'enlaçait et l'embrassait avec passion.

Elle gémissait, frottait voluptueusement son ventre contre le sien, l'enveloppait entre ses cuisses comme si elle avait voulu le posséder, le sceller en elle…

Il accentua son mouvement et laissa échapper un cri rauque, un cri masculin qui provoqua la rémission complète de la jeune femme. Soulevée comme lui par une vague voluptueuse, elle s'abandonna au plaisir qui les submergea tous deux avec la même force.

Succombant à un indicible ravissement, ils roulèrent dans l'herbe et les fleurs, les lèvres jointes, leurs corps exténués par l'amour…

9

Elle s'éveilla sous la caresse de sa main sur sa hanche, le visage blotti entre son épaule et son cou. Il avait jeté son manteau sur eux. Leurs jambes étaient restées entrelacées…

Mérielle n'osait pas bouger de crainte de rompre le charme qui continuait de les relier l'un à l'autre comme un fil invisible. Elle avait tant désiré être de nouveau dans les bras de Rhyan qu'elle retenait même son souffle. Et, tout en savourant ces instants merveilleux, elle essayait de se remémorer les paroles qu'il avait prononcées lorsqu'il la possédait d'une aussi merveilleuse façon ! Etait-ce d'une telle importance que ça avait tout changé entre eux ? Sans doute, car sinon elle ne se serait pas sentie, maintenant, aussi en paix.

— Que m'avez-vous dit, chevalier ? demanda-t-elle enfin à mi-voix.

Il lui passa la main sur le ventre et la laissa un peu plus bas à la naissance des lèvres chaudes et humides ourlées de cils soyeux.

— Que vous étiez mienne, Mérielle. Et je vous

saurais gré de faire un petit effort pour vous en souvenir. Croyiez-vous avoir rêvé ?

— Non, répondit-elle avec un sanglot dans la voix. Je me souvenais bien de ces mots-là.

— Alors que voulez-vous savoir ?

— Ne m'avez-vous pas dit que vous vouliez m'aider ?

Il se dressa sur un coude pour mieux voir son visage et releva une mèche de cheveux humides avant de déposer un baiser sur les paupières encore gonflées de larmes de la jeune femme.

— J'essaie de le faire depuis que je vous ai revue. N'en avez-vous pas encore conscience ?

Comme elle prenait un air contrit, il ajouta vivement :

— Il ne vous reste qu'à me faire confiance, ma chérie. Dès qu'une difficulté se présente, abordez-la avec moi. On est plus fort à deux.

Les paroles de la recluse revinrent à la mémoire de Mérielle, qui comprenait à présent qu'elle les avait interprétées à tort. Pour s'en assurer, elle chercha le regard de Rhyan et n'y décela que l'expression de la sincérité.

— La dernière fois que nous avons été ensemble, vous m'avez dit que vous pouviez me donner des enfants.

Il lui effleura la joue du pouce.

— Oui, je le peux.

— Peut-être est-ce déjà fait ? Y avez-vous pensé ?

— Ma douce et belle amie, vous avez la mémoire bien courte. Ne vous ai-je pas dit, il y a quelques instants, que vous m'apparteniez ? J'ai la ferme intention de vous garder près de moi jusqu'à ce que vous m'accordiez vraiment votre confiance, et, ce jour-là, je ferai de vous ma femme. Il ne dépend que de vous, ma chérie, d'apprendre à vous fier à moi avant que les bébés n'arrivent. Et tenez pour certain qu'ils arriveront en leur temps.

Des larmes emplirent de nouveau les yeux de Mérielle, mais Rhyan ne permit pas qu'elles laissent leur trace sur les joues de la jeune femme, et il les recueillit sur ses lèvres.

— Je sais que quelque chose s'est passé qui vous a déchiré le cœur. Vous avez eu votre fausse couche ; je vous ai poursuivie en justice… J'espère qu'un jour vous pourrez me dire dans tous leurs détails les événements qui se sont produits et qui vous ont tant affectée. Je serai, peut-être, en mesure de réparer le mal qui vous a été fait. En tout cas, soyez certaine que je ne souhaite pas récupérer vos terres dans le Yorkshire. Je désire seulement que vous les administriez correctement. Mon seul centre d'intérêt, c'est vous et rien que vous ! Me croyez-vous ?

— C'est pour ça que vous ne voulez pas que je me marie sans votre permission ?

Il sourit d'un air moqueur.

— Ça vous fâche, n'est-ce pas ?

— Oui… Et ça déplaira encore plus à messire Adam.

— Je ne crains pas de m'expliquer avec mon oncle à ce sujet.

Elle enfouit son visage dans le cou de Rhyan en murmurant :

— Mon chevalier…

Puis, redressant la tête, un sourire espiègle aux lèvres, elle poursuivit :

— Un drôle de chevalier, cependant, qui a abusé de moi pour la seconde fois !

— Ah ! Oui ? fit Rhyan en riant. Ne serait-il pas plus juste de dire qu'il vous a conquise pour la seconde fois ?

— Chevalier, certes, mais diablement arrogant.

Si elle avait dû répondre à la question qu'il eût été légitime qu'il lui posât : « Pourquoi prenez-vous le risque d'être enceinte d'un homme que vous connaissez à peine et dans lequel vous ne savez même pas si vous avez confiance ? » elle n'aurait pas manqué, certainement, d'affirmer qu'une femme amoureuse commet des actes irresponsables.

Rhyan, cependant, n'avait pas besoin d'explication. Il ne voyait dans le revirement de Mérielle qu'une raison de se réjouir et même de s'enorgueillir, car il se rendait compte qu'elle n'était pas une prise anodine et que plus d'un lui envierait sa conquête.

— Vous savez, je ne le voulais pas vraiment, dit Mérielle, qui considérait au fond d'elle-même qu'elle avait cédé à la faiblesse. Mais il y a des moments où l'on n'agit pas selon sa conscience.

Comme elle lui passait tendrement la main sur la joue, il la lui prit et la porta à ses lèvres.

— Chut ! fit-il. N'ayez pas de regrets. Même si vous m'aviez résisté férocement comme je vous en sais capable, un jour ou l'autre j'aurais vaincu vos résistances ! D'autant plus que votre fidèle Bonard n'est pas là pour vous chaperonner.

Mérielle sourit d'un air indulgent.

— Il est si bon et si loyal.

— Et amoureux de vous.

— C'est l'une de ces rares personnes qui ne savent voir que le bien chez l'autre…

Le souvenir de sa dernière conversation avec Bonard lui revenant à la mémoire, elle ajouta :

— Même en vous.

— En moi ? Alors il est plus perspicace que je ne le pensais. J'en ferai un allié, maîtresse Saint-Martin de Cantorbéry.

— Ne m'appelez plus par mon nom de femme mariée.

— Alors, il va vous falloir changer de nom, n'est-ce pas ?

— Je n'y ai pas encore consenti, chevalier.

— Vous ne tarderez pas à vous plier à ma volonté, ma dame. N'oubliez pas le contrat qui nous lie !

Il l'aida à se relever et lui donna ses vêtements épars autour d'eux. Tout en se rhabillant, elle le regardait se pencher pour ramasser ses propres vêtements et ne pouvait qu'admirer la perfection de son corps musclé, qui portait quelques blessures légères donnant à sa beauté un caractère d'autant plus viril.

Elle revint avec lui, sur la croupe de son cheval, et, en chemin, récupéra ses bottes. Appuyée contre son dos, les bras autour de sa taille, elle sentait sa chaleur réconfortante qui dissipait un peu la grande souffrance dans laquelle la mort de sa nièce l'avait plongée.

S'il était arrivé quelquefois à Mérielle de s'imaginer maîtresse du manoir de messire de Bedesbury, elle n'en avait plus guère envie maintenant qu'elle avait vu dans quel état de saleté il se trouvait. Elle comprenait mieux, d'ailleurs, l'impatience de son beau-frère à trouver une autre compagne car, lorsque Laurel était en vie, la maison était beaucoup mieux tenue, et on ne trouvait pas un tas de fumier dans ses proches abords.

Lors de son précédent séjour à Winchester, elle n'avait pas vu non plus les ordures ménagères s'empiler entre la porte du garde-manger et celle de la laiterie, les déjections des latrines couvrir les pierres de la fosse d'aisance de leur boue nauséabonde, ni le grenier à houblon, proche de la brasserie, envahi de rats même en plein jour.

Mérielle détourna le regard de cette vision repoussante alors que Rhyan poursuivait sa réflexion au sujet de son oncle.

— S'il nous voit ensemble, il va me chasser d'ici au plus vite, déclara-t-il. Or, je ne partirai pas avant de savoir exactement ce qu'il veut faire de vous.

— Si vous croyez, beau chevalier, que je vais m'empresser de lui raconter que nous nous roulions dans les jacinthes il y a quelques instants, vous vous trompez. Je tiens à défendre ma réputation de veuve respectable et respectée.

Elle ne vit pas le sourire qui se dessinait sur les lèvres de Rhyan alors qu'il lui passait sans vergogne la main sur la cuisse.

— Mais vous l'êtes, ma chère, une belle, une irrésistible et respectable veuve que je ne puis m'empêcher de caresser du matin jusqu'au soir.

— Comment ferez-vous lorsque je serai de retour à Cantorbéry ? Je n'ai pas l'intention de m'attarder ici.

— Vous irez d'abord dans le Yorkshire avec moi, mais, comme je vous l'ai déjà dit, seulement lorsque j'aurai tiré au clair où veut en venir votre beau-frère. Et, s'il veut sincèrement vous épouser, je l'en empêcherai en invoquant le lien juridique qui vous soumet à ma volonté.

— Vous ne pensez pas que je devrais lui dire oui ? demanda Mérielle avec un sourire espiègle dans le dos du cavalier.

— Vous pouvez divaguer autant que vous le voulez sur ce sujet, ma chère, mais ma décision est prise.

Pour ne pas compromettre sa recherche de la vérité, Rhyan préféra ne pas révéler à Mérielle à quel point son oncle était furieux qu'ils ne se fussent pas arrêtés à Guildford ni qu'il lui avait confié que le roi souhaitait s'approvisionner exclusivement auprès d'une manufacture anglaise pour la commande de tapisseries.

— Si elle avait voyagé avec moi, avait-il dit, l'affaire serait déjà réglée. J'ai cru que je pouvais te faire confiance, mais je me suis trompé.

— Pourquoi ne m'avez-vous pas dit clairement qu'il fallait dormir à Guildford ? avait répondu Rhyan. Et qu'il n'était pas nécessaire de se dépêcher. Vous semblez oublier qu'elle n'est venue à Winchester que pour voir sa nièce et qu'une fois en route elle était impatiente d'arriver.

— Certes, mais je voulais profiter de son déplacement pour lui faire une faveur. Elle aurait pu devenir le fournisseur attitré de la couronne.

Rhyan n'avait pas été convaincu de la sincérité de son oncle, mais il n'avait pas insisté et s'était contenté de cette réponse.

De son côté, Mérielle pensait à la petite Joanie et à celui qui l'avait conçue. Elle n'avait aucune raison de mettre en doute la parole de sa sœur sauf au sujet de

Rhyan. Comment savoir, cependant, qui était le père de l'enfant ? Elle n'osait se confier de nouveau à Rhyan à ce sujet de crainte qu'il ne la soupçonnât de ne pas le croire. Mais, si elle ne pouvait lui poser une question directe à ce sujet, peut-être, d'une façon détournée, obtiendrait-elle des informations de sa part ?

— Pourriez-vous questionner maître Waterford au sujet de sa femme ? demanda-t-elle alors qu'ils entraient dans la cour d'honneur du manoir.

— La nourrice de la pauvre enfant ?

— Oui… J'aimerais savoir s'ils ont, eux-mêmes, des enfants. Depuis combien de temps ils sont mariés. Si maîtresse Waterford a une longue expérience des nourrissons… Enfin, ce genre de choses.

— Je crains qu'il ne me dise de me mêler de mes affaires, mais je le questionnerai, seulement pour vous. Tiens ! Regardez qui est là.

La cour était bondée de cavaliers et, parmi eux, ils reconnurent maître Henry Yeaveley, le maître maçon et architecte du roi ainsi que maître William Wykeham, le géomètre du roi à Windsor. Ils étaient entourés d'assistants et d'apprentis ainsi que des chiens courants de messire de Bedesbury, qui aboyaient en agitant la queue.

Au cours du déjeuner qui suivit l'arrivée des voyageurs, la mort de l'enfant de messire Adam fut abordée et attrista quelques instants les convives assis autour de la table, mais on en vint bientôt, trop vite au goût de Mérielle, aux questions qui les préoccupaient tous et qui avaient trait exclusivement aux arts et techniques qu'ils professaient.

Rhyan tenta de protéger la jeune femme contre leur bonne humeur et, à la fin du repas, il l'accompagna avec

John Kenton dans la chambre de la châtelaine qui, à cette heure de la journée, jouissait du meilleur éclairage pour qu'on pût en apprécier les peintures murales.

Le berceau ayant été remplacé par le lit à baldaquin occupé par Allene, la chambre avait cessé d'être celle de la petite Joanie et était redevenue celle de sa jolie et blonde maman dont on pouvait se représenter les goûts artistiques.

Dans la lumière du soleil, on distinguait très bien les fresques qui couvraient les murs, de haut en bas, et le plafond d'un bleu profond, semé d'étoiles, de soleils, de lunes et de fleurs de lys aux tons blanc et or.

Sur les murs, on reconnaissait des tableaux de la Bible mettant en scène des femmes ayant accompli des exploits grâce à leur grande foi ainsi que des figures féminines tirées de la mythologie grecque et latine.

— Ce n'est pas le genre de décoration qui convient pour une nursery, remarqua Rhyan à mi-voix. Qui vous a suggéré de traiter ces sujets, John ?

— Lady Bedesbury en personne, messire. Il n'était pas question, à l'époque, que cette chambre devienne celle d'une petite fille. J'ai passé plus d'un mois pour exécuter toutes ces fresques.

— Sans doute aviez-vous des assistants pour la préparation de tous ces pigments ? intervint Mérielle.

Il acquiesça d'un hochement de tête qui souleva sa mèche brune sur son front.

— Je me souviens que nous avons utilisé deux cents feuilles d'or pour l'exécution des étoiles et des soleils. C'est Padraig, d'ailleurs, qui les a peints. Il a fallu vingt livres de blanc de céruse, six livres de plomb rouge de

Sibérie, autant de vermillon, cinq livres de lapis-lazuli pour l'azur et la même quantité de vert-de-gris.

— C'est pour le vert ?

— Oui, et nous avons utilisé aussi d'autres teintes comme le charbon de bois, le noir de fumée et toute la gamme des ocres, qui sont bon marché. Ce n'est pas le cas de tous les pigments, le lapis-lazuli en particulier.

— Vous les mélangez à de l'huile ? demanda Rhyan.

— Pas toujours. Nous utilisons, en effet, de l'huile de lin comme liant lorsqu'il s'agit d'étendre nos pigments sur du bois, mais, si le support est recouvert d'un enduit de chaux, nous mélangeons nos pigments à du lait de chaux. Il arrive aussi que nous utilisions de l'eau de chaux associée à du lait écrémé.

— Je croyais que vous aviez recours aux blancs d'œufs, remarqua Mérielle.

— Pas sur les murs blanchis à la chaux, maîtresse Saint-Martin. Alors, que pensez-vous de ces peintures ? Est-ce qu'elles évoquent lady Bedesbury d'une manière ou d'une autre ?

— La sirène et le centaure assurément. Elle se plaisait à s'imaginer sous l'aspect d'une sirène lorsqu'elle était enfant et elle a toujours été fascinée par les personnages et les monstres mythologiques.

La sirène représentée sur le mur ne ressemblait à Laurel que par la chevelure blonde abondante, mais ce fut surtout le centaure qui retint l'attention de Mérielle, car sa ressemblance avec Rhyan ne pouvait être le fruit du hasard.

— Qui a posé pour le centaure ? demanda-t-elle. Est-ce quelqu'un de notre connaissance ?

Les hommes rirent entre eux en échangeant des regards de connivence.

— Celui qui est représenté ici prend ses désirs pour la réalité, si je ne me trompe, dit Rhyan en passant le bras autour des épaules de Mérielle. Il n'est manifestement pas indifférent aux jolies sirènes de votre espèce.

La jeune femme se tourna vers John Kenton.

— Est-ce Laurel qui vous a demandé de représenter messire Rhyan sous les traits d'un centaure ?

— Je n'avais encore jamais rencontré messire Rhyan à cette époque, répondit le peintre. Ce n'est que le jour où nous avons été présentés l'un à l'autre que j'ai pris conscience que j'avais exécuté son portrait sur les instructions de lady Bedesbury. J'ai recouvert le poitrail du centaure d'une épaisse toison, ce qui n'est pas le cas de messire Rhyan si je ne me trompe !

Rhyan ne fit aucun commentaire et se dirigea vers un autre pan de mur.

— Qui sont ces deux-là ? demanda-t-il. Ah ! Oui... Il s'agit d'Adam et Eve.

— Mais pourquoi Adam présente-t-il la pomme à Eve ? s'enquit Mérielle, qui essayait de réprimer l'élan de jalousie qu'elle avait éprouvé en considérant la sirène et le centaure.

— C'était la volonté de votre sœur.

Et, de nouveau, Eve présentait la même chevelure que Laurel alors qu'Adam était brun comme Rhyan et qu'il lui ressemblait par la silhouette et les traits.

La fresque suivante représentait Judith et sa servante tranchant la tête de l'Holopherne.

— Je crois qu'elle admirait le courage de cette jeune

fille, commenta John Kenton avant de se déplacer jusqu'à la peinture suivante.

Celle-ci représentait Salomé dansant devant Hérode. Arquant le dos à l'extrême, les cheveux répandus sur le sol, elle formait un pont avec son corps et présentait les parties les plus intimes de sa féminité.

Mérielle fronça les sourcils devant cette scène indécente qui révélait les aspirations de sa jeune sœur. Le même thème érotique était développé sur d'autres peintures. La représentation des vierges sages et des vierges folles, par exemple, était une occasion de montrer des corps à demi dévêtus d'une sensualité troublante.

— N'est-ce pas un étrange sujet pour la chambre d'une jeune mariée ? remarqua Rhyan.

— Oui, comme le sont la plupart des fresques de cette pièce, confirma John.

— Et vous, maître Kenton ? demanda Mérielle. Vous êtes-vous représenté quelque part ?

Alors que la jeune femme s'était attendue à ce qu'il réagît par un sourire malicieux et qu'il lui désignât où il se trouvait, le peintre du roi eut un air contrit et fit un geste imprécis qui n'indiquait aucun personnage en particulier.

— Je suis là, fit-il tout de même d'un air évasif sans vraiment désigner l'endroit où il s'était représenté.

— Où ? s'enquirent en chœur Mérielle et Rhyan, qui avaient compris qu'il ne se révélerait pas si on ne le lui demandait pas avec insistance.

Peut-être virent-ils ensemble la direction du regard du peintre ? En tout cas, ils décelèrent simultanément sa présence parmi les gardes entourant Hérode dont l'expression fixe était liée, indéniablement, à la gaze légère et transparente dont était faite la robe de Salomé.

— Laurel vous avait-elle reconnu ? demanda Mérielle à voix basse.

— Non, maîtresse Saint-Martin. Comme j'ai coutume de le dire, l'artiste est invisible.

Les commentaires de John Kenton sur la décoration de la chambre de la châtelaine ne permirent pas à Mérielle de préciser la nature des relations de sa sœur avec Rhyan. Mais elle n'avait plus aucun doute au sujet des efforts déployés par Laurel pour échapper à l'ennui à partir du jour où elle était devenue l'épouse de messire Adam.

Mérielle prenait à présent pleinement conscience de sa responsabilité dans le destin tragique de sa sœur, car elle ne lui avait pas offert de solution alternative à ce mariage arrangé, son seul argument étant que c'était le prix à payer pour être indépendante de sa sœur aînée. N'ayant en outre jamais rencontré messire Adam avant le jour du mariage, elle mesurait toute l'étendue de son incroyable égoïsme.

Mais elle était rentrée chez elle si bouleversée après sa rencontre avec le roi qu'elle n'avait pas pensé une seule seconde à l'accord conclu au sujet de Laurel avant le viol. Si elle avait pu se douter de ce qu'il en coûterait à sa sœur ainsi qu'à elle-même, elle serait allée vérifier de ses propres yeux si l'union était envisageable.

Le lendemain, elle ne permit pas à Rhyan de l'accompagner à l'hospice comme il s'était proposé de le faire, mais accepta qu'il engageât pour elle un intendant et un régisseur qui se rendraient sur ses terres dans le Yorkshire, dont ils dresseraient l'état.

Déchargée de cette responsabilité, elle se rendit à l'hospice avec Allene et Bess dont les montures portaient des paniers remplis de victuailles : des œufs, du beurre, du fromage, du pain frais, des harengs, du miel, les pommes de l'année précédente et un grand sac de vêtements de bébé.

Dame Edith de Whitstable, qui les avait vues arriver, traversa la cour pour venir à leur rencontre puis, les ayant saluées et remerciées chaleureusement pour leurs dons, elle les conduisit à l'intérieur de l'hospice.

— Il y a un peu de mieux, dit-elle. Maîtresse Waterford s'est alimentée légèrement et ne passe plus tout son temps à dormir. Venez avec moi. Peut-être vous reconnaîtra-t-elle ?

— Est-ce que son mari est venu la voir ?

— Non.

— Il viendra, dit Mérielle. Même si je suis obligée de le traîner jusqu'ici.

Un petit sourire se dessina sur les lèvres de la religieuse.

— Qu'il vienne ici à pied, à cheval ou autrement importe peu à maîtresse Waterford. Ce qui compte, c'est qu'il soit là.

— Vous pensez donc qu'elle aimerait le voir ?

— Bien sûr, elle ne parle que de lui. Elle l'adore apparemment.

— Elle n'a pas d'autre famille ?

— Je ne le pense pas. A mon avis, elle n'a jamais eu d'enfant.

Une cruche remplie de reines-des-prés d'un ton crème occupait un angle de la chambre de la malade qui avait la tête posée sur l'oreiller et le regard dirigé vers la fenêtre par laquelle le soleil entrait en abondance.

En entendant entrer Mérielle, elle tourna son visage vers elle, et il sembla à la jeune femme qu'elle la reconnaissait.

— C'est sa sœur, dit-elle.

Mérielle s'assit à son chevet.

— Oui, maîtresse Waterford. Je suis la sœur de lady Bedesbury, et la tante de la petite Joanie.

— Oh ! Comme je l'aime cette petite… C'est mon trésor…

Mérielle leva les yeux sur dame Edith, qui s'approcha et prit la main de la malade.

— Je sais bien que vous l'aimez cette enfant, reprit Mérielle avec douceur.

— Comme si c'était la mienne.

Elle reprit sa respiration et ajouta dans un souffle :

— C'est Brian qui va vouloir la voir… Il l'aime beaucoup… Il faut la lui montrer.

Elle ferma les yeux et ne remarqua pas l'échange de regards des deux autres femmes.

— Il s'agit de votre mari ? demanda Mérielle pour l'inciter à parler.

— Je n'ai jamais pu lui donner d'enfant, murmura maîtresse Waterford dans un demi-sommeil. Joanie a ses cheveux bruns. Elle ressemble à son père.

Mérielle écarquilla des yeux immenses.

— Brian est… le père de Joanie ?

— Oui… C'est pour ça qu'il faut le laisser voir la petite.

La malade tourna la tête vers le mur comme si elle voulait se rendormir.

Dame Edith fit signe à Mérielle que le moment était venu de se retirer.

— Elle ne parle jamais plus longtemps, dit-elle en glissant le bras sous celui de la jeune femme. Venez.

Elles sortirent dans la cour où elles s'assirent sur un banc de pierre.

— Vous avez compris la même chose que moi ? fit Mérielle, stupéfaite par ce qu'elle venait d'entendre.

— Oui, mais il ne faut pas croire ce qu'elle raconte. Je vous ai déjà dit qu'elle divaguait. Son mari n'est pas le père de l'enfant. C'est une invention.

— Mais Joanie était brune comme Brian Waterford.

— La couleur des cheveux n'est pas significative… D'ailleurs, la pauvre femme n'a pas tous ses esprits. On ne peut accorder foi à tout ce qu'elle dit. Donnez-lui encore quelques jours pour qu'elle se remette.

Elle observa le visage décomposé de Mérielle et reprit :

— Vous avez des raisons de croire ce qu'elle nous a dit ?

La jeune femme acquiesça d'un signe de tête en se mordant la lèvre.

— Je me fonde sur une confidence que m'a faite ma sœur, mais je n'ai aucune preuve à l'appui.

— J'espère bien qu'il n'y en a aucune ! Votre sœur

n'était pas dévergondée, n'est-ce pas ? Elle avait été élevée dans un couvent. Ce serait un scandale !

— Non, dame Edith, Laurel n'était pas une femme légère, mais elle était profondément malheureuse. Et je puis la comprendre, car je l'ai été aussi lors de mon premier mariage. Ne l'étiez-vous pas, d'ailleurs, vous-même ?

Dame Edith prit la main de Mérielle.

— Si, je l'ai été, mais j'ai eu le temps de m'habituer à mon mari alors que ça n'a pas été votre cas.

— Non, en effet, ni pour l'un ni pour l'autre, mais je ne me serais jamais habituée à mon premier mari alors que je n'ai eu aucune difficulté avec Philippe.

— Il était très amoureux, je crois. Robert m'a raconté comment il avait prétexté d'un déplacement à Lincoln, en plein hiver, pour aller vous voir ! Il vous courtisait déjà ! Robert était stupéfait.

— Pourquoi ?

Comprenant le sens que l'on pouvait donner à sa remarque, dame Edith précisa :

— Ce qui a semblé étrange à Robert, c'est que Philippe n'avait jusqu'alors jamais manifesté le moindre intérêt pour les femmes. Alors qu'il parte à la mauvaise saison aussi soudainement !... Et à un moment de l'année où la manufacture était submergée de commandes ! Il ne pouvait pas plus mal choisir sa date.

Les différents morceaux d'un grand puzzle commençaient de se mettre en place dans l'esprit de Mérielle.

— N'est-ce pas à cette époque que maître John Kenton a dessiné une série de cartons pour mon mari ?

— Il les avait déjà exécutés. Les tapisseries devaient même être en cours de fabrication. Elles étaient destinées au palais de l'archevêque. Il s'agissait d'une commande très importante.

— C'est l'archevêque en personne qui les avait commandées ?

— Non, le roi ! Robert, en l'apprenant, s'était demandé s'il n'y avait pas un lien entre le souverain et l'engouement soudain de Philippe pour le sexe opposé. Mais, bien sûr, quand on nous a parlé de votre beauté, Robert a compris pourquoi Philippe était si enthousiaste, car jamais personne n'a aimé autant que lui la beauté et la perfection.

Dame Edith laissa son regard errer sur le verger inondé de soleil d'où leur parvenaient des éclats de rire.

— Tout cela semble si loin, murmura-t-elle.

Mais, pour Mérielle, c'était hier.

— Ça alors ! fit Rhyan, à qui Mérielle venait de rapporter les propos de Claire Waterford. Je n'en reviens pas.

— Je préférais te rendre compte de ce qu'elle m'avait dit avant que tu ne t'entretiennes avec son mari. Tu pourrais, d'ailleurs, lui dire d'aller la voir.

— Maître Waterford est au service de mon oncle. Je ne peux pas disposer de son temps sans en référer à ce dernier.

— Alors, c'est moi qui l'enverrai voir sa femme, répondit-elle en le repoussant alors qu'il venait de poser une main sur son ventre.

— Pas question ! répliqua-t-il en avançant sur Mérielle, qui se retrouva le dos au mur de la chambre. Va voir mon oncle et distrais-le pendant que je m'entretiens avec Brian Waterford. Et n'oublie pas que c'est moi qui commande, moi seul !

Elle lui lança un regard furieux bien qu'au fond d'elle-même elle ne pût s'empêcher d'aimer sa force et son autorité.

— Toi ! fit-elle avec exaspération.

Il hocha la tête.

— Ne l'oublie pas. Ça évitera de nous faire perdre du temps.

— Parce que tu en manques ?

Les mains appuyées au mur de part et d'autre du visage de Mérielle, il baissa les yeux sur son ventre et regarda avec insistance l'emplacement où il avait mis sa main.

— On verra lequel de nous deux comptera les jours d'ici à un mois ou deux.

Il releva les yeux pour rencontrer le regard de la jeune femme, mais ne put le croiser, car elle était de nouveau plongée dans une sorte de méditation intérieure qui la rendait inaccessible.

10

Les deux chiens, d'habitude si curieux, firent rouler leurs prunelles brunes et cherchèrent refuge derrière le tabouret capitonné sur lequel leur maître avait pris place, ses pieds nus dirigés vers l'âtre. L'odeur âcre s'élevant d'une cuvette, au sol, ne leur convenait visiblement pas.

— Qu'est-ce que vous avez mis là-dedans ? demanda messire Adam. Sacrebleu ! Ça sent la bouse !

— C'en est, répondit Mérielle. Associée à des herbes tendres, du son, du sel et du vinaigre de vin. Bouchez-vous le nez et laissez-moi faire. Je vais vous en faire un emplâtre.

Elle s'agenouilla devant messire Adam et s'exclama :

— Mon Dieu ! Vos orteils sont terriblement enflés !

C'était de sa part un acte de contrition autant que de pitié, car elle voulait se faire pardonner la réaction grossière qu'elle avait eue, plus tôt dans la journée, avec son beau-frère. En la voyant imprégner de la composition nauséabonde un linge qu'elle appliquait ensuite délicatement autour de ses doigts de pieds enflammés, ce dernier devait sans aucune doute penser que ce geste était une manière de présenter des excuses.

— Vous devriez allonger vos jambes plus souvent, conseilla-t-elle en lui présentant une botte de plantes. Tenez ! Voici des herbes pour soigner la goutte, que vous devriez avoir toujours avec vous.

Messire Adam prit la botte d'herbes, dont certaines portaient des fleurs blanches, et en respira le parfum.

— Je n'ai pas le temps de me reposer. J'ai trop à faire. Qu'est-ce qu'il y a là-dedans ?

— De l'herbe aux goutteux, répondit Mérielle en prenant une autre bande de toile de la main de Bess. Vous devriez renoncer à la venaison et faire un peu plus confiance à vos régisseurs et à vos intendants. Vous auriez le temps, ainsi, d'allonger vos jambes.

— Je leur fais confiance sinon je ne les aurais pas pris à mon service. Quant aux venaisons, ce ne sont pas elles qui me font du mal, mais ce mauvais vin rouge qu'on nous sert à table ! Cependant, il n'est pas question que j'arrête d'en boire !

— Sottises ! Le vin n'est pas responsable de votre état. C'est le gibier, faisandé qui plus est, dont vous abusez ! Diable ! Pourquoi les hommes sont-ils aussi entêtés ?

Peu habitué à être contredit, et encore moins par une femme, messire Adam resta un moment perplexe.

— Déterminés ! dit-il dans un souffle en reprenant sa respiration après qu'un nouvel emplâtre eut été appliqué sur sa peau. Et résolus, maîtresse Saint-Martin ! Pas entêtés.

— Je vous demande pardon, messire Adam. Mais j'aurais dû m'en souvenir ! Ce sont les femmes déterminées qui sont entêtées, n'est-ce pas ? Et maintenant, si vous me laissez terminer mon bandage, je vous suggère de dîner ici. Ça vous évitera de marcher jusque dans la grande salle.

— Rien que nous deux, en tête à tête ?

— Non, répondit Mérielle en souriant pour atténuer son refus. En compagnie de votre neveu, de mes deux suivantes et de vos autres hôtes. Vous ne voudriez pas déjà les priver de votre présence ?

Il marmonna une réponse indistincte en observant les lourdes boucles brunes et soyeuses de la jeune femme, qui brillaient dans la clarté du feu de bois.

— Et vous porterez la même robe qu'hier ?

Mérielle donna la cuvette à Bess, ramassa les bandes de toile inutilisées et se releva d'un mouvement gracieux, sachant que le regard de messire Adam n'avait pas quitté son large décolleté. Elle savait aussi que la requête au sujet de la robe n'était que le prélude de la conversation qu'il voulait avoir avec elle et qu'il avait, d'ailleurs, déjà essayé d'amorcer.

Elle ne lui fit donc aucune réponse et attendit que Bess se fût retirée pour aller prendre un tabouret et le porter près de lui.

— Me voici, messire Adam, dit-elle en s'asseyant. Vous m'aviez donné l'hiver pour réfléchir, mais il s'est passé tant de choses depuis la dernière fois où j'étais ici que je ne me souviens plus très bien de quoi nous avions parlé. Vous n'avez pas dû me demander en mariage sinon je m'en souviendrais... Vous voulez bien me rafraîchir la mémoire ?

Il y eut un silence au cours duquel Mérielle crut lire

dans la pensée de messire Adam. Aussi ne fut-elle pas surprise lorsqu'il bégaya :

— Je… Euh… Oui… Non… Enfin… Les circonstances sont un peu différentes, n'est-ce pas ?… Les derniers événements…

Il s'éclaircit la voix avant de reprendre :

— Après la mort de Laurel, j'ai pensé que vous pourriez prendre sa place, la petite avait besoin d'une maman…

Il soupira et poursuivit :

— Mais maintenant, même sans Joanie, vous pourriez voir l'avantage d'avoir deux maisons, une à Cantorbéry et une à Winchester. Nous serions dans une sorte d'association où vous seriez la maîtresse de cette maison et où vous pourriez m'accompagner dans les événements importants de la vie au titre de ma dame. Et, en même temps, je pourrais vous aider à développer votre manufacture en vous obtenant de très grosses commandes. Vous pourriez même être amenée à ouvrir des ateliers à Winchester et à faire venir des Flamands pour y travailler. Il y a ici tous les corps de métier dont vous avez besoin : teinturiers, menuisiers, tisserands… Et puis vous bénéficieriez de ma protection… Et de ma compagnie si elle vous est agréable… Quand il vous plaira… De temps à autre…

Il se redressa pour chercher des yeux le regard de la jeune femme.

— Un homme plus âgé peut être un atout pour une femme comme vous.

— Vous voulez dire pour une veuve ? Une veuve qui a des moyens ?

Elle avait donné cette précision pour le faire sourire, mais ce fut en vain.

— Il y a déjà trois ans, n'est-ce pas ? fit-il avec le plus grand sérieux. Et pour autant que je sache vous avez renoncé à avoir des enfants pour pouvoir vous consacrer à vos affaires. Or, vous avez sans doute conscience que les tapisseries qui sortent de la manufacture Saint-Martin n'ont pas leurs pareilles dans ce pays. Les grandes maisons sont obligées de se fournir dans les Flandres alors qu'elles préféreraient acheter des tapisseries tissées ici. Grâce à ma position, maîtresse Mérielle, je puis vous mettre en relation avec toute la noblesse du royaume et, bien sûr, avec Sa Majesté.

— Contre ma compagnie ?

— Un homme avec mes responsabilités se doit d'avoir une femme à son côté.

— Et pourtant, vous avez vécu de longues années sans épouse.

— Je suis difficile à satisfaire en ce qui concerne les femmes. C'est pourquoi je préférerais vous avoir comme compagne plutôt que de devoir en choisir une que je ne connais pas. Je vous ai vue à l'œuvre et j'ai été très impressionné. Je suis certain que vous m'apporteriez beaucoup, et réciproquement d'ailleurs.

— Vous ne connaissiez pas ma sœur, n'est-ce pas messire, lorsque vous l'avez prise pour femme ?

— Non, mais je me suis habitué à elle et je me suis épris d'elle. Seriez-vous surprise si je vous disais que j'étais sur le point de l'aimer ?

— Et vous, messire Adam, seriez-vous choqué si je vous disais que le rôle que vous m'offrez aujourd'hui est celui de maîtresse officielle du maître d'œuvre des travaux du roi à Winchester ?

Il soupira de nouveau et caressa la tête de l'un des chiens comme s'il cherchait un soutien.

— Non… Je savais que vous pourriez me faire cette remarque. Je vous aurais volontiers offert de vous épouser, maîtresse Saint-Martin, mais il serait impensable que lady Bedesbury fût à quatre jours de cheval de sa manufacture ! A quoi ressemblerait un mariage où l'épouse passerait son temps à Cantorbéry pendant que l'époux résiderait à Winchester ? Ça n'a aucun sens, vous en conviendrez. Une femme doit se consacrer entièrement à son mari. Or, je ne pourrais pas vous demander de renoncer à l'exceptionnelle manufacture dont vous avez hérité de votre mari. Je préfère vous aider à la développer plutôt que de la vendre.

Il se tut dans l'attente d'une réaction de Mérielle, mais, comme elle restait coite, il reprit :

— Est-ce ma personne qui vous pose un problème, maîtresse Mérielle ? Il ne faudrait pas que cette question vous arrête. Je puis attendre que votre affection grandisse à mon égard. C'est ce que j'ai fait avec votre sœur.

La jeune femme, qui s'était attendue à ce genre de proposition, en aurait presque souri si elle n'avait pas éprouvé une telle répulsion devant la façon glaciale et dépourvue de sentiment dont messire Adam osait disposer d'elle !

Même si pour des raisons diverses il ne la demandait pas en mariage, il aurait pu avoir la délicatesse de lui faire une déclaration d'amour, mais il adoptait au contraire un ton froid et calculateur comme s'il s'était agi de la conclusion d'un marché ! Elle comprenait mieux maintenant que Laurel fût tombée amoureuse du neveu de son mari et qu'elle eût eu un enfant avec son régisseur. Ces choses arrivaient, d'ailleurs, dans bien des maisons.

— Il ne s'agit pas de ça, répondit-elle enfin, parfaitement consciente de sa mauvaise foi. Je me demandais simplement comment je pourrais partager ma vie entre ici et Cantorbéry sans passer la moitié de mon temps en selle. Quatre jours de voyage sont quatre jours perdus, n'est-ce pas ? Or, je ne puis me permettre de gaspiller mon temps ainsi.

— Si mon neveu m'avait obéi, vous auriez dès à présent, maîtresse Saint-Martin, la réponse à cette question. Les différents lieux où vous étiez censée descendre, et où je vous aurais conduite moi-même si je n'avais été handicapé de la sorte, attendent tous vos conseils experts. Si je vous avais accompagnée, je vous aurais expliqué, bien sûr, en quoi vos lumières étaient requises. Mais toutes ces demeures se trouvent sur la route de Winchester à Cantorbéry, n'est-ce pas ? Autant d'endroits où vous pourriez descendre lors de vos déplacements et où vous auriez la possibilité de rencontrer vos tisserands itinérants et de conclure des marchés avec des clients. Ainsi vos voyages ne seraient pas du temps perdu. Au contraire même ! Considérez le château de Leeds. Il faudra des années avant d'achever sa décoration !

Mérielle acquiesça, mais ne fit aucun commentaire. Elle avait bien compris que messire Adam entendait multiplier les occasions, pour elle, de descendre dans les résidences royales.

— Et cette splendide demeure n'est qu'à une journée

de cheval de Cantorbéry ! insista-t-il sans vergogne. De même que le château de Clarendon par rapport à Winchester.

— Clarendon ?

— Dans le Wiltshire, à l'ouest d'ici. Maîtres Yeaveley et Wykeham s'y rendent lundi. Je vais d'ailleurs être obligé de les y accompagner. Vous joindrez-vous à nous ?

L'architecte du roi, son géomètre et son maître d'œuvre en chef qui se rendaient tous à Clarendon ! Que penser de cette demeure sinon qu'elle était encore une autre résidence royale.

— Sans doute encore un château de Sa Majesté ?... Non, je vous remercie, messire Adam. Je préfère rentrer à Cantorbéry et, de là, me rendre au plus vite dans le Yorkshire. Mes tenanciers ont besoin d'aide, et je ne voudrais pas les faire attendre plus longtemps.

— Clarendon est un magnifique château situé sur une colline qui domine New Salisbury. Il a été longtemps négligé. Les murs en sont dépouillés. Ils n'attendent que de belles tapisseries sorties de votre manufacture. Il y a de nombreuses et vastes salles. Vous auriez du travail pour des années avec cette seule résidence. Et puis il est très agréable d'y résider. C'est une terre de chasse à courre et de fauconnerie de haut et de bas vol. Avez-vous déjà chassé au faucon ? On compte à Clarendon de très beaux spécimens : gerfauts, émerillons, laniers, autours et éperviers ! Cela vous plairait. Et puis les jardins y sont magnifiques ! Les jonquilles doivent être toujours en fleur. Nous n'y séjournerons qu'un jour ou deux. Or, il ne faut même pas une journée pour y aller. Vous ne pouvez pas laisser passer une telle chance !

*
* *

Mérielle était tellement convaincue que Rhyan se rangerait de son côté et la soutiendrait contre messire Adam qu'elle fut profondément déconcertée lorsqu'il lui répondit, en lui passant le bras autour des épaules, qu'elle pouvait se rendre à Clarendon puisqu'il serait là pour la protéger.

Si elle l'avait osé, elle l'aurait giflé.

— Ton oncle n'envisage pas que tu nous accompagnes, répondit-elle d'un ton glacial. Il tient pour acquis que tu repartiras sur tes terres lundi matin.

— Alors il se trompe. Où tu vas, je vais.

— Oui… Enfin… Tu veux surtout t'assurer que je ne tomberai pas par dépit dans les bras de ce vieil intrigant, n'est-ce pas ?

— Qu'est-ce que j'entends ? fit-il en la poussant doucement vers le tronc d'un chêne récemment écorcé sur lequel il la fit asseoir près de lui. Tu lui as répondu non vertement, j'espère, n'est-ce pas ?

— Je lui ai dit que j'avais l'intention de rentrer chez moi, mais il n'a même pas écouté ma réponse. Il était lancé dans une description alléchante de Clarendon et ne semblait pas envisager que je puisse lui refuser son invitation.

Elle se laissa aller dans les bras de Rhyan, le dos appuyé contre lui.

— J'ai l'impression qu'il croit que je vais tomber sous le charme de ce château, mais, puisque c'est encore une résidence royale, il est hors de question que je m'y rende.

— Le roi n'y sera pas.

— Ça ne change rien. Je n'irai pas.

Deux jours plus tôt, Mérielle serait entrée dans une rage folle, mais, maintenant, elle se sentait capable de parler de ces questions avec un certain détachement et, si elle contredisait Rhyan, c'était pour le plaisir de le voir argumenter.

— Si, ma chérie. Tu iras avec moi.

— Je suis désolée, Rhyan, mais ma décision est prise. Je rentre à la maison et, ensuite, je monte dans le Yorkshire. Je n'ai plus aucune raison de rester ici, et tu sais que je n'ai pas de temps à perdre.

Rhyan lui mordilla le lobe de l'oreille en murmurant :

— Pourquoi ne veux-tu pas y aller ? De quoi as-tu peur ?

Elle avait poussé le jeu trop loin. Elle essaya de se dégager, mais il la retenait contre lui. Elle ne voulait pas lui donner les raisons de sa peur. Non ! C'était impossible !

— Je n'ai peur de rien ! Lâche-moi ! Ce qui m'importe, c'est de savoir pourquoi ma nièce est morte et qui est son père. As-tu parlé à Brian Waterford ?

— Oui.

Mérielle se détendit et tourna la tête vers Rhyan.

— Il m'a dit que ça faisait un moment que sa femme était malade.

— Alors pourquoi ne lui a-t-il pas demandé d'arrêter de s'occuper de l'enfant ?

— Parce qu'elle l'aurait très mal pris. Ils n'ont jamais réussi à avoir de bébés. Elle a fait fausse couche sur fausse couche, et la naissance de Joanie est arrivée à point pour la distraire de toutes ses déceptions.

— T'a-t-il dit quelque chose qui puisse laisser entendre qu'il était le père de Joanie ?

— Non, mais je reconnais que ta sœur était, parfois, un peu trop familière avec lui. Je me souviens d'avoir été choqué une ou deux fois.

— Assez familière pour ?... Oh ! Quand même pas ?

— Je ne sais pas. Peut-être que, sous l'effet de la fièvre, maîtresse Waterford imagine des choses qui ne sont pas. Elle avait un tel désir de maternité.

— Je peux me représenter ce qu'elle ressent, murmura Mérielle.

Rhyan glissa la main sous le surcot de la jeune femme pour lui caresser la poitrine.

— Tu n'auras pas ce problème, Mérielle. Je suis sûr que tu seras très féconde. Tu es faite pour avoir des enfants. D'ailleurs, tu en portes peut-être déjà un ? Est-ce qu'on vérifie ?

Avec habileté, il écarta le surcot et la cotte au large décolleté pour libérer un sein qui parut ferme et pommelé.

Déconcertée par l'impudence de Rhyan, Mérielle baissa les yeux sur son pouce qui lui caressait le téton pour le faire durcir. L'aréole était d'une largeur inhabituelle et entourée d'un cercle de petits nodules...

— Eh bien ? fit-il. N'avais-je pas raison ?

— Non, répondit la jeune femme d'une voix mal assurée. Je vais bientôt avoir mes règles.

Elle rougit et se cacha le visage contre la poitrine de Rhyan alors qu'elle sentait sa main s'immiscer entre ses vêtements et s'approcher de son ventre. Il l'arrêta sur le doux renflement de sa féminité, attendant une réaction de Mérielle, mais, comme elle n'exprimait aucun refus, il engagea le doigt en elle alors qu'il lui massait du pouce le petit bouton sensible, arrachant un gémissement de ses lèvres…

Pendant le souper, servi dans la chambre de messire Adam comme l'avait suggéré Mérielle, cette dernière repensait aux caresses merveilleuses que lui avait prodiguées Rhyan dans le jardin, à l'abri d'une treille couverte de chèvrefeuille qui les protégeait des regards indiscrets.

Les symptômes présentés par son corps et dans lesquels Rhyan voyait les signes d'une grossesse dans sa phase initiale pouvaient donner lieu, certes, à une telle interprétation. Et, quand elle se remémorait les paroles de la recluse de Shere, elle était en droit de se demander si elle ne les avait pas interprétées à tort.

L'espoir qu'elle nourrissait était déjà là, bien en place…

Fallait-il entendre dans ce propos qu'elle avait été fécondée par Rhyan ?

Et la religieuse lui avait fait le reproche de ne pas accorder sa confiance à ceux qui l'entouraient. Sans doute avait-elle voulu désigner Rhyan ? Mais Mérielle n'avait-elle pas de bonnes raisons de n'accorder qu'une confiance relative au chevalier ?

Sachant qu'elle ne voulait en aucun cas retourner dans une résidence royale, pourquoi ne lui avait-il pas offert de la conduire directement dans le Yorkshire au lieu d'insister pour l'escorter à Clarendon ? Pourquoi fallait-il absolument se rendre dans ce château ?

Lorsqu'elle avait demandé à Rhyan s'il fallait prendre au sérieux la promesse de messire Adam de fournir d'importantes commandes à la manufacture de Saint-Martin, sa réponse avait été sans ambiguïté :

— Cela, ma beauté, c'est bien ce en quoi je crois absolument !

Peut-être messire Adam était-il sincère à ce sujet, mais ne servait-il pas simultanément les intérêts du roi ? Et n'était-ce pas un moyen de mettre Mérielle en présence de ce dernier ?

Rien n'était limpide dans les intentions de messire de Bedesbury. Il n'était même pas possible de savoir s'il était affecté par la mort de sa fille. A moins qu'il sût qu'elle n'était pas de lui ? S'il n'avait jamais approché Laurel, il en avait même, peut-être, la preuve absolue…

En présence de toutes ces incertitudes, elle éprouva soudain le désir d'être auprès de Bonard. Il était le seul en qui elle eût une totale confiance. Pourquoi ? Mais pourquoi l'avait-elle laissé à Cantorbéry ?

Le lendemain eut lieu, sous la conduite de John Kenton, la visite de la cathédrale romane bâtie par les Normands, puis ils y assistèrent à la messe.

L'office était terminé, et Mérielle écoutait de plus amples explications données par Kenton au sujet des travaux entrepris sur la façade lorsqu'elle sentit qu'on lui touchait le coude. Elle se retourna et reconnut dame Edith de Whitstable.

— Vous étiez à la messe ? fit Mérielle. Je n'avais pas remarqué votre présence.

— Non, je n'y étais pas. J'ai entendu la messe plus

tôt, à la chapelle de l'hospice. Nous avons notre propre chapelain ? Or, j'ai pensé que je vous trouverais ici. Est-ce que je pourrais vous parler ?

A la façon dont elle s'était retournée vers Mérielle comme si elle cherchait à faire écran entre elle et les autres, la jeune femme comprit qu'elle avait une information d'importance à lui transmettre.

Aussi glissa-t-elle son bras sous le sien et l'entraîna-t-elle à l'écart.

— Qu'y a-t-il ? Ce n'est pas une mauvaise nouvelle, j'espère !

— Hélas, si !

Elles firent quelques pas devant la cathédrale et s'arrêtèrent à un endroit où l'herbe avait été moins piétinée. Là, elles se regardèrent un moment en silence, chacune lisant dans les yeux de l'autre.

— Eh oui..., fit enfin dame Edith. Elle a rendu l'âme ce matin, à l'aube.

A court de mots, Mérielle ferma les yeux pour ne plus voir passer la foule qui sortait de la cathédrale et remua la tête en signe de dénégation.

— Je croyais qu'elle se remettrait. Ne m'aviez-vous pas dit ?...

— Oui, je le sais. J'ai eu quelque espoir, mais c'est une maladie dont l'évolution est imprévisible et qui peut être foudroyante. Du moins a-t-elle revu son mari avant de mourir.

Mérielle écarquilla les yeux.

— Il est enfin allé la voir ?

— Oui. Il lui a apporté du vin.

— Du vin ? En a-t-elle bu ?

— Un peu. Nous recommandons à nos malades

de boire un verre de vin par jour. Elle n'en a pas pris davantage… Mais à quoi pensez-vous ?

— Oh ! C'est par sécurité. Ne laissez personne boire de ce vin.

— Ça ne risque pas d'arriver. J'ai déjà vidé la bouteille dans l'évier. Vous croyez son mari capable de lui donner un poison ? Je n'arrive pas à le croire.

— C'est seulement que cette mort soudaine après son passage m'intrigue…

— Est-ce vous qui avez obtenu qu'il aille enfin la voir ?

— Non. C'est messire Lombard, le neveu de messire de Bedesbury, qui lui a parlé.

Les deux femmes dirigèrent leurs regards vers le jeune homme dont l'élégante silhouette était mise en valeur par un pourpoint rayé de rouge garance, violet et gris argent. Il riait à la suite d'une remarque de l'un de ses interlocuteurs, rejetant en arrière son beau visage couronné d'une masse de cheveux bruns, les mains négligemment posées sur les hanches, et solidement campé sur ses longues jambes musclées prises dans des chausses noires.

— Avez-vous dit à maître Waterford que sa femme divaguait ?

— Il le savait déjà… Oh ! Mon Dieu ! Ce n'est pas possible…, fit dame Edith en posant la main sur le bras de Mérielle. Il aurait écourté ses jours pour qu'elle ne parle pas de l'enfant ?

— Pour que ça ne revienne pas aux oreilles de messire Adam.

— C'est logique. Mais nous n'avons aucun élément

de preuves contre lui. Pour moi, elle est morte de mort naturelle.

Mérielle hocha la tête. Etablir la culpabilité de maître Waterford ne ramènerait pas son épouse à la vie.

Elle proposa à dame Edith de venir partager leur repas, mais elle refusa. Elle ne voulait pas, manifestement, rencontrer messire Adam.

— Il n'est pas venu une seule fois voir la nourrice de sa fille et ne s'est même pas enquis de sa santé.

— Il lui reprochait d'être responsable de la mort de Joanie…

— C'est lui et Waterford qui en sont responsables ! l'interrompit dame Edith. Ils auraient dû lui imposer de se reposer et engager une autre nurse pour la remplacer.

La religieuse se tut avant de demander :

— Viendrez-vous aux obsèques, demain ?

— Oui, bien sûr.

Il incombait à Mérielle d'informer son beau-frère du décès de maîtresse Waterford. Lorsqu'elle le fit, elle ne fut pas particulièrement surprise de voir son visage rougeaud, aux traits affaissés, exprimer un net soulagement avant de se contracter pour tenter d'évoquer ce qui aurait pu traduire une certaine préoccupation à défaut de compassion.

Rhyan, très visiblement affecté par l'annonce de la mort de maîtresse Waterford, s'éclipsa dès la fin du repas.

Sous la forte poussée, le front du régisseur heurta violemment le mur alors qu'il avait les poignets rassemblés dans le dos. Il vit tout noir, un instant, puis fut brusquement retourné par son assaillant, qui lui délivra un coup de poing dans l'estomac.

— Redresse-toi ! fit ce dernier. Sinon je t'en mets un autre !

Le régisseur, plié en deux par la douleur, s'accrocha au mur de pierre de sa chambre, au-dessus des écuries, pour retrouver l'équilibre et se redresser.

— Je t'ai dit d'aller voir ta femme pour la réconforter pas pour l'occire ! cria messire Rhyan. Dis-moi maintenant exactement ce qui s'est passé ou je t'éclate la tête.

A l'appui de sa menace, Rhyan empoigna un tabouret qu'il brandit au-dessus de Brian Waterford.

Ce dernier leva les bras pour se protéger.

— Je n'ai rien fait, dit le régisseur. Je lui ai seulement apporté le vin que m'avait donné messire de Bedesbury. Celui dont il dit qu'il le rend malade.

— Et tu y as ajouté quelque chose ?

— Aucunement. Je vous le jure.

Le régisseur porta la main à son nez et vit qu'elle était couverte de sang.

— Il était un peu aigre, c'est tout. Pas de quoi faire mourir un chat. Mais je ne pensais pas qu'elle en boirait. Elle refusait toujours le vin. Elle n'acceptait de boire que de l'ale.

— En tout cas, elle en est morte. Qu'est-ce que messire Adam redoutait qu'elle dise devant les religieuses ? Tu le sais, n'est-ce pas ?

— Non, messire, sincèrement…

Un autre coup de poing dans l'estomac coupa le souffle de Brian Waterford dont le visage s'empourpra.

Après avoir repris sa respiration et but de l'eau, il retrouva enfin la mémoire.

Le soir, au souper, il fit savoir qu'il était indisposé à cause de son chagrin et ne pouvait prendre part au repas.

— Tu ne ferais pas une bonne épouse pour lui, mon amour, dit Rhyan en serrant Mérielle dans ses bras devant la porte de sa chambre. Il lui faut une femme beaucoup plus complaisante que toi. Il n'a pas l'habitude qu'on lui résiste.

— Eh bien, il est prévenu. C'est l'essentiel, n'est-ce pas ? Il est évident que je ne lui obéirai pas au doigt et à l'œil après avoir vécu indépendante pendant trois ans. Je continuerai à faire comme il me plaît.

Elle s'écarta de lui dans un élan de colère feinte, mais Rhyan la retint par les épaules et, lui prenant le visage entre les mains, rétorqua :

— Il a besoin de toi à Clarendon pour…

— Il n'a pas du tout besoin de moi ! s'emporta Mérielle. Il veut seulement s'afficher avec moi pour montrer qu'il m'a domptée et qu'il n'a eu aucune peine pour remplacer sa défunte femme. Son seul objectif est d'épater la galerie ! Je ne me plierai pas à ses caprices. De toute façon, j'ai l'intention d'aller aux obsèques de maîtresse Waterford, que ça lui plaise ou non. Et je dirai à qui voudra m'entendre qu'il n'avait pas le temps d'assister à l'enterrement de la nourrice de son enfant. Je lui ferai honte, je te le promets !

— En ce cas, nous partirons ensemble pour Clarendon, le lendemain de l'enterrement.

— Pourquoi faut-il absolument que j'y aille ?

— Parce que je lui ai dit que je t'y escorterai.

— Il a dû se retenir difficilement de te dire de rentrer chez toi !

Rhyan sourit, sachant que c'était exactement le reflet de la pensée de son oncle.

— Je me moque bien de ce qu'il veut. Je reste auprès de toi et toi auprès de moi. Puisque les obsèques auront lieu lundi, nous partirons mardi pour Clarendon.

— J'irais plutôt en enfer.

— J'ai mieux à te proposer. Lundi soir, comme mon oncle sera parti, je viendrai dormir avec toi.

— Dormir ? fit-elle d'une voix caressante en le regardant entre ses longs cils.

— Tentatrice…

— Je préférerais rentrer chez moi. L'air est pesant ici avec tous ces décès…

— Mon amour…

— Ramène-moi à la maison, Rhyan. Ou conduis-moi à York.

— Nous prendrons la route du nord dès que nous serons de retour de Clarendon.

— Je veux partir maintenant, insista-t-elle en faisant l'enfant par jeu.

Pour la faire taire, il lui ravit un baiser et l'enlaça tendrement.

11

Les funérailles à l'abbaye de Sainte-Marie, comme toujours, furent un moment pénible à vivre, les morts des mois et même des années précédents revenant à la mémoire de ceux qui assistaient à l'office. Beaucoup avaient perdu un être cher, souvent jeune, à la suite d'un accident, d'une maladie ou d'une échauffourée qui avait mal tourné.

Mérielle remarqua avec émotion la silhouette courbée de Brian Waterford près du cercueil de sa femme et elle fut encore plus bouleversée de voir son visage tuméfié, un œil complètement fermé et le nez qui avait triplé de volume.

— Bonté divine ! dit-elle dans un souffle en se tournant vers Rhyan. Qu'est-ce qu'il lui est arrivé ?

— Il s'est tapé dans un mur.

— Ah bon ?…

Elle resta un moment interloquée puis, comprenant le sens de la réponse de Rhyan, elle demanda sur le ton du reproche :

— Etait-ce vraiment nécessaire ?

— Oui, sinon je ne l'aurais pas fait.

Elle ne posa plus de questions, partant du principe que le régisseur avait été puni pour avoir hâté la mort de sa femme en lui faisant boire un vin aigri. Plus personne n'évoquerait ses amours vraies ou hypothétiques avec Laurel !

La jeune femme s'aperçut que dame Edith, qui se trouvait dans l'autre travée à côté de l'abbesse de Sainte-Marie, lançait des regards consternés vers le mari de la défunte.

Mérielle avait appris de la bouche de dame Edith qu'elle était proche de l'abbesse, trois religieuses de Sainte-Marie étant pensionnaires de l'hospice en raison de leur grand âge, et aussi parce que les deux communautés avaient pris l'habitude de se rendre des services.

Margaret de Molyns, qui n'avait qu'une quarantaine d'années, avait remplacé dix ans plus tôt la précédente abbesse emportée par la peste. C'était une belle femme aux yeux bleus, à l'expression sereine, à la bouche grande et sensuelle qui souriait facilement, aux sourcils clairs et délicatement arqués.

Aucune femme, pensa Mérielle, ne savait mieux porter l'habit de bénédictine que Margaret de Molyns, d'autant plus qu'elle l'égayait de bijoux aux pierres éclatantes, de colliers et de bracelets en or qui mettaient une touche de féminité dans cette tenue austère.

Mérielle l'avait déjà rencontrée lors de l'enterrement de sa sœur. Ni l'une ni l'autre n'avait pris une ride depuis ce jour. L'abbesse était aussi belle et sereine que la dernière fois, et Mérielle, transportée par l'ineffable bonheur d'un amour qui grandissait de jour en jour, était resplendissante.

Margaret de Molyns portait, d'instant en instant, le

regard vers Rhyan, et ses yeux se mettaient à briller, révélant qu'elle ne pouvait rester indifférente devant un corps masculin aussi bien tourné et des traits aussi bien dessinés.

Au milieu d'un groupe de religieuses assises dans le transept nord, Mérielle aperçut une jeune fille vêtue d'une robe taillée dans une étoffe grossière, feuille morte bordée de bleu, la tête coiffée d'un voile blanc qui dissimulait difficilement ses lourdes tresses de cheveux auburn, entrelacées de fils bleus et or, qui lui tombaient sur les épaules et, de là, plongeaient jusqu'à ses genoux.

L'attention de Mérielle fut captée, quelques instants, par la beauté du visage de cette jeune fille qu'il lui semblait d'ailleurs avoir déjà vu quelque part, mais elle n'eut pas l'occasion de s'enquérir de sa personne, les religieuses s'étant éclipsées dès la fin de l'office.

— Dame Edith s'est inquiétée de l'état de maître Waterford, déclara Mérielle alors qu'elle dînait en tête à tête avec Rhyan dans l'intimité de sa chambre. Elle pensait qu'il avait été agressé.

— Tu as confirmé son impression, bien sûr ? demanda Rhyan d'un air glacial en plissant les paupières.

— Ça n'a pas été nécessaire. Son opinion était déjà faite. Mais pourquoi l'as-tu frappé ainsi ? Cette violence était-elle nécessaire ?

Il tendit le bras pour caresser la joue de la jeune femme et la regarda avec tendresse.

— Ne m'en parle plus, s'il te plaît, dit-il avant de se lever pour s'emparer de ses lèvres.

Il l’embrassa avec passion puis se rassit en espérant que les pensées qui accablaient Mérielle et entachaient d’ombre leur soirée en amoureux se dissiperaient, mais, à la première remarque de la jeune femme, il constata qu’il n’en était rien.

— Ça va faire jaser, dit-elle.

— Sans aucun doute. Ils n’ont que ça à faire.

— C’est à cause des commérages que tu as espacé tes visites chez ton oncle lorsque la grossesse de Laurel a été connue ?

— J’avais déjà considérablement réduit dans la longueur et la fréquence mes séjours ici bien avant qu’on sache que ta sœur attendait un enfant, répondit Rhyan en soutenant le regard de Mérielle pour bien lui faire comprendre qu’il n’avait rien à lui cacher.

— Tu n’es pas venu à son enterrement.

— Non.

— N’était-ce pas pour m’éviter ?

— Pas du tout. J’ai été retenu dans le Yorkshire pour défendre mes terres contre les incursions des Ecossais. C’est toujours à la belle saison qu’ils commettent leurs pillages.

Mérielle hocha la tête en silence. Elle repensait, malgré elle, à la façon dont Rhyan avait voulu récupérer ses terres et aux conséquences de son action juridique…

— Il y a quelque chose que tu ne m’as jamais dit et qui te ronge le cœur, remarqua-t-il en regardant la jeune femme avec une insistance mêlée de douceur et d’exigence. Dis-moi ce que c’est pour que je puisse t’en guérir. Je sens que ça t’empêche de te livrer complètement. J’ai l’impression qu’il y a une part de toi-même que tu ne me donnes pas. Au fond, tu es toujours sur la défensive comme si tu voulais te préserver.

Comment lui faire comprendre ? s'interrogea Mérielle. Il s'était battu au côté du roi et du prince Edouard. A ses yeux, le souverain était incapable de bassesse. C'était un homme au-dessus de tous dont la vertu, le courage, la loyauté ne pouvaient être mis en doute.

Il lui semblerait impensable même qu'une femme se fasse avorter d'un rejeton dont le roi aurait été l'auteur. En particulier dans son cas à elle, qui voulait désespérément un enfant !

Et comment lui reprocher d'avoir ne serait-ce qu'une partie de responsabilité dans le drame qu'elle avait connu ? N'était-ce pas de son propre chef et sur le conseil de Gervais qu'elle était allée consulter le souverain ? Si elle avait su quel danger elle courait, elle aurait été prête à verser une forte indemnité à Rhyan en compensation de sa mauvaise administration.

Si elle lui avouait sa mésaventure avec le roi, il lui ferait certainement le reproche d'avoir été bien imprudente. Et il ne la croirait pas si elle prétendait qu'elle n'avait pas eu de signes avant-coureurs de l'intérêt que lui portait Sa Majesté. Alors pourquoi s'était-elle jeté dans la gueule du loup ? Elle était entièrement responsable de ce qu'il lui était arrivé.

Comment Rhyan, qui voulait maintenant l'épouser, réagirait-il s'il apprenait, un jour, qu'elle avait été abusée par le roi ? Peut-être, et à bon droit, la rejetterait-il ? Mais, quant à elle, elle ne supporterait pas qu'il l'apprenne d'une autre bouche que la sienne.

Fallait-il alors le lui dire elle-même ? Avant qu'elle

ne fût enceinte de lui ? Tant qu'il était encore temps de se séparer ?

Mais si elle portait déjà un enfant de lui ?...

— Eh bien, ma chérie, fit Rhyan, tu ne me réponds pas ?

— Je ne le peux pas.

— Pourquoi ? Aurais-tu peur de moi ?

Elle fit non de la tête.

— Ce sont des fantômes que j'ai peur, murmura-t-elle.

Et elle ajouta en for intérieur : « Ce sont des souvenirs d'une douleur intolérable que je ne veux pas raviver. »

L'état d'esprit de la jeune femme fit que la nuit d'amour que Rhyan et elle avaient envisagé de vivre sous le toit de messire de Bedesbury, en son absence, n'eut pas lieu. Rhyan retourna dans sa chambre, mais avant que l'aube ne parût il revint auprès de Mérielle, qu'il trouva en pleurs. Avec la promesse de ne pas profiter de sa faiblesse et mille paroles réconfortantes chuchotées dans l'obscurité, il se coucha près d'elle et la prit dans ses bras.

— Serre-moi fort, dit-elle en sanglotant.

— Oui, mon amour... Calme-toi... Essaie de dormir...

— Je ne veux pas aller à Clarendon.

— Chut ! Mon amour. Il n'y a rien à craindre. Je serai avec toi.

Pour ne pas l'inquiéter davantage, il ne lui parla pas de la propre enquête qu'il menait et dont l'issue dépendait des informations qu'il obtiendrait de son oncle.

Ils aperçurent de très loin le château de Clarendon, bâti sur le flanc boisé d'une colline, qui étirait ses fortifications de pierres blondes comme un troupeau d'oies blanches cherchant la protection des arbres. Les jeunes pousses printanières mettaient une touche d'un vert tendre dans cette scène idyllique que baignaient d'un or irréel les derniers rayons du soleil.

Des nombreuses cheminées s'élevaient des fumées blanches qui striaient un ciel pâle aux tons rosés. Ils virent s'élever dans l'air un vol de colombes qui décrivirent un large cercle avant d'aller se nicher dans les branches des arbres.

La belle journée ensoleillée, la beauté du paysage avec les collines verdoyantes déroulant leurs ondulations à l'infini, et les tons tendres et frais de la saison avaient agi sur le cœur de Mérielle et réussi à ôter de sa poitrine le poids qui l'écrasait depuis la veille. La certitude, aussi, d'engranger de nouvelles commandes pour ses ateliers avait contribué à la rendre plus sereine.

En approchant de la résidence royale, ils distinguèrent des hardes de biches, qui paissaient dans des prairies bordées de haies, puis les jardins clos, entourés de murs de pierres sèches, qui précédaient l'enceinte du château.

— Comme c'est beau ! remarqua Mérielle en s'adressant à Allene.

— Oui, et c'est vaste. Il doit y avoir plus d'un mur où pendre vos tapisseries !

Etabli sur le flanc de la colline et jusqu'à son sommet, le château dominait la vallée où se nichait la nouvelle ville de Salisbury avec sa cathédrale dont la flèche de pierres calcaires se dressait dans le ciel avec audace comme une lance.

Un corps de garde massif commandait l'accès à une vaste cour entourée d'écuries, de greniers, d'une forge, d'enclos et de divers bâtiments aux murs blanchis à la chaux, dont la base se couvrait de mousse, et recouverts de tuiles aux tons rouge et ocré, ou de bardeaux de chêne envahis par endroits d'orpin blanc.

Des serviteurs en livrée s'affairaient autour de tombereaux et de chariots qu'ils déchargeaient de leurs caisses de poisson et de viande recouverts de glace, des paniers contenant des oies et des poulets battant des ailes, des sacs de farine qu'ils portaient aux cuisines alors que le sommelier et quelques valets, assaillis par de jeunes chiens courants qui sautaient et aboyaient autour d'eux, réceptionnaient les fûts de vin et trébuchaient sur les pavés disjoints.

A cause de tout ce vacarme, messire Adam parut sous le grand portail, à gauche de la cour, et reconnut les gens d'armes de son neveu qui précédaient ce dernier et fermaient la marche de la colonne.

Il marcha droit vers Mérielle, ravissante dans une tenue aux tons brun, feuille morte et crème. Tendant les bras, il l'aida à descendre de sa monture et, lorsqu'elle eut les pieds à terre, il garda une main sur sa taille et l'autre sous son coude.

Il avait les traits détendus comme si un immense soulagement s'était emparé de lui. Les compliments qu'il adressa à la jeune femme n'eurent pas la résonance de viles flatteries, car elle était en effet d'une beauté renversante dans ce camaïeu de roux, avec ses cheveux savamment tressés et entrelacés de fils d'or.

Elle souriait, non parce qu'il lui était agréable de sentir la main de messire de Bedesbury sur sa taille, mais parce que son accueil était exactement comme le lui avait prédit Rhyan.

— Chère maîtresse Mérielle, dit-il d'un ton caressant. Venez avec moi. Vous devez être fatiguée. Vos chambres sont prêtes. Faites venir vos suivantes. Rafraîchissez-vous. Vous trouverez tout ce qu'il vous faut.

Puis, se tournant vers le château, il ajouta avec un geste ample du bras :

— N'est-ce pas le plus bel endroit au monde ? Et vous n'avez pas encore vu les jardins !

En pénétrant dans la demeure royale, Mérielle dut convenir qu'elle n'avait jamais rien vu d'aussi beau bien que les innombrables salles fussent peu meublées et décorées. Entre les bâtiments principaux, de petites cours intérieures, agrémentées de fontaines, et des jardinets, délimités par des treillis enveloppés de vignes et d'autres plantes grimpantes, étaient autant de havres de paix que baignait le soleil dans la journée.

Des passages recouverts de tuiles reliaient les bâtiments les uns aux autres et délimitaient des cours où régnait une atmosphère de cloître et où la vigne, qui avait envahi tous les murs à l'exception de ceux orientés au nord, était en pleine renaissance après le long hiver.

Le château de Clarendon, en unissant ainsi le végétal à la pierre, présentait une parfaite harmonie avec le paysage dans lequel il se fondait avec poésie et noblesse.

Les sols étaient recouverts dans bien des salles par des terres cuites aux couleurs chaudes fabriquées dans les environs de Salisbury. Mérielle s'efforça de ne pas montrer son trouble lorsque messire Adam lui montra les appartements royaux dont les plafonds et les murs avaient été peints en bleu ou en vert et étaient semés d'étoiles et de lunes dorées.

Les cheminées de marbre blanc et les chapiteaux des colonnes, qui supportaient les plafonds voûtés, y étaient finement sculptés. La chambre du roi présentait un lit à baldaquin tendu de somptueux brocarts tissés de fil d'or et d'argent.

Mérielle détourna les yeux et remarqua qu'aucune tapisserie n'était pendue aux murs. Or, comme le faisait observer John Kenton, des tentures auraient été les bienvenues, surtout en hiver, pour arrêter les courants d'air glacés qui ne devaient pas manquer de traverser la chambre royale dans ce château juché sur une colline.

Rhyan et Mérielle restaient à une distance respectable l'un de l'autre, pour ne pas éveiller la méfiance de messire Adam, et comptaient sur l'amitié de maître Yeaveley et de maître Wykeham pour ne pas révéler à leur employeur ce dont ils avaient été témoins pendant le voyage, en particulier au château de Leeds.

S'ils avaient su à quel point la relation entre les deux jeunes gens avait évolué depuis le séjour dans la précédente résidence royale, sans doute se seraient-ils sentis moins à l'aise en leur présence et en celle de messire de Bedesbury, mais ils ignoraient qu'ils fussent devenus, à proprement parler, amants.

De toute façon, ils étaient présentement fort occupés à prendre des mesures pour les prochains travaux qui seraient entrepris à Clarendon sous la direction de messire Adam et ne pouvaient s'adonner à la chasse dans la forêt giboyeuse qui cernait le château.

Peu encline à chasser, Mérielle obtint l'assistance d'un jeune clerc et, aidée également d'Allene et de Bess, prit les mesures de la chambre de la reine. Les carreaux de terre cuite, au sol, aux tons orangé et ocre, étaient décorés de lions et de griffons dans les postures de l'art héraldique. Il sembla à Mérielle qu'il conviendrait de pendre aux murs de cette pièce des tapisseries dont les motifs rappelleraient ceux des carreaux et dont l'une représenterait la reine couronnée assise sur un trône.

La plume du jeune clerc crissait contre le parchemin alors qu'il y notait les mesures que lui dictait Mérielle.

— Je n'y arrive pas, dit Allene, juchée au sommet d'un escabeau, haletante et tendant les bras vers le plafond inaccessible.

— Il faudrait quelqu'un de plus grand que toi.

Mérielle dirigea le regard vers le clerc, mais, à cet instant, Rhyan, qui n'était jamais très loin, entra dans la chambre.

— Messire Rhyan ! fit Mérielle. Vous arrivez à point nommé.

— J'ai entendu que vous aviez besoin d'aide.

Se tournant vers Allene, il reprit :

— Donnez-moi votre mètre. Je vais vous remplacer.

Mérielle sourit en le voyant faire.

— Je croyais que vous étiez parti à la chasse au faucon avec messire Adam.

— Nous allions partir. J'étais venu vous chercher pour que vous nous accompagniez. Mon oncle tient particulièrement à ce que vous vous joigniez à nous. Ne pouvez-vous terminer cela demain ?

— Allez-y, ma petite, dit Allene. Je peux terminer cette chambre avec Bess.

La gouvernante s'approcha de la fenêtre à meneau ouverte sur le jardin privé de la reine où les jonquilles et les crocus mettaient des taches colorées dans l'herbe.

Elle contemplait cette nature disciplinée dans son éveil printanier quand les cris perçants d'un petit enfant s'élevèrent soudain, déchirant le silence qui y régnait un instant plus tôt. Aussitôt après résonna la voix douce d'une femme puis ce fut un cri de joie, un éclat de rire puis un autre petit cri… Succession de sons pleins de vie grâce auxquels il était aisé de se représenter la scène qui venait de se dérouler.

Mérielle alla rejoindre Allene à la fenêtre et jeta un regard vers le jardin parfaitement entretenu où le petit garçon escaladait un buis taillé en forme de fauteuil. Elle suivit des yeux avec une envie non dissimulée la jeune femme qui courait vers lui et le soulevait dans ses bras.

Le petit garçon aux cheveux bruns et aux joues toutes rouges parce qu'il s'était trop énervé se débattait pour retrouver la liberté et reprendre le jeu de poursuite qui l'occupait avec la jeune femme un instant plus tôt.

Mérielle était si absorbée par son observation qu'elle ne sentit pas la main d'Allene sur son épaule, qui la tirait vers l'intérieur de la pièce.

— Qui est-ce ? demanda-t-elle dans un souffle.

— S'il s'agit d'une blanchisseuse, elle ne devrait pas se trouver dans le jardin de la reine, répondit Allene en regardant le clerc d'un air interrogateur.

Le jeune homme, qui avait compris que la gouvernante s'était adressée à lui, leva les yeux de ses notes.

— Non, maîtresse Allene. Ce n'est pas une blanchisseuse. Il doit s'agir du petit Roger et de sa nourrice. Ils ont le droit d'aller où bon leur semble.

— Roger ? fit Mérielle. Quel est son nom de famille ? N'a-t-il pas de parents ?

Edmund s'approcha de la fenêtre, trop heureux de l'occasion qui lui était offerte de regarder la jolie nourrice alors que le petit garçon lui faussait de nouveau compagnie, la forçant à le poursuivre.

— Si, bien sûr, répondit le clerc. C'est un bâtard du prince Edouard. On l'appelle Roger de Clarendon à défaut d'un autre titre. J'ignore qui est sa mère. Une dame de la cour, sans doute, mais elle n'est jamais venue le voir. Il vit ici depuis sa naissance.

— Qui a eu lieu ?... fit Allene.

Edmund leva les yeux au ciel.

— Euh... Il y a presque deux ans, je crois. Il a dû naître vers la Saint-Jean. C'est un beau petit garçon plein d'allant. Je ne peux pas comprendre que sa mère l'ait abandonné, qu'elle ne soit pas là chaque jour pour le voir grandir.

— Ni moi non plus, dit Rhyan. J'aurais imaginé que la plupart des femmes eussent été heureuses de porter un rejeton du prince, même bâtard. Je ne connais pas de soldat plus admirable que lui.

— Un bâtard reste un bâtard, dit sèchement Mérielle en rassemblant les parchemins couverts de l'écriture d'Edmund.

Elle avait le cœur battant, et le sang lui montait aux

joues. Le petit Roger avait le même âge qu'aurait eu son propre bâtard si elle l'avait laissé vivre.

— En quoi le fait d'être bâtard pourrait-il être déshonorant quand on est fils de roi ? demanda Rhyan en ouvrant la porte de la chambre pour la jeune femme. Cet enfant ne manquera de rien. Seule l'absence de sa mère pourrait lui coûter. Eh bien, maîtresse Mérielle ? Venez-vous ?

Si elle avait eu besoin d'une confirmation de ses plus grandes craintes, l'opinion de Rhyan au sujet des bâtards princiers la lui avait fournie. Aussi Mérielle passa-t-elle l'après-midi dans une humeur morose en dépit de la beauté de la vue sur Salisbury et au loin sur le mont Old Sarum, dont ils jouissaient de la colline où ils chassaient au faucon. Même l'excitation liée aux vols des oiseaux ne suffisait pas à l'arracher à ses pensées.

Elle ne fit, heureusement, aucune confession à messires Rhyan et Adam au sujet de la souffrance qu'elle avait éprouvée en voyant jouer le petit Roger de Clarendon, qui avait l'âge qu'aurait pu avoir son propre enfant.

Elle était soulagée, d'un certain sens, de ne pas avoir donné son accord à messire Rhyan pour une relation stable et permanente. On aurait cru qu'elle attendait une preuve que les protestations d'amitié du chevalier, bien que rassurantes, n'étaient pas une garantie d'amour et de bonheur. Il valait mieux en prendre conscience maintenant avant que la douleur ne devînt trop forte à supporter. Son seul réconfort, d'ailleurs, était d'avoir toujours su la vérité au fond d'elle-même.

De retour à Clarendon, ils constatèrent que la cour

du château était envahie de nouveaux arrivants dont les bêtes de somme et les chariots, rangés devant les portes des cuisines, étaient en train d'être déchargés de leurs victuailles.

A travers les branches des arbres du parc, qui s'étirait au pied du château, Mérielle aperçut des tentes blanches qui avaient été dressées pendant leur absence et avaient l'aspect de rangées de meringues géantes dominées par un mât central.

La foule des serviteurs et des voyageurs était si dense que la jeune femme put échapper facilement à l'attention de son hôte et gagner le jardin potager. Elle espérait y rencontrer, avec un peu de chance, la nourrice et l'enfant. Elle trouverait aussi, peut-être, quelqu'un qui lui donnerait la raison de la livraison d'une telle quantité d'aliments et d'ustensiles. C'était des piles de plats et d'assiettes en argent, des caisses de figues, dates, raisins et bougies, des chaudrons de cuivre, des meubles divers, des lanternes et des oreillers en plumes d'oie.

De l'entrée du jardin, à demi cachée par la porte, elle pouvait observer les allées et venues dans la cour sans être vue. Et elle se demandait si chaque résidence royale était approvisionnée de la sorte. Gervais de Caen avait souvent évoqué devant elle les livraisons pantagruéliques destinées aux cuisines du souverain, les tonneaux de vins, les meules de fromage, les mottes de beurre, les douzaines d'œufs, les quartiers de porcs, d'agneaux et de bœufs…

Mais ces victuailles étaient réservées à la table royale. Or, tout le monde disait le roi à Windsor.

Elle sentit soudain une présence près d'elle et tourna la tête.

— Tu t'attendais à me voir ? fit Gervais dans un souffle alors que la jeune femme écarquillait les yeux.

— Gervais ! Non… Je n'arrive pas à croire que ce soit toi.

— Si, d'ailleurs, tu n'auras pas de peine à me reconnaître, dit-il en riant alors qu'il enlaçait la jeune femme. Embrasse-moi sinon je vais disparaître comme un elfe.

Mérielle aurait voulu le repousser, mais il la tenait serrée contre lui, et elle ne réussit à se dégager qu'après qu'il eut longuement pressé ses lèvres contre les siennes.

— Pour un elfe, c'était très humain, remarqua-t-elle en lui prenant la main pour qu'il cesse de lui caresser les fesses. Qu'est-ce que tu fais là, Gervais ?

— Rien de particulier. J'approvisionne le château. C'est la routine en quelque sorte. Je ne pensais pas te trouver ici. Je n'ai compris que j'avais une chance de t'y voir que lorsque j'ai reconnu la livrée de messire Adam.

Mérielle observait Gervais, qui était toujours aussi blond et avait le visage tanné par le soleil. Et, comme d'habitude, il était vêtu avec élégance et raffinement d'un pourpoint vert pâle et or, bordé de parme. Ses chausses, qui lui moulaient à ravir les fesses, étaient parme pour l'une, vert tendre pour l'autre.

— Je t'ai manqué ? demanda-t-il en la prenant par la taille.

Mérielle recula d'un pas et feignit de ne pas avoir entendu la question.

— Messire Adam a insisté pour que je vienne ici. Il est vrai que plus d'une salle du château aurait besoin d'une tapisserie. Je suis déjà assurée de plusieurs commandes.

Je n'aurais pas pu manquer une chance pareille, même si je n'étais pas très encline à accepter l'invitation de mon beau-frère. Je ne crois pas, d'ailleurs, que je resterai très longtemps à Clarendon. D'ici à un jour ou deux, je m'en retournerai chez moi.

Gervais prit la main de la jeune femme et, souriant, l'entraîna le long d'une étroite allée bordée de buis jusqu'à un petit havre de paix enveloppé d'une treille envahie par la vigne. Elle consentit à s'asseoir sur le banc de pierre qui se trouvait là, mais s'empara de la main de Gervais pour empêcher qu'il ne la remontât entre ses cuisses.

— Alors, te voilà enfin maman ?

Elle fronça les sourcils.

— Pardon ?

— Ta nièce… Où est-elle ? Je n'aurais pas cru que tu la quitterais si vite…

Gervais s'interrompit en voyant les traits décomposés de Mérielle.

— Qu'y a-t-il ? Réponds-moi, ma chérie !

Ravalant ses larmes, Mérielle lui conta ce qui s'était passé et ne fit rien pour l'empêcher de la prendre dans ses bras à la fin de son récit.

— Mon Dieu ! Mon pauvre amour… Je suis désolé. Je ne savais pas…

Elle essuya ses larmes, s'abandonnant malgré elle à ses bras consolateurs.

— Et quand je pense que tu as voyagé avec cette brute, reprit-il. J'ai compris que tu avais avancé ton départ pour l'éviter, mais lui l'a su et il est parti à bride abattue pour te rejoindre. Est-ce qu'il s'est acharné sur toi ? Je le tuerai s'il a passé son temps à te harceler et à te faire du tort.

Elle n'aurait pas pu trouver de meilleur moment pour avouer à Gervais le tour qu'avaient pris ses relations avec Rhyan, mais elle ne put s'y résoudre, peut-être à cause de leur récente évolution ?

— Nous nous sommes beaucoup querellés au début, répondit-elle, mais il a fallu arriver à un accord sinon le voyage aurait été infernal. J'ai pris la décision de lui rendre sa terre, Gervais. Aussi ai-je envoyé un régisseur et un intendant dans le Yorkshire pour qu'ils me fassent un rapport sur la situation réelle de mes biens. J'étudierai tout cela à tête reposée lorsque je serai de retour à Cantorbéry.

— Pourquoi ne resterais-tu pas un peu à Clarendon ? Messire Adam s'est-il montré gentil avec toi ?

— Oh ! Oui… Je n'ai aucun reproche à lui faire, mais la situation a changé, tu le comprends n'est-ce pas ? Aussi n'ai-je aucune intention de rester auprès de lui. Et toi, combien de temps seras-tu ici ?

— Encore un jour ou deux pour m'assurer que tout a été livré et proprement entreposé. Le temps suffisant pour être un peu auprès de toi et te tenir la main si tu en as envie. Où est ta chambre ?

— Allene et Bess dorment avec moi.

L'arrivée de messire Rhyan dans le potager interrompit l'échange entre Mérielle et Gervais de Caen. Ils se levèrent du banc à son approche et poursuivirent leur conversation avec lui sur un ton plus formel, revenant très naturellement au vouvoiement qui laissait entendre qu'ils n'avaient jamais été très intimes, même si Rhyan n'était absolument pas dupe. Il ne se priva pas de montrer la piètre opinion qu'il avait du jeune Normand, et ce dernier ne cacha pas non plus l'animosité qu'il nourrissait à son égard.

Mérielle fit en sorte que l'entrevue fût aussi courte que possible, car elle redoutait qu'ils n'en vinssent aux mains tant leur hostilité réciproque était sensible. Elle aurait pu considérer Gervais sans grand respect, car elle savait qu'il avait une maîtresse dans chaque ville et qu'il feignait d'être très amoureux d'elle uniquement pour s'assurer ses faveurs, mais il n'avait pas manqué de lui venir en aide lorsqu'elle avait eu besoin de lui. Aussi ne pouvait-elle que lui souhaiter du bien.

Les seules qui auraient pu comprendre son dilemme, en l'occurrence, étaient Allene et Bess, qui avaient été témoins de sa réaction bouleversée en présence du bâtard royal et de la remarque inconsidérée de messire Rhyan.

— Qu'est-ce que ça peut faire, ma chérie ? fit Allene avec douceur en s'asseyant sur le dessus-de-lit de velours près de Mérielle. Il n'aurait jamais fait une réflexion aussi bête s'il avait su ce qui vous était arrivé. Vous savez très bien que les hommes parlent sans réfléchir. D'ailleurs, il ne saura jamais ce qui s'est passé. Bess et moi sommes les seules à savoir ce que vous avez vécu ; et Bonard, aussi, mais vous pouvez être sûre que jamais il n'en parlera.

— C'est vrai, Allene, je le sais, reconnut Mérielle dans un souffle. Mais ce n'est pas tant ce qui s'est passé avec le roi qui me rend honteuse que ce qui en a résulté.

Elle martela ses couvertures en poursuivant :

— Jamais messire Rhyan ne comprendrait que je

n'aie pas voulu porter l'enfant de Sa Majesté alors que je venais d'être veuve et de faire une fausse couche. Ce que je crains, c'est de perdre son estime, Allene, et ce serait insupportable. Si je deviens sa femme, je serai bien obligée de lui dire la vérité. A quoi bon, d'ailleurs, s'efforcer de faire confiance à un homme si on lui cache quelque chose d'aussi essentiel ? Comment bâtir une union sur le mensonge ? Tôt ou tard, la vérité jaillira et m'éclaboussera.

Bess s'agenouilla au pied du lit de sa maîtresse dans un élan de respectueuse affection et déclara d'une voix vibrante :

— Mais alors, maîtresse, si je me fie à votre raisonnement, je vais être obligée de dire à Padraig le nom des garçons que j'ai connus avant lui, n'est-ce pas ?

Bess, sans attendre la réaction de Mérielle, fit non de la tête.

— Je ne me suis pas trouvée dans votre situation, mais je crois que cacher à l'homme qu'on aime un secret qui lui ferait du mal s'il le connaissait relève plus de la compassion que de l'absence de confiance. Vous n'hésiteriez pas à le lui dire si vous vouliez l'éloigner de vous, n'est-ce pas ? Ou si vous en aviez besoin pour soulager votre conscience ? Il y a certaines choses qu'un homme n'a pas besoin de savoir à moins que sa femme ne veuille absolument les lui révéler. Les hommes aussi, voyez-vous, doivent apprendre à nous faire confiance, même si, pour leur bien et le nôtre, nous leur cachons certains aspects de notre vie.

Allene regarda la jeune femme avec stupéfaction.

— Ça alors, ma petite ! C'est la première fois que je

t'entends dire autant de choses d'un seul trait. Où as-tu appris tout ça ?

Bess sourit avec reconnaissance et poursuivit :

— Avez-vous dit à messire Rhyan que vous l'épouserez, maîtresse ?

— Non, Bess.

— Eh bien, rien ne presse, n'est-ce pas ? Pourquoi ne pas laisser les choses se décanter ? Généralement, les problèmes trouvent leurs solutions d'eux-mêmes. Lorsqu'on ne sait pas comment agir, mieux vaut attendre.

— Elle a raison, dit Allene en opinant avec respect. Messire Rhyan est un excellent homme, mais ça ne lui donne pas de droits sur vous, tant sur votre corps que sur votre esprit. Laissez le temps agir à votre place.

Les conseils des deux femmes trouvèrent un écho en Mérielle qui, de toute façon, ne savait que faire et était incapable de prévoir l'avenir quel qu'il fût.

De retour dans la chambre de la reine pour décider des tons dans lesquels elle ferait la tapisserie qui lui serait destinée, elle trouva maître Wykeham en compagnie de son apprenti, qui vérifiait l'état des enduits sur les murs et les plafonds.

— Ils sont tous à refaire, dit-il à la jeune femme. Ecoutez comme ils sonnent creux.

Il frappa le mur de la jointure de ses doigts et, au son qu'il obtint, Mérielle comprit que les enduits étaient dissociés de la pierre.

— C'est désolant, reprit-il. Toutes ces peintures sont perdues. Il faudra les refaire. Et nous disposerons des crochets dans chaque salle pour y pendre vos tapisseries.

— Ce sera une avance pour nous. Je vous en remercie, maître Wykeham.

Le maître maçon s'approcha de la fenêtre qu'il ouvrit.

— Avez-vous vu toutes ces tentes ? demanda-t-il en baissant les yeux sur le parc.

— Oui, je les ai vues. Allons-nous assister à des joutes ? Il y a longtemps que je n'ai pas été à un tournoi.

— Je l'ignore… Ces tentes sont surtout là pour accueillir l'immense suite du roi. Il n'y a jamais assez de place dans le château pour loger tout le monde. Ils ont de la chance, le temps est ensoleillé.

Une angoisse soudaine venait d'étreindre Mérielle.

— Vous voulez dire que le roi vient en personne à Clarendon ?

— Vous l'ignoriez ? fit Wykeham en se retournant. Messire Adam ne vous l'a pas dit ? Le roi et sa suite sont attendus pour demain. C'est pourquoi toutes ces victuailles ont été livrées aujourd'hui. Et c'est aussi la raison de notre présence ici. Le roi aime à chasser en bonne compagnie sur ses terres de Clarendon.

— Et la reine ? demanda Mérielle. N'accompagnera-t-elle pas Sa Majesté ?

— Non, pas cette fois. Vous allez devoir distraire le roi, maîtresse Saint-Martin. Vous ne le décevrez pas, n'est-ce pas ?

Maître Wykeham éclata d'un rire bruyant qui aggrava le malaise de la jeune femme. Elle eut une forte sensation de nausée qui l'obligea à prendre brusquement congé de l'architecte du roi.

— Alors, si je comprends bien, maître Wykeham, je n'ai pas un instant à perdre, dit-elle. Veuillez me pardonner.

Sur ces mots, elle s'esquiva.

12

Mérielle, accompagnée de ses deux valets, Daniel et Pedro, et de ses suivantes quitta le château de Clarendon dans l'après-midi. Tous avaient revêtu une livrée royale discrètement dérobée pour pouvoir franchir le corps de garde sans encombre alors que les domestiques royaux continuaient d'affluer dans la cour du château avec bêtes de somme et chariots.

Ils empruntèrent d'abord la route de Winchester puis la quittèrent pour prendre la direction de Romsey, au sud-est, où vivaient la sœur de Daniel et son mari. La route vers Cantorbéry s'en trouverait rallongée de quelques lieues, mais ça valait bien le prix de la paix et de la discrétion.

Ils auraient fort bien pu demander l'hospitalité à l'abbaye de Romsey, mais Mérielle se serait exposée à des questions embarrassantes qui auraient pu la confondre. Or, c'était la dernière chose dont elle avait besoin.

La sœur de Daniel, enceinte de son premier enfant et à quelques jours de l'accouchement, voulait donner sa paillasse à Mérielle pour qu'elle eût plus de confort, mais cette dernière refusa, insistant pour partager les mêmes grabats que Bess et Allene.

Le lendemain matin, dès l'aube, les fugitifs reprirent la route en direction de Winchester, qu'ils souhaitaient atteindre dans le milieu de la matinée. Ils avaient laissé leurs livrées à la ferme et se fondaient, à présent, dans la masse des voyageurs.

Les femmes, pour ne pas attirer la convoitise des mauvais sujets, se cachaient sous leurs coiffes et évitaient de croiser les regards. Mérielle, profondément plongée dans ses pensées, ne relevait guère la tête. Elle ne pouvait concevoir que messire Adam, en premier, et aussi Gervais de Caen ne lui eussent pas annoncé l'arrivée imminente du souverain. Pourquoi cette duplicité ? Et Rhyan ? Etait-il averti de la venue du roi ? Et maître John Kenton ? Ce dernier était très vraisemblablement au courant...

Ils approchèrent de Winchester par le sud pour s'assurer qu'ils ne croiseraient personne de la suite royale en chemin vers Clarendon, et pour ne pas passer non plus devant le manoir de messire de Bedesbury situé sur la route de Romsey.

Ils s'arrêtèrent à l'hospice pour prévenir dame Edith de Whitstable de leur retour. Elle leur aurait volontiers offert l'hospitalité, mais elle ne pouvait loger les deux valets, et ses écuries n'étaient pas assez vastes pour accueillir autant de chevaux. Aussi encouragea-t-elle Mérielle à se rendre à l'abbaye de Sainte-Marie où elle ne doutait pas que l'abbesse leur fît bon accueil pour une dernière étape avant de prendre la route de Cantorbéry.

La jeune femme suivit son conseil et fut émue aux

larmes devant l'accueil enthousiaste de Margaret de Molyns.

— Bien sûr, vous pouvez descendre ici, ma chère amie. Nous n'avons pas de maison d'hôtes, mais mes appartements sont assez grands pour que je vous reçoive avec vos deux suivantes. Quant aux garçons, ils dormiront dans le grenier au-dessus de l'écurie et ils en profiteront pour conduire mes deux chevaux chez le maréchal-ferrant.

L'abbesse s'interrompit pour considérer Mérielle d'un regard maternel.

— Venez, je vais vous conduire à votre chambre, dit-elle en prenant la jeune femme par la main. Vous me semblez fatiguée et même un peu abattue. Ça ne s'est pas passé comme vous le souhaitiez à Clarendon ?

— Si, ma mère ou, plutôt, non…

Mérielle ne donna pas de plus amples explications à l'abbesse, qu'elle suivit avec Allene et Bess à travers son vaste logement situé à l'est du mur du cloître et qui avait un accès direct à l'église.

Margaret de Molyns la conduisit à une vaste chambre à l'étage qui offrait une vue sur l'étang poissonneux et les maisons à toits de chaume blotties à l'intérieur des remparts de la ville, sur la porte Est toujours très passante et l'île Saint-Gilles, au milieu de la rivière.

La chambre n'était nullement aussi spartiate que Bess l'avait imaginé.

— Mais c'est un palais ! s'exclama-t-elle lorsque l'abbesse les eut quittées. Regardez !

Elle pressa son poing contre la couverture en laine d'agneau blanche du lit à baldaquin, et il s'enfonça profondément dans le matelas de plume.

— Et moi qui croyais que les religieuses dormaient sur des planches !

Allene sépara deux lits gigognes placés contre le mur, qui n'étaient pas aussi larges que celui où allait dormir Mérielle mais confortables et dont les draps n'avaient jamais servi.

— Calme-toi, ma petite, dit-elle à Bess. C'est là-dedans que tu vas dormir.

Puis, se tournant vers Mérielle, elle ajouta :

— C'est vrai que la chambre, pour moi, n'évoque pas une cellule monacale.

Elle leva les yeux au plafond dont les grosses poutres de chêne présentaient des sculptures profanes. L'une d'entre elles avait carrément un caractère licencieux. C'était une femme aux formes généreuses en position de copuler ou d'accoucher.

— Très osé, murmura Allene d'un air faussement pudique.

Puis elle s'adressa à Bess sur le ton de la plaisanterie :

— De grâce ! Ne lève pas les yeux au plafond, Bess !

Elles furent arrachées à leur observation par l'arrivée soudaine d'un petit chien blanc aux poils hirsutes qui bondit sur le lit. Un instant après, c'était au tour d'une jeune nonne de se faufiler à l'intérieur de la chambre en présentant des excuses d'une voix si faible que ce n'était guère qu'un murmure puis de plonger sur le lit. Le chien lui échappa de peu et sauta à terre avant de reprendre le chemin par lequel il était venu.

La religieuse se releva et effaça les plis de la couverture et des draps.

— Prenez garde à vos chaussures, dit-elle. Ce vilain petit coquin met en pièce une paire de chaussures de l'abbesse presque chaque semaine.

Deux autres nonnes, portant des cruches d'eau chaude, une cuvette, des serviettes et un pichet d'ale ainsi que des petits gâteaux, entrèrent dans la chambre quand la jeune sœur en sortait.

— Nous vous avons apporté une collation, car le dîner ne sera pas servi avant deux heures, et vous devez être affamées, dirent-elles en souriant. Les gâteaux sont fourrés aux noisettes et au miel. Vous verrez qu'ils sont délicieux.

Bess les regarda sortir d'un air ébahi.

— Elles portent des voiles colorés ! dit-elle en écarquillant les yeux. Et des bijoux ! Elles avaient des bagues aux doigts… Avez-vous vu ? Et j'aurais juré qu'elles avaient mis du rouge à joue et à lèvres !

Allene acquiesça.

— Ce sont, en effet, les religieuses les plus féminines et apprêtées que j'ai jamais vues. Ça ne m'étonne pas qu'elles ne dorment pas sur des planches.

— L'évêque vient tout juste de nous rendre visite, déclara Margaret de Molyns en levant les yeux au ciel tandis qu'elle joignait ses mains fines. Si seulement il n'habitait pas aussi près de nous !

Elle prononça ces derniers mots d'une voix plaintive alors que son visage prenait une expression malicieuse qui fit sourire Mérielle.

Le palais épiscopal n'était séparé, en effet, de l'abbaye de Sainte-Marie que par un mur et quelques maisons.

Ses toits et ses tours étaient d'ailleurs parfaitement visibles de la chambre de l'abbesse où les deux femmes se trouvaient en ce moment.

— Il est presque toujours à Winchester, n'est-ce pas ? demanda Mérielle. Messire de Bedesbury a dirigé des travaux, récemment, dans le palais épiscopal, ce qui a dû, j'imagine, l'obliger à se déplacer dans les autres résidences qui lui sont assignées.

— Hélas, non, ma chère. L'évêque est contraint de rester ici presque toute l'année car, si le roi vient à Winchester, ce qui est fréquent, il séjourne au palais épiscopal et non dans son château glacial et inconfortable.

— Vous trouvez pesant le voisinage du prélat ?

— Oh ! Oui. Il s'offusque de tout. Tenez, par exemple…

Elle souleva sa robe de sa jolie main, aux ongles longs et parfaitement entretenus, pour dévoiler une charmante cotte de soie rouge.

— Il déteste ce genre de vêtement qu'il juge trop raffiné. C'est comme ces petites chaussures…

Elle exhiba une cheville fine et un joli pied dans un escarpin de velours rouge bordé d'une fourrure du même ton.

— C'est contre ces accessoires, surtout, qu'il épilogue. Ils incitent au péché selon lui. S'il nous en avait intimé l'ordre, nous aurions renoncé à toutes ces fantaisies, certes, mais il se contente d'admonestations qui ne sont jamais suivies de quoi que ce soit. Alors nous continuons à porter nos petits vêtements féminins. Je ne vois pas, en vérité, en quoi la coquetterie empêcherait une âme pieuse de se tourner vers le Seigneur ?

Elle leva les mains dans un geste d'incompréhension avant de poursuivre :

— Nous sommes censées porter des culottes en crin pour nous irriter la peau du derrière ! Et lui, savez-vous comment il se vêt ? Il porte des chausses de soie, une chape et une mitre dont les broderies ont occupé des couturières pendant d'interminables heures ! Et il a le choix entre des dizaines de chasubles dont l'exécution de chacune a exigé des milliers d'heures de travail. Or, toutes les richesses dont sont parés ses vêtements liturgiques ne l'empêchent pas de célébrer et de prier ! Alors pourquoi une abbesse ne pourrait-elle aussi porter de la soie et orner son habit de broderies ? Comment comprendre que ce qui convient à la dignité de l'office religieux devienne un artifice du diable lorsqu'il est porté par une femme ? Enfin, j'ai dit ce que j'avais sur le cœur !

Elle eut un sourire éclatant comme le soleil qui brille, soudain, après le passage de nuages noirs.

— Je vous aurais volontiers fait faire le tour du monastère, mais sans doute préférez-vous rester discrète ? fit l'abbesse.

— Oui, confirma Mérielle. J'aimerais autant n'être vue de personne, au moins de l'extérieur.

— Alors nous resterons autant que possible à l'abri de nos murs, dit Margaret de Molyns. Si vous le voulez bien, je vais vous montrer ma chambre.

Sur ces mots, l'abbesse se leva et alla ouvrir la porte donnant dans le corridor où elle s'engagea suivie de Mérielle.

Après avoir suivi l'interminable couloir, elles atteignirent la vaste chambre de l'abbesse située au-dessus de la cuisine, de la laiterie et du garde-manger. Mérielle remarqua aussitôt qu'elle était aussi grande et confortable que sa chambre à Cantorbéry.

Le large lit était surmonté d'un dais tendu d'un tissu d'un bleu profond, un bouquet de jonquilles, disposées dans un vase sur une table près de la fenêtre, jetait dans la pièce une note de couleur vive, et dans l'âtre se consumaient des bûches dont les rougeurs incandescentes faisaient écho aux sculptures méphistophéliques creusées dans la pierre du manteau de la cheminée comme s'il fallait rappeler à l'occupante des lieux l'existence des enfers.

Le petit chien blanc, couché dans une corbeille, courut vers l'abbesse pour être pris dans les bras.

— Il n'apprécie pas non plus le décor de cette pièce, dit Margaret de Molyns en faisant asseoir Mérielle dans un fauteuil.

Elle prit un pichet de vin et en remplit deux gobelets d'argent.

— Pourquoi vous êtes-vous enfuie de Clarendon ? demanda l'abbesse en donnant un gobelet à Mérielle.

La jeune femme laissa échapper un soupir et commença son récit, mais à peine eut-elle dit trois mots qu'on annonça dame Edith de Whitstable.

Un instant après, la religieuse entrait, tout de blanc vêtue, le visage en feu.

— Dame Edith ! fit l'abbesse en se levant pour accueillir son amie, qu'elle embrassa sur les deux joues. Que vous arrive-t-il ? Venez vous asseoir. Mais vous avez pleuré… Laissez-moi prendre votre manteau.

— Il fallait que je vienne vous parler, dit-elle en s'essuyant les yeux.

Puis, se penchant vers Mérielle, elle lui tapota la main.

— Cela tombe très bien que vous soyez ici, maîtresse Saint-Martin. Vous qui êtes également de Cantorbéry.

Elle se moucha et plongea le carré de tissu dans sa manche avant de s'asseoir dans le fauteuil que l'abbesse avait avancé pour elle.

— Où est-elle ? demanda-t-elle à mi-voix.

— En bas, avec les autres, je suppose, répondit Margaret de Molyns. Elle n'est pas en danger... Qu'y a-t-il ?

— J'ai découvert qui était le gredin qui avait abusé d'elle, répondit Dame Edith en se calant dans son siège. C'est la raison pour laquelle je suis aussi bouleversée.

— Mais n'est-ce pas ce Gervais de Caen dont vous m'aviez parlé ?

— Si, mais j'en sais maintenant beaucoup plus long sur lui ! Un ancien collaborateur de mon mari, qui arrive de Cantorbéry, vient de m'apporter une information capitale !

Dame Edith remarqua que Mérielle Saint-Martin avait le visage décomposé, mais elle pensa qu'elle était émotive et qu'elle réagissait d'autant plus violemment qu'elle ne savait pas de quoi l'on parlait.

— Pardonnez-moi, maîtresse Mérielle, reprit-elle. Vous devez vous demander pourquoi je divague ainsi, mais il s'agit de ma fille, Penelope, voyez-vous ? Je l'ai laissée à Cantorbéry chez un cousin de son père lorsque je suis venue vivre ici. Ce cousin et sa femme habitent près de la cathédrale, dans le quartier où nous vivions avant la mort de Robert. Il m'avait semblé, alors, qu'il était normal de la laisser vivre là où elle avait grandi.

Elle avait quatorze ans, à l'époque, et était déjà grande. Malheureusement, le cousin de mon mari n'était pas assez sévère avec elle. Elle est très jolie, insouciante… Il était inévitable qu'un jour ou l'autre un jeune homme sans scrupule lui ferait perdre la tête.

— Et c'est précisément ce qu'a fait ce Gervais de Caen ?

Dame Edith laissa échapper un soupir.

— Hélas ! Oui. Il est beaucoup plus âgé qu'elle, au service du roi, chargé de l'approvisionnement, je crois. En tout cas, c'est ce qu'il prétend être.

— Vous voulez dire qu'il ment peut-être ?

— Non, mais c'est une bonne couverture pour commettre ses forfaits. Le cousin de mon mari l'a trouvé dans le lit de Penelope ! Vous vous rendez compte ? Dans leur maison ! En leur présence !

Mérielle acquiesça silencieusement.

— Bien sûr, ils ont jeté dehors cette canaille et m'ont envoyé ma fille sous bonne garde. Margaret a eu la gentillesse de dépêcher deux nonnes qui sont allées la chercher à Cantorbéry et l'ont ramenée ici.

— Quand est-elle arrivée ?

— Oh ! Il y a très peu de temps. Juste après Pâques. A peu près au même moment que vous, je pense.

Mérielle revit en pensée la jeune fille ravissante, encadrée par les deux religieuses, qui avait pris la même route qu'elle. Penelope ! Une charmante enfant en disgrâce et se morfondant d'amour ! Exactement ce qu'elle avait imaginé sur le moment.

— Qu'avez-vous découvert sur cet homme que vous ignoriez ? demanda l'abbesse en fermant la fenêtre pour empêcher l'humidité de pénétrer dans la pièce.

— Vous ne le croirez pas. Je ne l'ai pas cru, sur le moment, et je ne le crois toujours pas…

— Ne me dites pas que c'est un espion au service du roi de France, fit l'abbesse en tisonnant le feu avant d'y jeter une autre bûche.

— Non, c'est bien pire. Quelqu'un dont j'ignore le nom a enquêté sur lui, et il s'avère que ce Gervais de Caen entre en relation avec des jeunes femmes que le roi a remarquées, qu'il les séduit et ensuite les attire dans un piège où elles se retrouvent la proie de Sa Majesté. Le roi abuse de ces jeunes femmes pendant une ou deux nuits, puis on les marie à quelqu'un proche de la couronne, que cela leur plaise ou non, et ainsi l'on n'a pas à se soucier du nom de l'éventuel rejeton du souverain.

Dame Edith s'interrompit un instant pour reprendre son souffle puis poursuivit :

— Et quand vous pensez que c'est ce même roi qui a fondé l'illustre ordre de la Jarretière ! J'ai appris qu'il avait essayé de séduire la comtesse de Salisbury, mais qu'elle avait eu le courage de lui résister !

— La femme de son meilleur ami ! s'exclama Margaret de Molyns, outrée. Mon Dieu ! Mais c'est horrible !

— C'est la triste vérité. Et la prochaine aurait été ma petite Penelope si Gervais de Caen n'avait pas été découvert dans son lit. Pourtant, je ne vois pas où le roi aurait pu la rencontrer. Il s'en est fallu, tout de même, de bien peu… Mon Dieu ! Margaret… Si je pouvais mettre la main sur ce sale petit… Vous êtes pâle, maîtresse Mérielle ! Vous ne vous sentez pas bien ? Vous êtes choquée, bien sûr… Comment pourrait-il en être autrement ?

Mérielle n'était pas seulement bouleversée mais, plus

encore révoltée. Elle avait eu, certes, l'impression d'être manipulée, mais savoir qu'elle avait été purement et simplement livrée au roi dépassait tout ce qu'elle avait pu imaginer. Après réflexion, il lui apparaissait que l'intérêt que Gervais lui montrait remontait à l'époque où il se disait l'ami de Philippe à qui, d'ailleurs, il avait proposé de rencontrer le roi. A partir de ce jour, il n'avait plus jamais cessé de la surveiller de près ou de loin jusqu'au retour du souverain, qui était allé guerroyer en France et qui pouvait de nouveau avoir besoin d'elle. C'était absolument répugnant !

— Puisque nous parlons de ce sujet, commença-t-elle soudain en se faisant violence pour parler, j'ai vu à Clarendon un petit garçon de deux ans qui s'appelait Roger et qui était gardé par une nourrice. On m'a dit que c'était le fils du prince Edouard.

— C'est le bâtard du prince, en effet, confirma l'abbesse. L'un des bâtards parmi beaucoup d'autres. Mais celui-ci est le fils d'une jeune femme noble qui n'a pas été autorisée à le garder. Elle vit ici, maîtresse Mérielle, dans cette abbaye, et porte l'habit d'une nonne pour n'être point reconnaissable. Du matin jusqu'au soir, elle est dévorée par le désir de voir et d'entendre son enfant à défaut de le prendre dans ses bras. Roger de Clarendon est son fils, et elle n'en a pas honte.

— Oh ! fit Mérielle en plongeant le visage entre ses mains tant elle était émue. Dites-lui, s'il vous plaît, que son petit garçon se porte bien, qu'il est heureux et plein de force. Quelle pauvre jeune femme ! Ne pourrais-je lui parler moi-même ? Mais, dites-moi, pourquoi a-t-elle besoin de rester cachée ? Est-elle menacée par un quelconque danger à cause de cet enfant ?

— Les anciennes maîtresses des princes de sang ont un prix, maîtresse Mérielle. Elles peuvent être données en mariage contre une somme d'argent à n'importe quel vieux baron qui leur fera des enfants jusqu'à l'épuisement et qui se vantera d'avoir épousé une femme qui a retenu l'attention de Sa Majesté. Dieu seul sait ce qui se passe dans leur tête pour se satisfaire d'une telle alliance ! Même la mère de Guillaume le Conquérant a été mariée de cette manière, n'est-ce pas ? C'est le privilège des princes d'engrosser autant de jeunes filles qu'ils le souhaitent et qu'ils n'épouseront pas puisqu'ils ne sauraient s'allier qu'à une princesse de sang.

Dame Edith posa la main sur le bras de son amie.

— Chut ! Margaret. Ne parlez pas à tort et à travers. Les murs ont des oreilles.

— Je n'ai pas d'inquiétude à ce sujet, Edith. Personne ne sait que la mère de Roger de Clarendon est là. Il serait plus normal qu'elle se cache à Romsey ou à Wilton, qui sont plus proches de Clarendon. Elle a préféré, en fait, vivre près d'une personne qui lui est chère.

— Aime-t-elle toujours le prince Edouard ? demanda Mérielle.

— Oui. Elle ne se serait jamais donnée à lui si elle n'avait pas été très amoureuse de lui… Cependant, les hommes font peu de cas de l'amour, n'est-ce pas ? Enfin…

Elle haussa les épaules.

— Vous connaissez mon opinion sur eux… Au fait ! Que faut-il penser du beau messire Rhyan ? Se distingue-t-il des autres hommes ?

— Au sujet des bâtards princiers, répondit Mérielle, je crains que son opinion ne soit en rien différente de celle des autres, comme je l'aurais souhaité chez un mari. Et c'est bien ce qui me chagrine, car je devrai vivre avec ses défauts ou ne pas du tout partager son sort. Or, j'ai choisi la seconde solution.

Après le dîner, Mérielle leur conta sa propre histoire, qui les retint jusqu'au moment du départ de dame Edith, peu avant l'heure des vêpres. La religieuse s'en revint à l'hospice quelque peu soulagée, car elle savait à présent à quel genre d'odieuse épreuve sa fille Penelope avait échappé. Elle mesurait mieux aussi la reconnaissance qu'elle devait à la mystérieuse personne dont l'enquête avait révélé le danger que courait Penelope.

Mérielle s'aperçut pendant les vêpres que la fille de dame Edith n'était pas aussi scrupuleusement surveillée qu'elle l'aurait espéré. Les deux nonnes qui l'encadraient étaient en effet endormies, et, dans l'église faiblement éclairée, il lui aurait été aisé de s'esquiver discrètement.

Mérielle, Allene et Bess, qui occupaient un banc vers le fond de la nef, s'étonnaient de l'attitude d'un certain nombre de religieuses qui ne semblaient pas suivre l'office avec beaucoup d'attention.

Combien, parmi elles, étaient de jeunes nobles qui avaient fauté ? se demandait Mérielle en les voyant converser à voix basses, étouffer des fous rires, se déplacer dans les stalles tandis que les autres sœurs, plus âgées, chantaient les psaumes d'une voix mélodieuse.

Un dé à coudre, qui avait échappé à une jeune religieuse en train de réparer l'ourlet de sa robe à la lumière de la chandelle tenue par sa voisine, roula soudain sur les dalles, provoquant les jappements du petit chien blanc de l'abbesse, qu'elle cachait dans son habit. L'animal, croyant voir une souris, s'élança sans que le chapelain parût le moins du monde troublé par ce chahut.

Il poursuivit l'office avec une componction et un calme qui firent l'admiration de Mérielle.

— Quelle est l'implication de messire Adam dans ce manège sordide selon toi ? demanda-t-elle à Allene à voix basse à la fin de l'office. Crois-tu qu'il ait disposé de Laurel pour le bon plaisir du roi ?

— Chut ! Ma petite. Ne parlez pas ici. On va vous entendre. Je ne sais rien au sujet de votre beau-frère, en revanche pour ce qui est de cette petite crapule de Gervais de Caen !... J'ai toujours constaté qu'il détestait Bonard.

— Oui... Pourquoi me dis-tu ça ?

— Parce que j'ai comme l'impression que c'est votre cher trouvère le personnage anonyme qui a joué les limiers et découvert ce qui a été rapporté à dame Edith.

— Bonard ? Tu le crois capable d'un tel courage ?

— Je n'en serais pas du tout surprise.

Quand elles sortirent de l'église, le ciel était si chargé de nuages noirs qu'il ne faisait déjà presque plus jour, et les trois femmes gagnèrent leur chambre où un feu avait été allumé dans l'âtre plutôt que de se rendre dans le cloître ou dans le jardin.

Soudain, la pluie se déclencha et, en quelques instants, il fit presque nuit. Elles entendaient les gouttes d'eau, qui tombaient si serrées qu'on aurait dit un voile, crépiter sur les ardoises du toit. Devant ce déluge, il traversa l'esprit de Mérielle qu'il n'était peut-être pas envisageable de partir dès le lendemain matin.

Le dîner fut servi dans le salon de l'abbesse en présence de la prieure. Les trois fugitives de Clarendon s'étonnèrent une nouvelle fois de la richesse des mets servis à la table de Margaret de Molyns, le premier service se composant de viandes d'agneau, de bœuf et de lapin.

— L'évêque prétend que la viande rouge excite les sens, déclara l'abbesse en servant des tranches de bœuf à la prieure Maria. Aussi allons-nous envoyer Maria en ville, cette nuit, pour voir avec qui elle revient !

La cuisinière de Margaret de Molyns, qui connaissait le sens de l'humour de sa maîtresse, avait préparé pour deuxième plat des émincés de poulet en forme de poisson avec une queue bien dessinée et deux olives noires pour représenter les yeux.

— Le plus gros poisson de l'étang ! s'exclamèrent les convives. Belle prise, Maria !

Des blancs de volaille aux épices en gélatine, des œufs de caille au safran et des tartelettes aux anchois complétèrent le repas, qui fut servi accompagné d'un excellent vin de Bordeaux.

Bess, qui avait abusé du bon vin, tout comme Mérielle et Allene d'ailleurs, s'effondra entre le lit d'Allene et le sien et fut portée dans sa couche par cette dernière. Les trois femmes dormirent jusqu'à une heure avancée de la matinée et s'éveillèrent avec des maux de tête au moment où une jeune femme se glissa à l'intérieur de leur chambre.

— Hum ? fit Mérielle en se redressant dans son lit.

Penelope approcha un tabouret du chevet de Mérielle et s'assit.

— Je viens d'assister à prime où j'avais espéré vous voir, dit-elle. J'ai essayé de vous parler, hier, après les complies, mais je n'en ai pas eu la chance. Maman m'a dit que vous reveniez de Clarendon. S'il vous plaît, dites-moi à quoi ça ressemble !

Mérielle, qui n'était pas bien éveillée, eut l'impression d'un vide immense dans sa tête.

— Euh… C'est un très bel endroit… Pourquoi ?

— Parce qu'il se pourrait que je m'y rende très bientôt. Est-ce un manoir ?

— C'est bien plus qu'un manoir ! Cela vous plaira.

Bien que les volets fussent fermés et la lumière faible dans la chambre, la beauté de la jeune fille n'échappait pas à Mérielle. Elle était fine, déliée et avait d'immenses yeux bruns. Gervais devait trouver excitant de passer de Penelope à elle-même avec ses rondeurs très féminines…

— Ah ! Oui…, fit-elle. Il s'agit de Gervais de Caen, n'est-ce pas ? C'est lui qui…

L'expression du plus parfait ravissement se dessina sur le visage de Penelope.

— Oh ! fit-elle en rougissant. Maman vous a parlé de lui. Que vous a-t-elle dit ? Est-ce qu'elle a ?…

— Oui, elle nous a tout dit, répondit Mérielle d'un air entendu.

— Oh ! la la ! Enfin… Je l'aime, vous comprenez ? Il sait que je suis ici. Il va venir me chercher. C'est ce qu'il m'a dit.

— Pardon ? fit Bess en se redressant dans son lit.

— Chut ! dit Allene dans un souffle alors que la

jeune servante se levait et, peu stable sur ses jambes, se dirigeait vers le lit de sa maîtresse.

Pcnelope, imperturbable, reprit :

— Il n'est pas difficile d'envoyer des lettres du monastère et d'en recevoir. Il suffit de donner une pièce au portier. Il connaît tous les messagers. J'ai reçu une missive de Gervais il y a seulement deux jours. Il va venir me chercher pour me conduire à Clarendon où il séjourne en ce moment pour son travail. Vous n'en direz rien à ma mère ni à l'abbesse, n'est-ce pas ? Elles ne comprennent rien à l'amour que je lui porte. Elles me croient encore une enfant, mais je suis une femme !

Elle eut un petit mouvement prétentieux de sa jolie tête aux cheveux tressés, qui acheva d'irriter Mérielle.

« Oui ! eut-elle envie de dire en donnant libre cours à sa colère. Toutes les femmes sont comme toi ! C'est pourquoi nous ne devons pas donner notre amour à n'importe qui ! Une fois que nous avons livré notre cœur, c'est la croix et la bannière pour le reprendre, puis c'est un long pèlerinage le temps de panser ses blessures et d'être en mesure d'aimer de nouveau. »

— Quand est-il prévu qu'il vienne te chercher ? demanda Mérielle.

— Cette nuit, répondit la jeune fille en souriant. Je dois l'attendre dans l'infirmerie après les complies. Les deux vieilles qui sont toujours sur mes talons dorment à poings fermés dès qu'elles sont étendues sur leur matelas. Je n'aurai pas de peine à leur fausser compagnie.

— Vous avez donc la clé du monastère ? demanda Allene.

— Euh, non… Pas encore… Je n'y avais pas pensé…

— Je vais vous en trouver une, répondit Allene en faisant signe à Mérielle de ne rien dire. Il y a une petite porte dans le mur nord de l'église par laquelle il pourrait passer.

— Oui, je la connais.

— Je vais en obtenir la clé et je vous la donnerai pendant l'office des complies. Entendu ?

Penelope bondit de joie et serra Allene dans ses bras.

— Oh ! Merci. Vous êtes avec moi, alors ?

— Oui, ma petite. Nous voulons ton bien.

— Comme je suis heureuse, maîtresse Saint-Martin ! C'est merveilleux d'être amoureuse, n'est-ce pas ?

Elle embrassa Mérielle sur la joue et sortit de la chambre aussi discrètement qu'elle y était entrée.

— Non, ça ne l'est pas, murmura Mérielle après que la porte se fut refermée.

— Elle est tout aussi éprise de son amoureux que vous, ma petite, remarqua Allene.

Mais Mérielle fit comme si elle n'avait pas entendu.

— Que diriez-vous d'une bonne tisane bien chaude ?suggéra Allene en s'adressant à sa maîtresse et à Bess. Cela dissiperait peut-être les effets du vin qui continuent d'embrumer nos esprits. Attendez-moi ici. Je vais aller la préparer.

Mérielle n'eut pas à faire de gros efforts de réflexion pour conclure que la jeune maman de Roger de Clarendon n'était autre que la fille de l'abbesse. Theresa avait le même charme et les mêmes expressions que sa mère, le même grand front, et le regard froid qui leur conférait un air hautain.

On lisait aussi sur leurs traits la même tristesse, une tristesse dont Mérielle s'était demandé, dans le cas de Margaret de Molyns, si elle n'était pas liée à quelque sévère déception amoureuse. Ce qui aurait expliqué aussi le cynisme avec lequel elle parlait des hommes.

Elle avait craint que Theresa ne partageât ce cynisme avec l'abbesse, mais elle fut rassurée à ce sujet, ne décelant chez la jeune femme aucune forme de moquerie grinçante à l'égard du sexe fort.

Enveloppées dans des manteaux de laine, Mérielle et Theresa étaient assises, côte à côte, sur un banc de pierre dans le cloître alors que les nonnes, en récréation, jouaient à la balle.

La pluie battante, poussée par le vent, faisait déborder les gouttières, détrempait la base des murs, distendait les toiles d'araignées, formait des flaques d'eau aux pieds des deux jeunes femmes.

— Je vous suis si reconnaissante d'être venue me trouver, dit Theresa. J'ai l'impression que j'entends ses rires et ses petits cris de joie. Aussi longtemps que je le sais heureux, j'arrive à supporter la séparation, mais, à certains moments, les bras et la poitrine me font mal tant j'ai envie de le serrer contre moi. Vous comprenez ?

— Oh ! Oui, même si je n'ai jamais tenu mon propre enfant dans mes bras. Est-ce la crainte d'être mariée contre votre gré qui vous retient ici ?

Theresa regarda Mérielle dans le fond des yeux, comme si elle cherchait à voir si elle pouvait lui faire confiance, avant de lui répondre :

— C'est ma mère qui le redoute, pas moi. Et c'est

aussi la peur de me perdre qui la conduit à me retenir ici. Je vous assure que, si j'avais de l'argent comme Penelope, je ne me priverais pas de soudoyer le gardien et, à l'heure qu'il est, je serais à Clarendon quelles que soient les conséquences.

— Votre mère m'a dit que vous n'aviez pas été autorisée à garder l'enfant.

— Parce que je vis ici et, surtout, parce que ma mère ne veut pas l'avoir au monastère.

Elle se tut avant de poursuivre d'une voix plus douce comme si elle cherchait à diminuer la responsabilité de sa mère :

— Maman m'a fait venir ici quand j'avais quinze ans et alors qu'elle venait d'être nommée abbesse. Elle était une jeune nonne dans cette abbaye lorsqu'elle m'a eue. Elle m'a alors confiée à ses parents, qui m'ont élevée jusqu'à leur mort. Puis je suis venue vivre ici. Elle a été séduite, voyez-vous, par le supérieur de l'abbaye de Hyde à Winchester. C'est ce qui explique son regard sur les hommes. Telle mère, telle fille, penserez-vous, n'est-ce pas ? fit Theresa avec un petit sourire triste. Et je crois que ma mère est toujours amoureuse de lui.

— Ça n'a pas été bien difficile pour le prince Edouard de vous trouver ici ? s'enquit Mérielle.

Theresa baissa les yeux, mais elle souriait toujours.

— Vous avez pu vous rendre compte que maman avait le sens de l'hospitalité. Elle n'a pas mal reçu non plus le prince Edouard. Sans doute était-elle aussi flattée que moi de l'intérêt qu'il me portait ! Si elle ne l'avait pas été, elle n'aurait jamais permis que je me retrouve seule avec lui. Je suis tombée enceinte la première fois.

Vous semblez surprise, maîtresse Mérielle, mais ce sont des choses qui arrivent.

« Elle se méprend à mon sujet, pensa la jeune femme en elle-même. Je n'aurais pas dit telle mère, telle fille, mais tel père, tel fils. »

— Ce qui m'étonne, remarqua Mérielle, c'est que votre mère ait été nommée abbesse alors qu'elle vous avait eue, et au couvent de surcroît. N'avait-elle pas rompu ses vœux ?

Theresa éclata de rire.

— Si, mais l'abbesse est élue par ses pairs et nommée par l'évêque. Or, ma mère est très aimée de tous.

— Mais je croyais que l'évêque la morigénait du matin jusqu'au soir ?

— Je n'en crois pas un mot ! S'il vient voir maman aussi souvent, c'est parce qu'il ne peut pas se passer d'elle. Et, si elle ne se querellait pas avec lui une fois par semaine, elle se sentirait offensée. Ils aiment, l'un et l'autre, leurs joutes verbales.

Theresa s'interrompit un instant comme si elle hésitait puis reprit :

— Vous seriez stupéfaite si vous saviez le nombre de religieuses qui ont des enfants. Il y a même plusieurs abbesses qui ont donné la vie, avant ou après leur élection. Le problème dans le cas de ma mère, c'est qu'elle a été obligée de me prendre après la mort de ses parents et que, maintenant, elle est incapable de me laisser partir alors même que je n'ai prononcé aucun vœu. Elle voudrait que je fasse comme elle, et moi je n'ai qu'un seul désir qui est d'être mère. Je suppose que, si j'avais eu une fille, comme elle, les choses auraient été différentes.

— Y a-t-il vraiment des hommes qui soient fiers

d'épouser des maîtresses du roi mises au rebut comme le prétend votre mère ?

— Elle veut surtout y croire, car elle trouve là une bonne raison de me garder. Quant à la vanité que ces hommes tirent d'un tel mariage, elle est très hypothétique. Nous savons fort bien qu'ils n'ont guère le choix et qu'à moins d'essuyer les foudres du souverain ils sont obligés d'épouser la femme qu'il leur impose. Ils reçoivent d'ailleurs des terres, un titre, ou sont élevés à une fonction en compensation de leur accord.

Theresa s'interrompit un instant pour réfléchir avant de reprendre :

— Je pense, pour ma part, qu'ils ne doivent pas être très nombreux à rechercher ce genre de femmes à moins qu'elles ne soient d'une beauté éblouissante et fortunées comme vous. Mais je doute, même dans ces conditions, que beaucoup d'hommes puissent accepter que le roi dispose de leur femme selon son bon vouloir. Je ne pense pas que le comte de Salisbury aurait apprécié d'être cocufié par Sa Majesté. Je crois plutôt qu'il arrive que certaines femmes soient flattées d'avoir été distinguées par le roi, en particulier lorsque leur mari est ennuyeux.

— Et vous ?

— Je suis certaine qu'Edouard ne me forcerait jamais à épouser quelqu'un dont je ne voudrais pas. Je l'aime de tout mon cœur et de toute mon âme, mais il en aime une autre. C'est sa cousine Joan qui a conquis son cœur.

Les yeux de la jeune femme s'emplirent de larmes qui roulèrent le long de sa joue.

— Il ne vous empêcherait pas de venir voir votre fils, n'est-ce pas ?

— Non, au contraire. Il a toujours voulu que ce soit moi qui m'occupe de notre enfant. C'est ma mère qui a insisté pour que je vienne vivre ici, et j'ai l'impression que mon amour maternel a été moins fort que mon sens du devoir.

La voix de Theresa s'étrangla quand elle reprit après un instant de silence où sa souffrance était palpable :

— Mais ce n'est pas vrai…

A peine eut-elle prononcé ces mots qu'elle fut secouée par de violents sanglots.

— Je souffre trop de ne pas le voir, de ne pas l'embrasser, de ne pas le serrer dans mes bras…

La jeune femme, étouffée par les pleurs, ne put poursuivre, et Mérielle regardait les larmes rouler le long de ses joues comme l'eau jaillissait des têtes des gargouilles en pierre placées aux quatre angles du toit du cloître.

13

— Elles sont parties, messire, annonça le sergent d'armes de Rhyan. Il ne reste plus un cheval ni une mule dans les écuries. Et les deux valets, bien sûr, ont suivi leur maîtresse. J'ai parlé au portier, mais il dit qu'avec…

— Oui, je sais ! cria Rhyan en ouvrant brusquement la porte de la chambre de Mérielle. Avec toutes les allées et venues, il n'a rien remarqué ! Ce n'est pas une excuse ! S'il est portier, c'est pour vérifier qui entre et qui sort du château !

— Sans doute, messire, mais elles n'ont pas pu aller bien loin. Sait-on qui les a vues en dernier ?

— Non ! Va faire ton enquête ! Interroge autant de gens qu'il le faudra puis viens me faire ton rapport. Et trouve au plus vite messire Adam ! Peut-être sait-il quelque chose ? Dépêche-toi !

Le sergent n'entendit pas la dernière exhortation, car il dévalait déjà l'escalier à vis dans un cliquetis de métal. Il était à peine sorti que l'oncle de Rhyan entra dans la chambre alors qu'une voix nasillarde facile à identifier résonnait derrière lui :

— Elle était avec moi dans la chambre de la reine, il n'y a guère qu'une heure.

— Ah bon ? fit messire Adam, mais pourquoi ne me le disiez-vous pas ?

— Je vous le dis maintenant, répondit maître Wykeham avec un sourire bienveillant. Je parlais avec elle de la décoration de la pièce puis, comme nous nous sommes approchés de la fenêtre, nous avons évoqué la venue du roi, demain…

Il lança un regard par une fenêtre en ogive.

— D'ici, on ne voit pas les tentes.

Rhyan fulminait.

— Mon oncle ! fit-il d'une voix grondante. Vous m'aviez dit que ces tentes étaient dressées pour accueillir les maçons, charpentiers, tailleurs de pierre qui allaient travailler sur le chantier…

Messire Adam terrassa du regard maître Wykeham avant de répondre :

— Je n'étais pas certain que le roi vienne… Mais j'allais t'en parler…

— Je n'arrive pas à croire que maîtresse Saint-Martin se soit enfuie à cause de la venue du roi, fit Wykeham. Ne se réjouit-elle pas de rencontrer Sa Majesté ?

— Non, elle n'en a aucune envie, répondit froidement Rhyan.

Puis, se tournant vers son oncle, il reprit sur un ton péremptoire :

— Je voudrais vous parler en privé, messire Adam, si vous le voulez bien.

La formule était respectueuse, mais l'intonation ne laissait guère de choix. Cela, cependant, ne suffit pas à dissuader messire de Bedesbury de réagir par l'offensive.

— Qu'est-ce que tu lui as dit qui a terrifié cette enfant ? demanda-t-il d'une voix menaçante. Si je l'ai fait venir ici, ce n'est pas pour rien. Mais j'allais m'en expliquer avec elle, le moment venu. Tu n'avais pas à intervenir. D'ailleurs, tu ne sais rien…

— J'en sais beaucoup plus que vous ne pensez, mon oncle. Je sais en particulier que, si maîtresse Saint-Martin avait su que le roi viendrait à Clarendon, elle n'aurait jamais accepté de nous y accompagner. Et c'est bien pour ça, d'ailleurs, que vous vous êtes gardé de le lui dire.

Il s'interrompit un bref instant avant de reprendre en regardant messire Adam dans le blanc des yeux :

— Quelles autres réjouissances aviez-vous arrangées pour elle ? Oserez-vous me l'avouer ?

— Ne me parle pas sur ce ton, neveu, je te prie ! Si elle est retournée à Cantorbéry, c'est parce qu'elle ne s'est pas remise de la mort de la petite. Ça n'a rien à voir avec la venue du roi. Il faut la retrouver au plus vite ! Il y a des têtes qui vont tomber à cause de cette affaire.

Messire Adam marmonna ces derniers mots en tournant les talons, mais Rhyan le retint par la manche de son pourpoint.

— C'est pour votre tête que vous avez peur, n'est-ce pas ? Vous voulez livrer Mérielle au roi de crainte de ne tomber en disgrâce ? Avouez-le !

Il poussa brutalement messire Adam contre le mur.

— Ne me prenez pas pour un imbécile, mon oncle ! Je ne suis ni aveugle ni sourd !

Furieux, messire Adam se dégagea et frotta la manche de son pourpoint avec ostentation avant de s'engager dans l'escalier, Rhyan sur les talons. En sortant de la tour d'escalier, ils furent aveuglés, un instant, par la lumière rasante du soleil avant d'apercevoir, à contre-jour, trois ombres qui venaient vers eux.

Parmi elles, Rhyan reconnut la masse imposante de son sergent, qui fermait la marche et poussait devant lui un personnage tout blond.

— Ce jeune homme a été remarqué en présence de maîtresse Saint-Martin, messire, expliqua le soldat. Il pourrait savoir où elle se trouve. Il m'a dit qu'il était l'un de ses amis et qu'il s'appelait Gervais de…

— Caen ! dit sèchement le jeune homme en question. A quoi rime tout ça ? Je voudrais bien savoir de quel droit on s'empare de ma personne…

Gervais remarqua la présence de Rhyan derrière Adam et saisit d'emblée la gravité de la situation. Optant pour la diplomatie, il s'inclina devant Adam.

— Messire, fit-il avec respect.

— Vous êtes maître Gervais de Caen ?

— Oui, messire. Je suis au service de Sa Majesté, plus précisément chargé de l'approvisionnement des résidences royales. C'est pourquoi je suis ici. Je m'assure que…

— Oui, oui, j'ai compris, fit messire Adam en agitant la main avec impatience. Connaissez-vous effectivement maîtresse Saint-Martin ?

— Oui, messire. Je la connais même bien.

— Et savez-vous où elle se trouve ? demanda Rhyan en avançant d'un pas.

Gervais, qui ignorait bien sûr où était partie Mérielle, promenait son regard de l'un à l'autre sans répondre alors qu'il commençait de comprendre ce qui avait pu pousser la jeune femme à s'enfuir.

— Répondez ! insista Rhyan en empoignant la chemise de Gervais par le col. Et dites-moi depuis quand vous savez que le roi va venir ici ! Vous le saviez déjà certainement lorsque nous nous sommes croisés à Cantorbéry ?

— Vous vous connaissez ? demanda messire Adam, interloqué.

— En effet, répondit Rhyan sans desserrer les doigts autour de la chemise de Gervais. Notre joli damoiseau en sait plus, d'ailleurs, qu'il ne le laisse entendre. N'est-ce pas ?

De sa poigne solide, il secoua Gervais, qui l'observait d'un air outragé.

— Assez ! s'écria-t-il en se libérant. Cela dépasse les bornes ! Je me suis entretenu avec maîtresse Mérielle, dans le jardin potager, avec son assentiment, et n'ai fait que lui donner la raison de ma présence ici.

Il lança un regard plein de défi à Rhyan avant de poursuivre :

— Elle m'a dit, d'ailleurs, qu'elle était rassurée de me voir et qu'elle ne tarderait pas à retourner à Cantorbéry. Voilà la seule information que je puisse vous donner. Elle est peut-être déjà en route. Est-ce cela que vous vouliez savoir ? En tout cas, si elle est partie aussi précipitamment, c'est sans doute à cause de vos manières de rustre, messire !

Il lança un regard à Adam dans l'espoir qu'il viendrait à son secours et reprit :

— J'ai été très honoré de faire votre connaissance, messire. Evidemment, si je puis vous aider à retrouver maîtresse Saint-Martin, je ferai tout ce qui est en mon pouvoir.

— Nous n'avons pas besoin de ton aide ! lança Rhyan en avançant de nouveau sur Gervais.

— Vous n'avez plus aucune raison d'être aussi vindicatif, messire. J'ai l'honneur de vous annoncer que maîtresse Saint-Martin m'a informé de son intention de vous rendre toutes les terres du Yorkshire que vous avez essayé par tous les moyens de récupérer au moment où elle venait de perdre son mari. Je suppose que c'est la raison pour laquelle vous n'avez pas cessé de la poursuivre depuis peu ? A moins que j'ignore certains aspects de votre relation ?

Messire de Bedesbury se retourna vers son neveu.

— Quelle est cette histoire ? Si cet homme dit vrai, tu me dois une explication !

— Eh bien, messire Rhyan ? fit Gervais en reculant d'un pas. Dites tout à messire de Bedesbury.

Il heurta le sergent d'armes et s'écarta vivement de lui, mesurant du regard la distance qui le séparait d'un lieu plus sûr.

— Racontez-lui comment vous avez attendu que maîtresse Saint-Martin soit au plus mal pour engager une action judiciaire contre elle ! Il n'est pas étonnant qu'elle soit plus que lasse de vous. On le serait à moins.

Sur ces mots, Gervais fit volte-face pour se retirer, mais le sergent le saisit par le col de sa chemise et le ramena au cœur de la scène.

— Est-ce vrai, neveu ?

— Oui, messire, reconnut Rhyan d'un air sombre. J'ai poursuivi en justice maîtresse Saint-Martin à cause d'un contrat passé entre mon père et le sien au sujet de terres situées entre nos deux domaines, mais, contrairement à ce que dit ce misérable sire, je n'ai pas attendu un moment favorable pour agir. Il aurait fallu que je sois prophète. Or, je ne le suis pas. Et puis ce n'est pas contre elle, personnellement, que j'ai engagé cette action. Je ne l'ai fait que dans l'intérêt des métayers et de tous les gens qui dépendent d'elle et ne reçoivent pas la protection à laquelle ils ont droit.

— Billevesées ! Tu ne me feras pas croire ça ! Mais pourquoi la poursuivre pour récupérer quelques terres ? Tu en as déjà plus qu'il ne t'en faut. As-tu besoin de te mettre ça en plus sur le dos ?

— Puisque vous voulez savoir la vérité, mon oncle, sachez que la raison de mon action est liée à son mariage avec Philippe de Cantorbéry. Selon le contrat établi par mon père et celui de Mérielle, elle ne peut se marier sans mon consentement. C'est écrit noir sur blanc.

— Sacrebleu ! Mon neveu ! J'en ai assez entendu !

— Non, ce n'est pas tout, messire.

— Qu'y a-t-il d'autre ? Ne me dis pas…

— Non, je ne pense pas qu'il vous dira, messire Adam, intervint Gervais de Caen, dans quelles conditions il a accepté une somme d'argent du roi en personne pour laisser maîtresse Saint-Martin en paix !

Devant l'expression incrédule de messire de Bedesbury, Gervais poursuivit :

— Je dis vrai, messire. Croyez-moi. Elle a dû demander l'aide du roi pour faire échouer l'action menée par votre neveu contre elle. Il a reçu quarante marcs d'or, d'ailleurs, pour retirer sa plainte. C'est incroyable, n'est-ce pas ? Quarante marcs d'or pour obtenir son silence.

— Quarante marcs ? Tu plaisantes ? Tu crois que je

me serais tu pour quarante marcs ? fit Rhyan sur le ton de la dérision. Le roi m'en a versé quatre cents ! Mais c'était assorti d'un commandement de renoncer à mes poursuites. Que pouvais-je faire sinon obéir ? Alors, tu vois bien que tu ne sais pas tout, tête de nœud ! Comment es-tu tombé sur ce chiffre ? Prétendrais-tu avoir assisté à la décision royale ?

Gervais de Caen eut un petit sourire narquois.

— Non, je n'étais pas présent au moment où le roi a reçu maîtresse Saint-Martin. Pas plus que ses deux suivantes. Sa Majesté était seule avec elle, pendant assez longtemps, d'ailleurs… Pour quatre cents marcs, le roi ne se sera pas privé de…

Grâce à la présence, derrière lui, du sergent d'armes, Gervais ne tomba pas à la renverse après le premier coup de poing de Rhyan, mais il dut subir deux nouveaux coups qui le plièrent en deux, et il tomba au sol, face contre terre.

— Tu as voulu le faire taire avant qu'il ne révèle quelque autre turpitude à ton sujet, neveu ?

— Non, je n'ai agi que pour épargner l'honneur d'une dame. Mais c'est une notion qui vous échappe totalement, mon oncle. La proposition que vous avez faite récemment à maîtresse Saint-Martin était aussi insultante pour elle qu'elle vous déshonorait. Moi, je lui ai offert le mariage !

— Tu as osé, sale garnement ? Tu as trahi ma confiance ? Tu as profité de la situation ?

— N'usez pas votre salive pour rien, mon cher oncle. Maîtresse Saint-Martin ne m'a pas encore dit oui. Et, si sa fuite a quelque sens, il y a encore moins de chance qu'elle me dise oui à présent. Elle doit être plus que lasse de nous tous pour être partie ainsi sans un mot.

— Il ne me sera pas facile de te pardonner, neveu. Ta façon d'agir est méprisable ! Moi, qui t'accorde l'hospitalité, qui fais preuve de générosité à ton égard, et voilà comment tu me récompenses ! Tu me voles, sous le nez, une femme pour laquelle j'ai…

— … tout organisé pour qu'elle fasse les joies du souverain, fit Rhyan, prolongeant la pensée de son oncle. Comme vous aviez fait pour sa sœur ?

Messire Adam blêmit, mais il lui fut épargné de répondre à ce dernier trait grâce à l'arrivée de maître John Kenton, qui s'immisça dans la conversation dont il avait entendu les dernières répliques.

— Venez, messire Rhyan, dit-il en posant la main sur l'épaule du chevalier. Je crois qu'il y a quelque chose que vous devriez savoir.

— Vous n'avez que trop raison, mon ami, répondit Rhyan. Il y a beaucoup de choses que je devrais savoir.

Puis, s'adressant à messire Adam, il reprit :

— Poursuivez l'exécution de votre plan sordide, mon oncle, et n'oubliez pas d'inventer une histoire sans queue ni tête pour justifier l'absence de la proie qui était destinée au roi. Vous allez être obligé de chasser le cerf avec lui, à moins que vous ne réussissiez à trouver, dans la journée, une aussi jolie fille que maîtresse Mérielle, ce qui me semble très hypothétique !

— Tu manques de respect à l'égard de Sa Majesté, neveu ! Prends garde ! Il pourrait t'en coûter ! lança messire de Bedesbury avant de tourner les talons.

— Le roi peut se défendre alors que maîtresse Saint-Martin n'en a aucun moyen.

— Venez, messire ! insista John.

— Il faut que je me lance aux trousses de Mérielle, mon ami. Je n'aurai pas de répit tant que je ne lui aurai pas parlé et qu'elle ne m'aura pas dit ce qui l'a poussée à fuir ainsi sans même me prévenir.

Il se tourna vers le sergent d'armes.

— Daffyd ! Fais seller les chevaux. Nous partons sur-le-champ !

— Si vous me permettez une remarque, messire, la nuit ne va pas tarder à tomber, et maîtresse Saint-Martin sera obligée de trouver un endroit où dormir. Nous ferions mieux d'attendre demain pour partir. Si nous nous mettons en route à l'aube, nous pouvons atteindre Winchester avant elle. D'autant plus qu'elle a dû faire un détour pour éviter la suite royale.

— Tu as raison. Que tout le monde soit prêt aux premières lueurs du jour.

Puis, s'adressant à maître Kenton, il reprit :

— Et, maintenant, je suis à vous, John. Qu'y a-t-il que je ne sache pas ? Vous ne solliciteriez pas un entretien privé si ce n'était pas pour me parler d'un sujet grave, n'est-ce pas ?

John conduisit Rhyan dans un jardin clos de mur où un abricotier avait été planté et ses branches guidées comme un poirier en espalier. Au pied de cet abricotier se trouvait un banc de pierre qui recevait les derniers rayons du soleil.

Les deux hommes s'y assirent, et John commença

son récit alors que le chevalier, adossé au mur, regardait dans le ciel les nuages s'empourprer à mesure que l'astre déclinait.

— J'y étais messire, alors je sais comment tout s'est passé, dit John sur le ton de la confession.

— Ce Gervais de Caen a insisté sur le fait que le roi était seul avec elle.

— Ça dépend à quel moment… C'était à cette heure de la journée, en septembre. J'avais passé tout l'après-midi dans la chambre du roi, dans le palais épiscopal, à peindre des scènes bucoliques sur des lambris. J'étais obligé, ce jour-là, de préparer moi-même mes couleurs et de nettoyer mes pinceaux parce que Padraig avait pris froid et était allé se coucher. Je m'acquittais de cette tâche dans un petit cabinet à côté de la chambre pour ne pas gêner avec l'odeur de l'huile de lin.

John s'interrompit et ferma les yeux, un instant, comme s'il revivait la scène avant de la relater.

— J'étais retourné dans le cabinet pour y prendre, justement, de l'huile de lin lorsque j'ai entendu le roi qui entrait dans la chambre. Il venait, je crois, de sa garde-robe. Quelques minutes plus tard, j'ai entendu quelqu'un d'autre entrer dans la même pièce et me suis approché de la porte entrebâillée. J'ai vu, alors, le jeune homme blond que vous venez de terrasser de vos poings. Il venait manifestement de la salle des copistes, située de l'autre côté de la chambre.

— Il nous a dit qu'il n'était pas présent !

— Au moment de l'entrevue ! Je l'ai entendu converser avec le roi, qui lui a dit en conclusion : n'entrez pas avant que je ne vous le dise ! Alors, Gervais de Caen est ressorti.

John reprit sa respiration avant de poursuivre :

— Bien sûr, je n'étais pas censé voir ni entendre quoi que ce soit. Et je me devais, également, d'être invisible. Ma position était absolument intenable. Aussi me proposais-je de faire du bruit avec mon matériel pour signaler ma présence, mais, à cet instant, le jeune homme est revenu accompagné de maîtresse Saint-Martin. J'ignorais qui elle était à l'époque, et mon seul souci a été de ne pas me faire entendre jusqu'à ce qu'elle soit repartie. J'ai recouvert mon travail d'une vieille couverture en fourrure pour que la peinture ne sèche pas, éteint ma bougie, repoussé la porte autant que j'ai pu puis gravi quelques échelons de mon échelle pour m'asseoir sur le dernier. Et j'ai attendu dans l'obscurité.

Messire Rhyan hocha la tête sous le regard inquiet de John Kenton, qui vit les muscles de son visage se tendre puis se détendre.

— Continuez, dit-il dans un souffle.

— J'ai cru que le roi s'était souvenu de ma présence lorsqu'il a ouvert la porte, mais il tenait maîtresse Saint-Martin par la main et pénétrait avec elle dans le cabinet. En entendant la jeune femme protester, j'ai compris ce qui se passait…

— Qu'est-ce qu'elle disait ?

— Je ne me souviens plus… Ce que disent les femmes dans ces moments-là…

— Comment ?… fit Rhyan, qui ne semblait pas encore comprendre vers quelle issue fatale les conduisait le récit de maître Kenton.

— Le roi a poussé maîtresse Mérielle dans une autre pièce, exiguë, où un feu était allumé et qui était occupée presque entièrement par un imposant lit à baldaquin. Il a refermé la porte. Il faisait presque nuit autour de moi.

Il y eut un silence pendant lequel on entendait le souffle pesant de Rhyan, puis John reprit :

— J'ai tout entendu… Elle ne pouvait pas se défendre contre un homme de la force et de la taille du roi…

— Arrête ! cria Rhyan en se levant. Par pitié ! Je ne veux plus rien entendre !

Il saisit une branche de l'abricotier et, les bras tendus devant lui et les mains serrées autour de l'écorce de l'arbre, plongea le corps en avant, la tête entre les épaules, comme s'il avait lutté contre un ennemi invisible !

— Il l'a prise de force, alors ? C'est ça ?

— Oui. Elle ne s'était visiblement pas attendue à ce qui allait se passer. Elle a tenté de se rebeller puis elle n'a plus rien dit sauf pour les…

— Tais-toi !

Kenton s'effaça de nouveau en attendant la prochaine question de Rhyan.

— Ne lui a-t-elle pas dit qu'elle venait de faire une fausse couche ?

— Non… Mais peut-être le lui avait-elle dit auparavant ? J'ai cru qu'il n'en finirait jamais… Et puis ils sont sortis de la petite chambre, le roi poussait devant lui maîtresse Saint-Martin, qui baissait la tête et était muette, ils ont retraversé le cabinet où j'étais, en haut de mon échelle, caché dans l'obscurité, puis ils sont passés dans la grande chambre… Je suis resté un moment, tout grelottant, sur mon perchoir, puis des domestiques sont entrés dans la salle voisine dont la porte était restée entrouverte. Je les entendais parler à voix fortes, et j'en ai conclu que Sa Majesté devait être partie.

Il y eut un silence, puis la voix de Rhyan s'éleva comme une plainte douloureuse :

— Pourquoi, John ? Pourquoi ? J'ai envie de vous faire le reproche de ne pas être intervenu même si je sais que vous ne pouviez rien faire. Quiconque aurait contrarié le roi dans de telles circonstances aurait eu la tête tranchée, je le sais !

Il lâcha la branche d'abricotier et frappa du poing le banc de pierre.

— Violée ! Elle a été violée par le roi ! Tu aurais dû me le dire plus tôt, John !

Maître Kenton gardait la tête baissée d'un air piteux.

— C'est le pire moment de ma vie, dit-il dans un souffle. Je ne l'oublierai jamais.

— Et elle ? fit Rhyan en saisissant la manche du pourpoint de son ami. Crois-tu qu'elle pourra l'oublier ? N'est-ce pas normal qu'elle se soit enfuie en apprenant qu'elle allait être en sa présence ? Tu connaissais depuis le début la raison de son refus de descendre dans les résidences royales ! Il fallait me le dire ! Je ne l'aurais pas forcée à dormir dans le château de Leeds, ni dans le palais épiscopal ! Et comment as-tu pu me laisser l'emmener ici où tout évoque la puissance royale ?

Rhyan relâcha son ami et, recouvrant son calme, ajouta en usant de nouveau du vouvoiement :

— Pardonnez-moi, John. Je ne vous en veux pas vraiment. Je sais que vous n'y êtes pour rien. C'est contre moi-même que je suis furieux. D'autant plus que tout cela est arrivé par ma faute !

— Votre pardon ne me dédouane pas de ma lâcheté, messire Rhyan. J'aurais dû être prêt à mourir pour épargner à une jeune femme un tel opprobre, mais je n'en ai pas eu le courage. J'ai honte… Pour moi-même et pour tous nos semblables. Les hommes agissent bien mal avec les femmes.

— Ils sont faibles, confirma Rhyan en s'asseyant lourdement sur le banc. Le plus vaillant guerrier a les jambes qui flageolent lorsqu'il voit une femme comme maîtresse Saint-Martin. Qui peut lui en faire le reproche ?

— Moi ! Je condamne ce qu'a fait le roi. C'est vrai que maîtresse Saint-Martin est d'une beauté à couper le souffle, mais ça ne donne pas le droit à un homme, fût-il roi, de molester une aussi admirable et délicate créature. Malheureusement, je peux condamner moralement le souverain, mais je n'ai rien pu faire pour l'empêcher de commettre son forfait.

— Alors comment crois-tu que je me sente, moi qui, par mes manœuvres, l'ai poussée à demander l'aide du roi ? Hein ? Sans la folie de mes réclamations, elle n'aurait jamais sollicité une entrevue ce jour-là.

— Ce n'est pas folie que de faire valoir ses droits. Vous n'avez aucun reproche à vous faire.

— Si vous voulez savoir le fond de l'histoire, John, il faut que je vous avoue que mon action n'avait rien à voir avec le retour en ma possession des terres allouées à maîtresse Saint-Martin.

Il rejeta la tête en arrière et contempla les pâles étoiles qui commençaient de paraître dans le ciel puis laissa échapper un soupir douloureux.

— J'ai été dévoré par la jalousie pendant toutes ces années, John, reprit-il. J'ai honte de le reconnaître et je sais que ça ne me grandit pas, mais c'est la vérité. J'ai cru qu'en allant combattre en France elle passerait, mais ce ne fut pas le cas. Il faut que je vous dise que j'ai vu pour la première fois Mérielle alors que je n'étais qu'un jeune garçon. J'étais avec mon père et mon frère aîné lorsque les terres ont été données en fermage au père de Mérielle, et celle-ci était une charmante petite fille aux joues toutes rondes. Je l'ai revue, plus tard, lorsqu'elle a épousé cet empoté de marchand richissime de Lincoln, et j'étais mort de jalousie à la pensée qu'il allait poser les mains sur elle ! Puis la peste a frappé… Mérielle a été veuve… Le temps a passé et, quand j'ai entendu de nouveau parler d'elle, elle venait de descendre vivre à Cantorbéry. Elle épousait un homme jeune… Cette fois, j'ai compris que je l'avais perdue pour toujours.

Rhyan s'interrompit un instant avant de reprendre :

— C'est alors que me sont revenus à la mémoire les termes du contrat qui la liait à moi. Or, elle ne les avait pas respectés. Et, à partir de ce jour, je n'ai eu de cesse de me rappeler à son souvenir sans bien savoir, au fond, où je voulais en venir. Je savais que je ne pourrais jamais l'avoir pour femme, mais, à défaut, je voulais utiliser tout le pouvoir que me donnait ce contrat pour intervenir dans sa vie. Malheureusement, j'ai choisi le plus mauvais moment pour faire valoir mes droits sur les terres qu'elle avait en fermage puisque c'était après la mort de son mari et la perte de l'enfant qu'elle portait. J'ai ça aussi sur la conscience, maintenant… Enfin, mon oncle a épousé sa sœur et, ainsi, je l'ai revue, mais elle me haïssait alors, et avec de bonnes raisons, je le comprends aujourd'hui.

Rhyan se tut de nouveau et, joignant les mains qu'il serra fortement entre elles, laissa échapper un long soupir.

— J'ai cru, sottement, que j'avais enfin trouvé le chemin de son cœur et que j'avais gagné sa confiance, mais je constate amèrement que ce n'est pas le cas. J'ai toujours senti, certes, qu'il y avait quelque chose qu'elle me cachait et qui était un obstacle entre nous…

Ils restèrent en silence un long moment alors que le soleil disparaissait derrière la cime des arbres, au loin. Soudain, une trompe annonça le souper, et la nuit se fit sur Clarendon, invitant davantage aux confidences.

— Dites-moi, John… Est-ce qu'elle a pleuré ?

Dans l'ombre, maître Kenton écrasa une larme qui roulait sur sa joue.

— Non. Elle a été très courageuse… C'est moi qui pleurais.

Ils partirent dès l'aube, comme il avait été prévu, et se lancèrent à bride abattue en direction de Winchester. Ils chevauchaient trop vite pour pouvoir converser, mais, lorsqu'ils firent une petite halte pour laisser les chevaux boire dans un ruisseau, Rhyan et maître Kenton échangèrent quelques propos qui faisaient suite à leur conversation de la veille.

— Jamais je n'aurais dû repartir de chez mon oncle sans lui avoir parlé, remarqua Rhyan en évoquant le mariage de messire Adam avec la sœur de Mérielle. Je ne l'avais jamais vue aussi belle.

— Mais, si maîtresse Saint-Martin vous rejetait alors, sa sœur vous montrait un intérêt non déguisé. Je suppose que vous la connaissiez assez bien pour savoir quel sort elle avait subi ?

— Ah bon ? Elle aussi ?... Et vous étiez invisible également, ce jour-là ?

— Grand Dieu, oui ! répondit maître Kenton en montant à cheval à l'exemple de Rhyan. Sinon, je ne serais pas là pour vous en parler.

En chemin, Rhyan envoya deux cavaliers à l'abbaye de Romsey pour s'assurer que Mérielle ne s'y trouvait pas, ce dont il eut confirmation dans l'après-midi lorsqu'il parvint chez son oncle où il fut rejoint par ces mêmes cavaliers.

Ils s'arrêtèrent le temps de déjeuner, debout dans la cour, puis ils contournèrent les remparts de la ville par le sud jusqu'à la porte du Roi. Lorsqu'ils la franchirent, il se mit à pleuvoir.

— Si elle n'est pas déjà sur la route de Cantorbéry, John, dit Rhyan, c'est qu'elle a choisi de faire une étape à Winchester. Je ne serais pas surpris qu'elle ait demandé l'hospitalité à dame Edith de Whitstable.

En arrivant à l'hospice, ils apprirent que dame Edith venait de partir pour l'abbaye de Sainte-Marie. Quant à la jeune sœur qu'ils interrogèrent au sujet de Mérielle, elle répondit qu'elle ne l'avait jamais vue et qu'elle ne savait pas qui elle était.

Maître John fit avancer son cheval et demanda à Rhyan s'il ne serait pas opportun de se rendre au plus vite à l'abbaye de Sainte-Marie.

— Je doute qu'elle se soit rendue directement à Cantorbéry, ajouta-t-il.

— Vous avez sans doute raison, John, mais je ne veux pas m'imposer à elle. Tout ce que je souhaite savoir, c'est qu'elle est en sécurité.

— Il est préférable, alors, qu'elle ne sache pas que

nous la recherchons. Le plus simple sera d'aller voir si les chevaux de sa suite se trouvent bien aux écuries de l'abbaye. Ça ne devrait pas être trop difficile de le vérifier.

La route aux abords de l'abbaye était boueuse et creusée d'ornières tant la circulation y était continue avec la foule des pèlerins, visiteurs, mendiants, les frères convers, les marchands en tous genres avec leurs chariots tirés par des chevaux couverts de sueur et l'écume aux naseaux, d'autres attelés à leur charrette à bras, les ménestrels et bourgeois, à cheval ou en voiture, vaquant à leurs affaires.

Et cette foule bigarrée s'ouvrait comme la mer Rouge devant l'imposante colonne de messire Rhyan alors qu'au même moment le sergent d'armes pénétrait discrètement dans l'abbaye par une porte située à l'arrière du couvent où se trouvaient l'infirmerie, le logement du gardien et les écuries.

Grâce à une belle pièce d'argent, le sergent obtint l'information qu'il était venu chercher et revint auprès de Rhyan.

— Ils sont là, messire, dit-il. J'ai vu le cob de maîtresse Saint-Martin, les quatre autres chevaux et les bêtes de somme.

— Et les valets ? J'espère qu'ils ne t'ont pas vu.

— Non, ils étaient partis chez le maréchal-ferrant sur Colebrookestreet.

— Laisse quelqu'un devant les écuries, Daffyd. Je veux savoir qui entre et sort de l'abbaye.

— Et où serez-vous messire ? A l'abbaye de Hyde ?

— Non, je ne crois pas. Nous allons demander

l'hospitalité au prieuré de la cathédrale qui jouxte les jardins de l'abbaye de Sainte Marie.

— Saint-Swithun ? Nous sommes vendredi, messire. Vous n'aurez que du poisson à manger, et le prieuré sera pris d'assaut par les pèlerins.

— Je le sais, mais ce n'est ni mon confort ni mon ventre qui me préoccupent.

Le frère hôtelier de Saint-Swithun gémit en lui-même en voyant la suite de Rhyan, mais il ne laissa rien voir de son inquiétude et accueillit la petite troupe avec son sourire chaleureux habituel. Les hôtes nombreux et incessants qui demandaient l'hospitalité commençaient de grever lourdement les revenus du monastère.

Chaque pèlerin ou voyageur qui venait frapper à la porte du prieuré savait qu'il y serait accueilli comme le Christ en personne. Cependant, le miracle de la multiplication des pains et des poissons n'avait pas lieu à Saint-Swithun, et il fallait trouver des ressources pour nourrir tout ce monde.

Aussi le frère Andrew fut-il soulagé d'apprendre de la bouche de messire Rhyan qu'il prenait à sa charge tous les frais de son séjour au prieuré avec ses hommes, y compris maître Kenton.

Rhyan, qui comptait occuper la plus belle chambre dont les fenêtres ouvraient sur le jardin du monastère et la porte du Roi, eut la désagréable surprise d'apprendre qu'elle avait été réservée pour un autre hôte.

D'habitude très sûr de lui en raison de sa noble naissance, de sa fortune et surtout de sa prestance, Rhyan semblait rongé par le sentiment de culpabilité après les révélations que maître Kenton lui avait faites, la veille. Et, s'il s'était emporté contre ce dernier dans un premier temps, c'était vraiment contre lui-même qu'il était furieux. John, d'ailleurs, l'avait bien compris.

Mais ses remords n'égaleraient pas en souffrance ce qu'il éprouverait s'il apprenait qu'il avait perdu définitivement Mérielle. Il serait parfaitement logique, en effet, qu'elle refusât de lui pardonner ses innombrables maladresses.

Abattu, Rhyan monta à la chambre qu'il devait partager avec maître Kenton et s'affala sur le lit où il resta pensif alors que John, après avoir disposé ses affaires dans la garde-robe, redescendait dans le hall d'accueil du prieuré. Le frère hôtelier était en train de s'entretenir avec un hôte qu'il ne dirigea pas, comme les autres, vers les greniers au-dessus des écuries.

Il se montrait particulièrement affable avec cet homme d'une taille moyenne qui ne se distinguait des autres hôtes que par le bandeau rouge qui lui cachait un œil. Sans doute l'avait-il perdu à l'occasion d'un accident ou lors d'une agression, pensa John, car il n'avait rien d'un soldat.

Des cheveux blond roux, raides comme des baguettes de tambour, sortaient de son chapeau de cuir et lui couvraient le front et la nuque. Ses vêtements, de qualité, étaient ceux d'un homme vivant de son métier, mais quelque chose en lui évoquait aussi l'homme instruit. Ce qui ne déplut pas à maître Kenton, qui le salua, espérant lui être présenté par frère Andrew.

En effet, le religieux ne manqua pas à son devoir de courtoisie.

— Maître Kenton ! Permettez-moi de vous présenter à mon vieil ami, maître Bonard de Lincoln.

— Vous venez de Lincoln, maître Bonard ? Vous avez fait un long voyage.

— Je viens, en réalité, de Cantorbéry, répondit Bonard en s'agitant comme un jeune chien.

Il retira son chapeau et s'inclina devant John Kenton, mais, ce faisant, il versa l'eau contenue dans les larges bords de son couvre-chef sur les pieds du frère hôtelier déjà détrempés par ses allées et venues dans la cour du couvent.

Frère Andrew éclata de rire.

— Cherches-tu à me faire comprendre que j'ai manqué à mon devoir, mon ami ? demanda-t-il. C'est moi qui devrais te laver les pieds !

Cette fois, messire Rhyan ne fit pas de remarque provocante à maître Bonard au sujet de sa dévotion à maîtresse Mérielle ni sur le bandeau rouge qu'il avait, finalement, replacé sur son œil, mais l'ancien contremaître de Philippe de Cantorbéry n'en était pas moins sur ses gardes.

— J'ai l'intention de me rendre chez messire de Bedesbury, dit-il à Rhyan d'un air un peu distant, mais je préfère séjourner chez les frères en qui j'ai toute confiance que chez un homme dont je doute de la probité.

— Expliquez-vous, demanda Rhyan, qui désirait connaître le fond de la pensée de Bonard.

— Je ne pense pas que messire Adam soit le mari qui convienne à maîtresse Saint-Martin. Je m'étais permis de le lui dire, mais elle ne m'avait pas écouté. Or, maintenant…

— Oui, je comprends très bien. Vous êtes venu à Winchester pour lui réitérer vos recommandations.

— J'ai l'impression que j'en ai déjà trop dit en votre présence, messire. Vous êtes le neveu de messire de Bedesbury, n'est-ce pas ?

La conversation avait lieu à table, dans le vaste réfectoire où le brouhaha des voix rendait impossible de comprendre ce qui se disait à la table voisine et permettait, ainsi, de poursuivre des conversations privées en toute discrétion. Cependant, il fallait tellement forcer la voix pour se faire comprendre et tendre l'oreille que les trois hommes, dès la fin de leur repas, se rendirent dans le cloître où ils purent continuer de s'entretenir à mi-voix et en toute tranquillité.

A l'abri du toit aux ardoises recouvertes de mousse, des pigeons blancs se pavanaient, les grands mâles s'imposant aux autres. Maître Kenton, qui les observait en écoutant Bonard et Rhyan converser, acquit la certitude que le premier était sur la défensive et que le second faisait ce qu'il pouvait pour regagner sa confiance.

— Le fait que messire Adam soit mon oncle ne doit pas vous dissuader de me parler franchement, maître Bonard. Vous pouvez sans crainte me dire tout ce que vous savez à son sujet. Et d'ailleurs, pour vous y inciter, sachez que je l'ai quitté, hier, après un échange très âpre.

— Puis-je vous demander, messire Rhyan, quel sujet a provoqué une telle dissension entre vous ?

— La sécurité de maîtresse Saint-Martin dans le château de Clarendon.

Le visage de Bonard se décomposa.

— Comment ? fit-il en se levant d'un bond. Vous avez laissé maîtresse Saint-Martin à Clarendon ? Avec messire Adam, je suppose ? Mais que fait-elle là-bas ? C'est une résidence royale ! Mon Dieu ! Mais c'est de la folie !

Il fallut la force de persuasion de Rhyan et de John Kenton pour rassurer maître Bonard et le convaincre que Mérielle Saint-Martin était en parfaite sécurité à quelques centaines de pas du cloître.

— Alors ne me retenez pas davantage, messire, dit-il. Je dois la mettre en garde, sans tarder, contre les dangers qui la menacent. Si vous avez à cœur de la protéger, laissez-moi, maintenant, aller la rejoindre. Je suis venu à Winchester pour la ramener chez elle.

Il s'interrompit un instant avant de reprendre :

— Vous vous souvenez, très certainement, de ce jeune scélérat, Gervais de Caen ? Eh bien, j'ai mené une petite enquête à son sujet, et vous seriez surpris de ce que j'ai trouvé.

— Je n'en doute pas, répondit Rhyan. Et j'aimerais beaucoup entendre votre récit.

Maître Kenton, qui observait du coin de l'œil l'attitude de Rhyan, se demanda s'il avait ou non perçu une pointe de sarcasme dans sa voix, mais il fut convaincu qu'il n'y en avait pas en constatant qu'il gardait parfaitement son sérieux alors que maître Bonard relevait son bandeau rouge pour se frotter l'œil avant de le remettre en place et de commencer son récit.

14

Maîtresse Allene ne s'était pas trompée en soupçonnant Bonard d'avoir mené l'enquête évoquée par dame Edith. Il s'était démené pendant toute cette semaine où il avait récolté des informations sur les manigances de Gervais de Caen.

En le laissant à Cantorbéry, Mérielle n'avait pas mesuré dans quelle détresse elle l'avait plongé. Il s'était, d'ailleurs, précipité chez les chanoines de Saint-Augustin pour leur demander s'ils ne pouvaient pas envoyer à Winchester quelques moines qui auraient veillé sur Mérielle en chemin. Il avait appris cependant, de la bouche du supérieur du couvent, que messire Rhyan Lombard s'était déjà chargé de l'escorter jusque chez messire de Bedesbury.

Il avait été rassuré par cette nouvelle car, même s'il savait que Mérielle le prendrait mal, il ne doutait pas que messire Rhyan ne l'escortât avec sérieux. Il se demandait, d'ailleurs, où ils en étaient tous les deux. Etaient-ils encore à couteaux tirés ou un changement avait-il eu lieu dans leur relation ?

Bonard préférait imaginer qu'ils n'avaient fait

aucun progrès en direction de l'amitié. Ce qui n'était, d'ailleurs, que trop normal en raison de l'offense que messire Rhyan avait faite à maîtresse Saint-Martin en réclamant ses terres, et des conséquences dramatiques que cela avait eues.

Le récit de Bonard était plus ou moins identique à celui que dame Edith avait fait à Mérielle et Margaret de Molyns, environ une heure plus tôt. Il se souvenait, certes, de Penelope, qu'il avait connue toute petite et qui était devenue, à présent, une jolie fille de dix-sept ans.

— Sa mère ne pouvait imaginer quel danger elle courait chez leurs cousins car, non seulement cette crapule de Gervais de Caen avait abusé d'elle, mais il allait tout organiser pour la livrer au roi.

— Comment avez-vous fait pour obtenir ces informations ? demanda Rhyan.

— Je me suis rendu à l'archevêché où j'ai rencontré de jeunes clercs que j'ai invités, le soir même, à l'auberge. Là, je leur ai fait boire plusieurs pintes d'ale, et leurs langues se sont très vite déliées. Et, comme ils sont envieux de ce diable de Normand, ils n'ont été que trop heureux de le trahir.

— Ils savaient donc tous que le roi abusait des jeunes femmes qu'il lui livrait ?

Bonard hocha la tête.

— Savez-vous si le roi les violait toutes ou si certaines étaient consentantes ?

Bonard se redressa comme s'il avait reçu un coup de fouet, et ses mains s'agitèrent, frottèrent ses genoux sans qu'aucun son ne franchisse le seuil de ses lèvres.

Devant sa réaction, messire Rhyan reprit d'une manière plus modérée :

— Je vous demande pardon, maître Bonard. J'ai été un peu abrupt, mais nous autres, dans le nord du pays, nous avons notre franc-parler ; nous appelons un chat, un chat. J'ai appris ce qui était arrivé à maîtresse Saint-Martin lorsqu'elle a rencontré le roi pour lui demander son aide. J'accepte totalement ma responsabilité dans le drame qui l'a frappée et j'espère, lorsque j'aurai pu implorer son pardon, qu'elle me l'accordera et consentira à m'épouser. Je crois sincèrement qu'elle a des sentiments pour moi, mais qu'au fond d'elle-même elle ne parvient pas à me faire entièrement confiance… Il se pourrait aussi qu'elle ait honte de ce qui lui est arrivé… C'est un comble, n'est-ce pas ?

— Et vous, messire, que ressentez-vous ?

— Une honte sans bornes…, répondit-il dans un souffle. Je ne sais comment dire… Je suis mortifié… Ecœuré… Mais ce qui importe avant tout, c'est que j'aime Mérielle plus que ma propre vie.

Bonard, sur le moment, éprouva un sentiment qui lui était inconnu : un sentiment de pouvoir. Il ne tenait qu'à lui de soumettre ce grand et bel homme dont l'aveu lui avait volé de la bouche ces mêmes paroles qu'il aurait voulu adresser à maîtresse Saint-Martin, des mots d'amour qu'il ne pourrait jamais prononcer…

Le venin qui était sur le bout de sa langue s'évapora cependant avant même qu'il n'en fasse usage, et la foudre dont il se proposait de frapper Rhyan fondit devant la force de sa bonté.

Ne sachant plus comment réagir, il fut reconnaissant à John d'intervenir à cet instant.

— Maîtresse Saint-Martin ne savait pas dans quel

guêpier elle jetait sa sœur en lui faisant épouser messire Adam, n'est-ce pas, maître Bonard ?

Ce dernier acquiesça d'un signe de tête.

— Je crois qu'elle est tombée malade après avoir vu le roi… Cela signifierait-il qu'elle s'est retrouvée enceinte ?

Bonard regarda au loin.

— Elle voulait un enfant si désespérément, répondit-il d'une voix faible et monocorde. C'est toujours le cas, d'ailleurs, je crois… Mais il était hors de question que ce soit celui-là ! Pas l'enfant d'un viol, alors qu'elle était en deuil de son mari et qu'elle n'était pas encore remise de sa fausse couche. Personne ne peut lui reprocher d'avoir interrompu cette grossesse.

En entendant cette remarque, l'énormité des propos qu'il avait tenus devant Mérielle apparut à Rhyan. Laissant tomber la tête entre les épaules, il poussa un gémissement de douleur.

— Mon Dieu ! murmura-t-il, le visage décomposé. Je ne peux pas lui demander d'être ma femme après lui avoir fait vivre ça ! Et savez-vous ce que j'ai osé lui dire à Clarendon alors qu'elle venait de regarder jouer avec émotion le bâtard du prince Edouard, le petit Roger ?

— Non, messire.

— Je lui ai dit que la plupart des femmes seraient fières de porter un bâtard de sang royal. Quelle bêtise ! Et quelle arrogance ! Comment un homme peut-il savoir ce dont une femme serait fière ?

John Kenton et Bonard s'écartèrent de Rhyan et gardèrent le silence alors qu'il était visiblement la proie de violents remords. Après quelques instants, cependant, maître Bonard demanda à mi-voix à John Kenton :

— Comment avez-vous compris qu'elle s'était retrouvée enceinte ?

— Oh ! Je crois que je l'ai deviné. J'ai toujours pensé qu'elle était très fertile puisque même Philippe de Cantorbéry avait réussi à la rendre grosse. Il n'était pourtant pas ce qu'on appelle un étalon, n'est-ce pas ?

— Vous le connaissiez ?... Ah ! Mais oui ! Vous avez travaillé pour nous... Je m'en souviens, maintenant. Nous ne nous sommes jamais rencontrés parce que je ne m'occupais pas de cette partie. J'étais à la fabrication. C'est dans le grand livre des comptes, bien sûr, que j'ai vu votre nom. Peintre du roi...

— En effet... Vous qui connaissiez bien Philippe de Cantorbéry, maître Bonard, pensez-vous qu'il m'ait commandé des cartons de dessins sur l'instigation du roi ?

Bonard releva le bandeau qui lui couvrait l'œil pour examiner quelque chose de l'autre côté du cloître puis il le remit soigneusement en place.

— Très bien vu, maître Kenton. Vous ne vous trompez pas. Selon les clercs qui m'ont révélé les agissements criminels de Gervais de Caen, le roi a vu pour la première fois maîtresse Saint-Martin alors qu'elle vivait à Lincoln. Et, en parlant avec les parents de dame Edith de Whitstable, ceux chez qui habitait Penelope, j'ai appris que c'est juste après la mort du premier mari de maîtresse Saint-Martin que Gervais de Caen, sur la demande du roi, a passé commande auprès de Philippe de Cantorbéry des tapisseries destinées au palais de l'archevêque.

— Celles dont j'ai dessiné les cartons et que maître Philippe était très heureux d'exécuter. Mais comment a-t-il eu, soudain, la vocation du mariage ? Est-ce après avoir vu la ravissante veuve de Lincoln ?

— Est-ce nécessaire de vous donner l'explication ? fit Bonard. C'est le même Gervais de Caen, apparemment, qui lui a laissé entendre qu'il toucherait des commissions énormes s'il arrivait à se faire épouser d'elle. Naturellement, moi comme les autres, nous étions abasourdis en raison de son absence permanente d'intérêt pour les femmes. Il a persisté, néanmoins, et l'a épousée.

— Et y a-t-il eu d'autres commandes de tapisseries comme il avait été promis ?

— Non, mais le roi, à cette époque, a dû repartir en France pour faire la guerre.

— Et, lorsqu'il est revenu, Philippe de Cantorbéry avait laissé une veuve. Le roi choisit bien les maris de ses futures maîtresses, n'est-ce pas ?

Bonard observa maître Kenton d'un œil perçant.

— Vous voulez parler de messire de Bedesbury ?

— Je pensais à Philippe de Cantorbéry, qui a eu la bonne idée de mourir, mais messire de Bedesbury était aussi un excellent choix. C'est maîtresse Saint-Martin, hélas, qui a dû parler de sa jolie sœur au roi, avant, bien sûr, qu'il n'abusât d'elle… L'insatiable appétit du roi le conduira à commettre, un jour, un acte irréparable.

— J'espère que ni vous ni moi ne serons mêlés à cette affaire, mon ami, dit Bonard. Mais vous connaissez mieux que moi le souverain. La jeune sœur de maîtresse Saint-Martin aurait eu, ainsi, les faveurs du roi ?

— Je le crains… Mais c'est vers un autre homme que son cœur inclinait…

Le regard de maître Bonard suivit celui de John Kenton, qui s'était arrêté sur le jeune homme à la tête inclinée, aux bras reposant sur les genoux et aux mains jointes.

— Oui, bien sûr, fit-il avec un soupir. Au fait ! Avez-vous vu la fille de lady de Bedesbury ? Peut-être que maîtresse Saint-Martin va vouloir rester auprès d'elle ?

Maître John remua la tête en signe de dénégation.

— Venez dans ma chambre, maître Bonard. Nous boirons une coupe de vin. Il semble que nous ayons encore beaucoup de choses à nous dire… Et il faudra se serrer les coudes, car notre ami, ici, aura besoin de notre soutien.

Mérielle, enveloppée dans sa couverture, regarda Theresa, en pleurs mais courageuse, s'éloigner dans le cloître et resta un moment méditative. Le récit de la vie de la jeune femme l'avait renvoyée à sa propre existence, qu'elle voyait soudain sous une autre perspective. Et elle se rendait compte que, malgré les malheurs qu'elle avait traversés, elle avait beaucoup de chance par rapport à bien d'autres femmes…

La cloche annonçant l'office de midi résonna, débusquant d'un angle sombre du cloître un groupe de jeunes nonnes qui y bavardaient depuis le début de la récréation et qui se dirigèrent alors vers la porte d'accès à l'abbatiale, mettant des notes de couleurs vives dans ce cadre austère avec leurs voiles au goût de chacune.

Un sourire se dessina sur les lèvres de Mérielle quand elle regarda ces jeunes filles pleines de vie et de gaieté, qui n'avaient visiblement pas la vocation. Il n'était que trop évident que leurs familles les avaient placées là pour mettre un terme à leurs frasques amoureuses ou pour toutes autres raisons, et qu'elles n'avaient eu aucune part à ce choix. L'abbesse, qui se devait d'avoir un nombre suffisant de sœurs pour assurer le bon fonctionnement du monastère, ne vérifiait pas la sincérité de leur engagement. La plupart, d'ailleurs, n'avaient pas prononcé de vœux.

Mérielle était bien forcée de se reconnaître très favorisée par la vie en comparaison de ces jeunes filles sans avenir. Elle était fortunée, elle avait reçu une éducation très complète, elle avait toute son indépendance et, qui plus est, elle était aimée !

Oui ! Elle était vraiment aimée ! Comment aurait-elle pu en douter ? Rhyan ne lui avait peut-être jamais fait une vraie déclaration d'amour, mais tout dans son comportement attestait qu'il avait des sentiments très forts pour elle. La façon dont il veillait sur elle depuis Cantorbéry, l'affection qu'il lui prodiguait, les efforts qu'il déployait pour gagner sa confiance, le désir qu'il avait exprimé de lui donner des enfants et les risques qu'il avait pris dans ce sens…

Une silhouette masculine enveloppée d'une grande pèlerine et coiffée d'un chapeau attira l'attention de la jeune femme dont le cœur se mit à battre. Elle se rendit compte cependant rapidement que l'homme n'avait pas la stature de Rhyan et qu'il n'avait pas sa démarche. Le chevalier, d'ailleurs, ne portait jamais de chapeau.

Il y avait quelqu'un néanmoins qu'elle connaissait très bien et qui ne sortait jamais sans un chapeau, quelqu'un qui, depuis peu, avait fait le choix de se cacher un œil sous un bandeau rouge…

— Bonard ! Ah ! C'est vous, mon Bonard ! fit-elle en

se levant. Si vous saviez comme vous m'avez manqué. Vous êtes venu me chercher, n'est-ce pas ?

Un immense sourire aux lèvres, maître Bonard retira son couvre-chef et ouvrit les bras pour recevoir la jeune femme, qui s'était élancée vers lui.

— Sur le moment, je me suis demandé si vous n'étiez pas un pèlerin, dit-elle en l'embrassant sur les joues.

— Vous n'êtes pas la seule, maîtresse Saint-Martin. Si je n'avais pas eu un aussi beau cheval, on m'aurait demandé, partout, de quel sanctuaire j'arrivais et vers lequel je me rendais.

Mérielle fut remplie de remords en pensant que c'était à cause d'elle qu'il s'obligeait à porter un bandeau sur l'œil. Si elle lui reprochait d'être un peu malingre, elle ne pouvait que saluer son courage et sa grandeur d'âme.

Ils s'assirent côte à côte sur le banc qu'occupait Mérielle un instant plus tôt et, tout en conversant, se donnèrent la main. L'attitude de la jeune femme ne laissait aucun doute à Bonard au sujet de la joie qu'elle éprouvait de le revoir, et il en ressentait un immense soulagement, mais il ne doutait pas un instant qu'elle était perdue et avait plus que jamais besoin de ses conseils.

Elle lui conta tout ce qui s'était passé depuis son départ de Cantorbéry — enfin, presque tout — et reconnut que la mise en garde qu'il lui avait faite au sujet de messire Adam était parfaitement justifiée.

— Vous voyez, mon cher Bonard, il n'a pas réussi à me retrouver. Et pourtant, avec tous les gens qu'il a à son service, je pense que ça n'aurait pas été difficile s'il m'avait vraiment cherchée. Quand partirons-nous ?... Mais pourquoi riez-vous ainsi ?

— Parce que, contrairement à ce que vous pensez,

messire Adam n'a pas été sans réagir ou, du moins, c'est son neveu qui l'a fait. Il est à Winchester ainsi que maître Kenton !

— Comment ?

— C'est la vérité. Je les ai trouvés à Saint-Swithun à mon arrivée. Ce sont même eux qui m'ont dit que vous étiez ici en parfaite sécurité !

— Ils le savaient ?

— Bien sûr, mais messire Rhyan voulait vous laisser en paix le temps qu'il vous faudrait pour vous remettre de vos émotions. Il ne souhaite vous voir que lorsque vous serez prête.

Mérielle cligna des yeux d'un air interloqué.

— Qu'y a-t-il ? Qu'est-ce qui est arrivé au fier chevalier ? Il a perdu confiance en lui ?

— Non…, mais, voyez-vous, il a découvert ce qui s'était passé…

Bonard s'interrompit comme Mérielle lui lançait un regard perçant.

— Avec le roi, reprit-il. Et il se tient pour entièrement responsable.

Bonard prit les mains de la jeune femme dans les siennes et les tapota affectueusement en espérant qu'elle cesserait de le regarder avec cette dureté d'expression.

— Et, s'il hésite, c'est parce qu'il ne voit pas comment vous pourriez lui pardonner ce qu'il vous a fait.

— Vous le lui avez dit, Bonard ?

— Non, ce n'est pas moi ou, du moins, pas entièrement. Je ne lui ai pas demandé de qui il l'avait appris, et il n'est pas nécessaire que vous le fassiez, mais je puis vous affirmer qu'il a mesuré toute la peine que vous aviez éprouvée, sous ses différents aspects.

— Il sait donc ça aussi ? Ce qui est arrivé après ? Oh, non !

— Mais n'était-ce pas, justement, ce qui faisait obstacle entre vous ? Comment auriez-vous pu poursuivre une relation sincère et sereine avec lui sans connaître son opinion sur un tel acte ?

— Je crois que je la connaissais déjà.

— C'était avant qu'il sache tout. Il ne voit pas la situation sous le même angle, à présent. Permettez-lui de s'expliquer et faites-lui confiance.

— Je n'ose pas. C'était mon secret. Je ne voulais pas qu'il sache.

— Vous préfériez que ce souvenir s'infecte comme une blessure non cicatrisée ? Laissez-la se refermer, maintenant. Vous êtes trop jeune pour laisser ce drame détruire toute votre vie. Acceptez l'amour et la protection de messire Rhyan.

— Crois-tu vraiment qu'il…

— Oui, il vous aime. Il me l'a dit, et ça se voit.

Mérielle savait combien il devait en coûter à Bonard de lui faire ce témoignage. Ne l'avait-il pas soutenue dans toutes les épreuves ? Ne lui avait-il pas prouvé de mille manières son amour ? Ne serait-il pas mort pour elle s'il l'avait fallu ?

— Vous êtes trop bon, mon ami, dit-elle en appuyant la tête contre son épaule. Que ferais-je sans vous ?…

Après un instant au cours duquel Bonard, le sang au visage, resta immobile, Mérielle demanda :

— Mais que vais-je lui dire ?

Bonard sourit d'un air contrit et repoussa doucement la jeune femme.

— Ça, maîtresse, c'est à vous d'en décider, mais ça ne devrait pas vous poser beaucoup de problèmes.

Bonard ne se trompait pas car, à cet instant, Rhyan surgit dans le cloître dont il fit le tour lestement, sa cape volant autour de ses épaules.

Mérielle, qui le suivait des yeux, avait le cœur qui battait comme le jour où elle l'avait vu entrer dans la cour de son hôtel à Cantorbéry.

Elle ne put prononcer les mots de bienvenue qu'elle venait de formuler dans sa tête tant elle était émue. D'ailleurs, Rhyan venait de la prendre dans ses bras et de la serrer contre lui avec passion, et, alors que leurs lèvres se cherchaient fébrilement, seules quelques paroles ferventes fusèrent de leurs bouches impatientes : « Mon amour… ma tendresse… ne me quitte plus jamais… »

Et en réponse : « Je t'aime… je ne veux plus jamais être séparée de toi… »

Leurs lèvres se scellèrent pour un long et ardent baiser qui disait mieux que les mots ce qu'ils éprouvaient au fond de leur cœur.

Lorsqu'ils reprirent enfin leur souffle, ils se regardèrent un moment en silence, avec une infinie douceur, puis Rhyan déclara de nouveau :

— Promets-moi de ne plus jamais me quitter.

— Je te le promets… Bonard m'a dit que tu étais arrivé depuis un moment déjà…

— Oui, mais j'avais mis des sentinelles à chaque porte du couvent pour m'assurer que tu ne t'envolerais pas, et je n'aurais pas attendu la fin du jour pour venir te surprendre.

— Ah ! fit-elle avec ravissement. Je vous reconnais, chevalier !

Puis, avec gravité, elle reprit :

— Alors, tu veux bien encore de moi, Rhyan, après ce que tu as appris ?

Comme il restait muet à cause de l'émotion, elle ajouta :

— Je ne voulais pas que tu le saches, mon amour.

— Je le comprends, ma chérie, répondit-il en la faisant asseoir sur ses genoux alors qu'il prenait place sur le banc et qu'il l'enveloppait de sa cape, mais il était important que je le sache pour t'aider à porter ce fardeau. Tu n'es plus seule avec ce souvenir, maintenant, et ensemble nous l'effacerons de nos mémoires. Pardonne-moi pour l'énorme bêtise que j'ai dite devant toi au sujet des bâtards princiers ! D'ailleurs, je ne pensais même pas ce que je disais… J'avais, en fait, en tête quelque chose qui me poursuivait depuis quelques jours…

— Qu'est-ce que c'était ?

— En prononçant ces mots, c'est à ta sœur que je pensais.

— Laurel ? Pourquoi ?… Oh ! Non… Crois-tu qu'elle aussi ?…

Il la serra plus fort dans ses bras en la berçant alors qu'il lui contait ce qu'il avait appris :

— Le roi a promis à messire Adam de lui donner un titre s'il acceptait d'épouser ta sœur et à condition, bien sûr, qu'il ferme les yeux sur certaines libertés qu'il se proposait de prendre avec elle quand bon lui semblerait.

— Mon Dieu ! Et dire que c'est moi qui ai parlé de Laurel au roi !

— Il avait jeté initialement son dévolu sur toi, et c'est la raison pour laquelle il t'avait fait épouser Philippe de Cantorbéry, qui n'avait pas la réputation d'être intéressé par les femmes. Sa Majesté a dû être très déçue en apprenant qu'il t'avait mise enceinte ! Personne ne s'était attendu à ce que ton mari tombe aussi éperdument amoureux de toi. Quand je dis personne, j'entends Gervais de Caen, qui s'est fait une réputation de pourvoyeur de chair fraîche pour le souverain. Et, plus tard, la même situation se reproduira, mon oncle étant lui aussi tombé amoureux de sa jeune épouse. Manifestement, il avait été jaloux du roi après la naissance de la petite Joanie.

— Il aurait pu être flatté de cette naissance qui donnait à penser qu'il pouvait être père.

— D'après Brian Waterford, que j'avais interrogé à ce sujet, ça n'a pas été le cas.

— Et, après la mort de Laurel, le roi a reporté son attention sur moi ! C'est là qu'il a demandé l'aide de messire Adam.

— Le roi ne t'a jamais oubliée. Ton odieux petit ami œuvrait en coulisse pour que tu sois à sa disposition. Il était payé pour ça.

Mérielle, toute tremblante malgré la cape et la chaleur des bras de Rhyan, cacha son visage contre sa poitrine.

— Mon oncle essayait de satisfaire Sa Majesté car, sinon, il aurait tout perdu. Et c'était bien parce qu'il était contraint et forcé par le roi qu'il ne t'a jamais demandée en mariage. Il ne pouvait t'offrir que d'être sa maîtresse, et encore, une maîtresse à l'entière discrétion du souverain, et d'énormes commandes pour ta manufacture. Avec Joanie, il pouvait avoir l'espoir de te conquérir, mais, une fois la pauvre enfant retournée auprès du Seigneur, il n'avait plus aucune chance.

— Il avait perdu toutes ses chances bien avant, dit Mérielle en déposant un baiser dans le cou de Rhyan.

— Tu crois ?

— Bien sûr… Mais tu le sais très bien.

Elle déposa un baiser sur ses lèvres.

— As-tu appris quelque chose de nouveau au sujet de la façon dont Joanie est morte ? demanda-t-elle avec gravité.

— Il n'y a aucun doute que ce soit un accident. Brian Waterford a laissé croire à sa femme qu'il était le père de l'enfant, car il ne devait pas trahir le roi dont il organisait les visites. Il se trouvait par la force des choses en relation amicale avec ta sœur, et c'est ainsi que maîtresse Waterford s'est fourré dans la tête qu'il était son amant.

— Elle ignorait donc que le roi venait régulièrement chez messire Adam ?

— Personne ne le savait à l'exception de l'intendant de mon oncle et de maître Kenton, qui a été le témoin involontaire d'une rencontre entre Sa Majesté et ta sœur. C'était à l'époque où il décorait les chambres du manoir. Mais mon oncle n'en a pas moins craint que maîtresse Waterford, qui délirait, ne révèle la vérité sur le roi. Aussi a-t-il chargé son mari de lui faire boire de ce vin, qui avait tourné et qui l'avait rendu malade lui-même, pour aggraver son état et l'empêcher de parler jusqu'à ce que nous soyons repartis pour le Yorkshire.

— Et ça l'a fait mourir.

— Ou, plutôt, ça a précipité sa mort… Mais dame Edith savait qu'elle n'en avait plus pour longtemps.

— Penses-tu, Rhyan, que messire Adam souhaitait la mort de Joanie après celle de sa maman ?

— Je ne le dirais pas ainsi, mais il est certain qu'il supportait mal d'avoir sous les yeux une enfant qui rappelait à tout instant à son souvenir l'accord passé avec le roi, qui n'était autre qu'une trahison à l'égard de la jeune femme dont il s'était enfin épris. Je suis certain qu'il n'a aucune responsabilité directe dans la mort de Joanie, mais il en a une indirecte et en est très conscient. En laissant Claire Waterford seule responsable de la petite, alors qu'elle était gravement malade, il a commis une pure folie. Si mon oncle a accepté de la laisser seule s'occuper de Joanie, c'était pour répondre à la demande de Brian Waterford. Il craignait en effet que celui-ci ne révèle le pacte secret passé avec le roi et que tout le royaume sache qu'il était cocu. Il voit, maintenant, les conséquences de son ambition et de sa cupidité !

— Crois-tu que le roi va le punir ?

— Pour ne pas t'avoir conduite à Guildford puis à Clarendon ? Et, enfin, pour t'avoir laissée partir avec moi ?

Rhyan réfléchit un instant avant de répondre :

— Je pense qu'il va complètement l'oublier, mais ce sera, en soi, une punition sérieuse. Mais je t'avoue, mon amour, que son sort me laisse complètement indifférent.

— Même si tu es son héritier, tu vas y perdre, non ?

— L'argent m'importe peu puisque je t'ai, répondit Rhyan en déposant un baiser sur les lèvres de Mérielle. C'est toi, mon trésor !

*
* *

Pour que le bonheur de Mérielle soit complet en ce jour béni, il fallait qu'elle obtienne de Margaret de Molyns de laisser sa fille aller rejoindre son enfant à Clarendon. La venue du roi et du prince Edouard était l'occasion à ne pas manquer. Mais, pour convaincre l'abbesse, elle avait besoin d'un champion. Or, elle en avait un formidable qu'elle pouvait faire entrer en lice avec toute l'assurance de la victoire !

Margaret de Molyns tergiversa, mais elle ne réussit pas à être convaincante.

— Une jeune femme à Clarendon... Avec le roi...

— Elle ne sera pas seule, je vous en donne la garantie. Vous ne voudriez pas priver Theresa de revoir son fils après presque trois ans ? Et puis il est grand temps que l'enfant fasse connaissance de sa maman, ne croyez-vous pas ?

L'abbesse acquiesça d'un signe de tête en se mordillant la lèvre.

— Je la ferai escorter par quatre de mes hommes les plus sûrs. Ils peuvent être à Clarendon avant la nuit. Seriez-vous rassurée en la sachant accompagnée par des hommes d'armes en qui j'ai une parfaite confiance ?

Margaret de Molyns ne put que consentir, et Theresa versa des larmes de bonheur lorsqu'elle fut appelée auprès de sa mère et de messire Rhyan pour s'entendre dire qu'elle devait se préparer en toute hâte, car elle partait pour Clarendon le jour même.

Une autre jeune fille versa des larmes d'une autre nature, et ce fut encore à Rhyan de régler ce problème. Il rapporta à Penelope que Gervais de Caen avait fait une chute de cheval à la chasse et qu'il ne pourrait venir au rendez-vous fixé dans la soirée. L'information donnée en présence de l'abbesse eut pour effet de mettre un terme à tout espoir pour la jeune fille de revoir son amant. Elle la conduisit aussi à haïr le beau chevalier.

Au cours du souper en présence de maître John Kenton, de maître Bonard et de l'abbesse, Rhyan ne put se retenir de rire en évoquant la scène avec Penelope.

— Je me remettrai du regard assassin qu'elle m'a jeté, et elle apprendra à ne pas se laisser duper aussi aisément.

— C'est injuste, dit Mérielle. Je me suis laissé duper aussi facilement qu'elle et, sans l'aide de Bonard, je serais sans doute en train de pleurer, aujourd'hui.

Elle posa la main sur celle du poète.

— Je vous dois d'être encore en vie et d'être heureuse, mon cher ami.

Rhyan se pencha vers Mérielle.

— Il est peut-être temps d'accomplir un geste symbolique qui rendra à maître Bonard une meilleure vision du monde ?

Mérielle, un sourire radieux aux lèvres, se leva de table, vint se placer derrière Bonard dont elle défit lentement et avec cérémonie le bandeau rouge qui lui cachait l'œil avant de déposer un baiser sur chacune de ses joues.

— Merci, murmura-t-elle. Et maintenant, pensez-vous que je puisse entendre la fin du poème en latin ?

Bonard rougit et déclina la proposition en recommandant un autre récitant qui semblait connaître encore mieux que lui le texte en question.

Maître John et l'abbesse n'eurent pas le privilège d'entendre la fin licencieuse du poème, mais Rhyan ne manqua pas de la réciter à Mérielle, dans l'intimité, entre deux étreintes amoureuses…

Épilogue

A l'aube d'une douce journée d'été, alors qu'une brume légère enveloppait la campagne verdoyante et vallonnée du Yorkshire, une jeune femme aux cheveux libres et pieds nus franchit une petite porte du manoir donnant directement dans le jardin et suivit le chemin de pierres plates en ayant soin d'enjamber les sillons argentés qu'y avaient tracés, pendant la nuit, les escargots.

La petite main potelée d'un nourrisson tirait sur une mèche de ses cheveux bruns pour la mettre dans sa bouche.

— Attends un peu, mon chéri, fit la jeune maman en riant. Tu es comme ton père, tu n'es jamais rassasié !

Sous une charmille secrète où régnait une douceur enchanteresse, Mérielle s'assit sur un banc de bois et, à l'abri de tout regard indiscret, découvrit l'un de ses seins dont son bébé chercha aussitôt le bouton pour le saisir entre ses lèvres.

Dès qu'il tira le lait, qui surgissait en abondance, il s'étrangla, et sa maman dut le séparer du téton un bref instant alors que le précieux liquide coulait le long de son menton.

Il regarda sa mère avec une tendresse émerveillée puis, fermant les yeux dans une sorte de ravissement, il reprit le bouton de sein et but à longues gorgées en pétrissant la poitrine chérie de ses deux menottes roses.

Un courlis poussa son cri au bord de l'étang, un son plaintif et envoûtant que Mérielle avait si souvent entendu dans son enfance et qui, aujourd'hui, signifiait qu'elle était de retour dans son pays bien-aimé.

Et elle l'était avec Rhyan et leur premier enfant, conçu sur un lit de jacinthes des bois quelque quinze mois plus tôt. Quel bonheur de voir cette petite tête aux cheveux bruns collée à son sein ! Comme les angoisses d'autrefois étaient loin à présent !

Elle entendit le pas de son mari, qui ne tarda pas à paraître sous la charmille, et se prépara à ce qu'il lui fasse le reproche d'avoir disparu ainsi.

— Eh bien, lady Lombard ? Pourrais-je savoir ce que vous faites ici en chemise de nuit, pieds nus, aux premières lueurs de l'aube ?

— Il hurlait, répondit Mérielle dans un souffle en effleurant des lèvres la joue de Rhyan lorsqu'il s'assit près d'elle. J'ai eu peur qu'il ne te réveille.

— Ah ! Oui ? Mais ce n'est que la moitié de l'histoire, n'est-ce pas, ma chérie ?

Le regard de côté que Mérielle lança à Rhyan sous ses longs cils pétillait de malice.

— Je te raconterai la suite dès que bébé aura fini, répondit-elle d'une voix suave.

La tétée s'arrêta, l'enfant fermant les yeux et donnant toute l'apparence de l'assoupissement, mais, soudain, il tamponna le sein de son visage mouillé et reprit le téton dans sa petite bouche en forme de cœur.

Après quelques bruits de succion, il lâcha de nouveau le mamelon et s'affaissa sur lui-même alors que le sommeil avait raison de sa gourmandise.

Rhyan le prit délicatement dans ses bras et l'enveloppa dans la couverture qu'avait apportée sa maman avant de le déposer sur une botte de paille, placée là en vue de protéger les fraisiers dès les premiers frimas.

Rhyan invita ensuite Mérielle à se lever et la prit dans ses bras.

— Les myosotis seront-ils aussi doux sous tes reins que les jacinthes des bois, mon amour ? demanda-t-il en la soulevant dans ses bras pour l'étendre sur le tapis de fleurs et d'herbe tendre. Peut-être aurons-nous une petite fille, cette fois ?

Mérielle, qui anticipait déjà l'étreinte voluptueuse qui allait venir, ferma les yeux en nouant les bras autour du cou de Rhyan.

— Le myosotis ? fit-elle avec une petite moue charmante. Ça me va très bien… Ne l'appelle-t-on pas herbe d'amour ?

A paraître le 1er juin 2010

UN AMOUR EN BOHÊME, ***de Joanne Rock - n°477***

Bohême, 1381. Abandonnée par son père, un riche noble, Arabella Rowan a grandi auprès de sa grand-mère maternelle qui lui a transmis le secret des plantes. Un talent rare, grâce auquel elle obtient le privilège d'accompagner la princesse Anne de Bohême à son mariage avec le roi Richard II d'Angleterre. Bella n'en redoute pas moins ce long voyage car il l'éloigne des siens et l'oblige à fréquenter ces aristocrates qui la méprisent. En particulier Tristan Carlisle, un trop séduisant chevalier anglais désigné pour escorter la future reine et qui, pour une raison qu'elle ignore, surveille le moindre de ses faits et gestes..

CAMBRIOLEUR OU GENTLEMAN ?, ***de Christine Merrill - n°478***

Londres, Régence. Lorsqu'elle surprend, en pleine nuit, un inconnu dans sa chambre, Constance, duchesse de Wellford, bride son instinct d'appeler à l'aide. Car quelque chose la retient aussitôt de le faire. Seraient-ce les manières raffinées de l'intrus ? Ou plutôt le baiser qu'il lui vole ? Constance ne saurait le dire. En revanche, elle est certaine d'avoir déjà rencontré ce mystérieux individu. Mais alors où, et dans quelles circonstances ? Et surtout, que venait-il faire dans sa chambre, puisqu'il ne lui a finalement rien dérobé ? Autant de questions auxquelles Constance, brûle de trouver des réponses...

L'ENFANT DE LA DISCORDE, ***de K. Welsh - n°479***

Pensylvanie, 1875. Joshua Wheaton est de retour. Une nouvelle qui rallume l'espoir en Abby. Certes, Joshua est à l'origine de son malheur puisqu'il l'a quittée, dix ans plus tôt, alors qu'elle était enceinte de leur fils Danny. Cependant, Abby veut croire en l'impossible : peut-être Josh est-il revenu pour l'épouser enfin, comme il l'avait promis ? Hélas, elle déchante bien vite en apprenant qu'il est fiancé à une autre, riche héritière qui plus est. Pire, Josh entend aussi faire valoir ses droits sur Danny ! Trahie, humiliée mais surtout révoltée, Abby décide de se battre pour garder son enfant — au risque de perdre Josh, et à tout jamais cette fois...

LES FEUX DE LA PASSION, ***de Denise Lynn - n°480***

Poitiers, 1171. Mariée adolescente à un tout jeune homme qui s'est enfui sitôt après les noces, Adrienna est devenue femme sans jamais connaître ni rechercher le feu de la passion. Jusqu'au jour où, à la cour d'Aliénor d'Aquitaine, l'arrivée d'un chevalier diaboliquement beau fait très vive sensation. Un seul regard de l'étranger... et Adrienna se sent consumée, animée d'une faim nouvelle qui, désormais, ne va plus lui laisser de repos. Et tandis qu'elle rêve en secret de se donner à lui, voilà qu'elle fait une stupéfiante découverte : le prétendu étranger n'est pas, en fait, un inconnu pour elle. Il s'agit... de son époux, Hugh de Ryebourne, plus viril, plus impressionnant qu'autrefois, et qu'elle croyait ne plus jamais revoir...

UN CHOIX IRRÉVÉRENCIEUX, ***de Louise Allen - n°481***

Londres, 1817. Maude Templeton n'a que faire des nombreux prétendants aussi fades que conformistes qui se présentent à elle. Tout au contraire, l'homme qu'elle s'est choisi — Eden Hurst — est beau, talentueux et délicieusement scandaleux. Son parfait alter ego - et donc, le compagnon idéal. Seulement, Maude le sait, elle va devoir affronter son père, l'austère lord Templeton, pour le convaincre que ce saltimbanque sans fortune, qui plus est libertin notoire, est bien l'homme de sa vie. D'autant qu'Eden lui-même, bien qu'apparemment séduit, n'est pas du genre à se laisser passer la corde au cou...

LA FIANCÉE DU VICOMTE, ***de Bronwyn Scott - n°482***

Londres, 1820. Trop jeune pour demeurer veuve et seule, Philippa Stratten-Lytton songe à se remarier, et Lucien Canton pourrait bien être le candidat idéal : n'est-il pas un ami fidèle, le seul d'ailleurs qui l'ait soutenue après le décès de son époux ? Mais alors que le choix de Phillipa semble arrêté, l'irrésistible Valerian Inglemoore, vicomte de St Just, son grand amour de jeunesse, réapparait dans sa vie. Lui qui l'a abandonnée dix ans plus tôt sans un mot d'explication, comment ose-t-il se présenter devant elle ? Et prétendre aujourd'hui qu'il n'a jamais cessé de l'aimer ? Révoltée, mais troublée malgré elle, Philippa se sent jetée en pleine confusion. Que faire ? Chasser Valerian et honorer la parole donnée à son fiancé... ou bien céder au désir inavouable d'offrir une seconde chance à l'adorable traître ?

A paraître le 1er mai

Best-Sellers n° 420 • suspense

La nuit du solstice - Carla Neggers

Venue sur la péninsule irlandaise de Berea pour retrouver les traces de l'ancien mythe celtique de l'Ange de pierre, Keira Sullivan se retrouve prise au piège dans une hutte en ruines, dont l'effondrement soudain a bien failli la tuer. Or, quelques secondes avant d'être ensevelie sous les décombres, Keira a cru voir la statue de l'Ange de pierre de la légende. Pourtant, lorsque Simon Cahill, agent du FBI, vient la libérer quelques heures plus tard, il ne reste aucune trace de la statuette. Keira l'a-t-elle rêvée ? Elle en doute. D'autant plus Patsy, qui lui a transmis le conte de l'Ange de pierre, se fait assassiner…

Best-Sellers n°421 • paranormal

La rose des ténèbres - Gena Showalter

La somptueuse Anya, déesse de l'anarchie, est prisonnière depuis toujours d'une terrible malédiction qui peut à tout instant la priver de sa liberté si elle succombe à l'amour. Mais comment pourrait-elle, malgré la menace qui pèse sur elle, résister au charme sombre de Lucien, un guerrier immortel prince des seigneurs de l'ombre ? Pour lui, elle est prête à tout, y compris à défier Cronos, le roi des dieux, qui enrage chaque jour un peu plus de la voir se laisser aller à la passion tout en dédaignant les ordres qu'il lui donne. Pire encore, elle le soupçonne d'avoir donné à Lucien l'ordre de la tuer.

Trilogie Les seigneurs de l'ombre, *volume n°2*

Best-Sellers n°422 • suspense

Le dernier mensonge - Laura Caldwell

Peu de temps après sa rencontre avec Michael Waller, Kate Greenwood accepte sans hésiter de l'épouser. Mais à peine installée à Saint-Marabel, au Québec, Kate découvre des détails étranges concernant la vie de Michael et se sent peu à peu gagnée par le doute. Et si l'homme à qui elle avait spontanément accordé sa confiance lui avait menti sur ce qu'il était en réalité ? Rongée par les soupçons qui l'assaillent jour après jour, Kate se retrouve en train d'enquêter sur son propre mari.

Best-Sellers n°423 • thriller

Piège de brume - Anne Stuart

En s'installant à Silver Falls, Rachel Middleton est persuadée d'avoir enfin trouvé un havre de paix. Elle vient d'épouser l'homme idéal, David, qui est aussi le père adoptif rêvé pour Sophie, sa fille de treize ans. Mais quand peu de temps après son arrivée, la petite ville endormie devient la proie d'un tueur machiavélique, Rachel panique. D'autant plus que Caleb, le frère de son mari, un dangereux et séduisant aventurier, fait brutalement irruption dans leur vie bien rangée en prétendant vouloir mettre fin aux crimes en série. Dès lors, Rachel n'a plus qu'une idée en tête : protéger sa fille.

Best-Sellers n°424 • roman

L'aube des promesses - Sherryl Woods

Anéanti par le décès brutal de sa jeune épouse, Kevin O'Brien revient s'installer à Chesapeake Shores : au sein d'une famille soudée, il cherche un refuge pour lui et pour Davy, son petit garçon de deux ans. Comment être à la hauteur avec ce petit être au regard pétillant ? Comment envisager l'avenir ? Ce n'est que le jour où il fait la connaissance de la nouvelle libraire de Main Street, Shanna Carlyle, que Kevin sent enfin l'espoir renaître en lui. Et alors qu'il pensait ne plus jamais être capable d'aimer, Shanna, si spontanée et passionnée, le trouble profondément. Mais a-t-il droit à cette seconde chance d'être heureux ?

Trilogie Chesapeake Shores, *volume n° 3*

Best-Sellers n°425 • roman

Au fil des jours à Blossom Street - Debbie Macomber

Depuis qu'elle y a ouvert sa boutique « Au fil des jours », il règne à Blossom Street l'atmosphère gaie et chaleureuse que Lydia a le don de créer autour d'elle. Car Blossom Street, c'est tout un univers. L'univers de Lydia, qui a renoué avec le bonheur grâce à l'amour de Brad, et la complicité retrouvée avec sa sœur Margaret. Jusqu'au jour où l'ex-femme de Brad réapparaît... Celui de Courtney, la jeune déracinée, complexée et solitaire, venue y trouver refuge et amitié. Celui de Bethanne, qui a perdu ses repères depuis son divorce. Mais aussi celui d'Elise, que le retour inattendu de son ex-mari déstabilise...

Série Blossom Street, *volume n°2*

Best-Sellers n°426 • historique

Les amants rebelles - Susan Wiggs

Orpheline recueillie par lord Merrifield, un idéaliste qui a rallié le camp des Puritains contre Marie la catholique, Alouette a grandi dans un foyer austère mais protégé. Hélas, Merrifield étant à l'agonie, elle se retrouve seule face aux ennemis de ce dernier et subit, dès lors, les persécutions que lui infligent les partisans de la Couronne. Démunie, elle se résout à demander le soutien du seul homme puissant qu'elle connaisse et qui ose tenir tête à la reine : Oliver de Lacey, baron de Wimberley. Un choix dangereux, car en s'alliant à ce séducteur, ce rebelle sans foi ni loi, Alouette met en péril non seulement sa vie, mais aussi sa vertu...

Trilogie La Rose des Tudor, *volume n°2*

Composé et édité par les
éditions Harlequin
Achevé d'imprimer en mars 2010

CPI
Bussière

à Saint-Amand-Montrond (Cher)
Dépôt légal : avril 2010
N° d'imprimeur : 91800 — N° d'éditeur : 14873

Imprimé en France